# 赤い館の秘密

A・A・ミルン



長閑《のどか》な夏の昼下がり、田舎の名士の屋敷、赤い館で一発の銃声が轟《とどろ》いた。死んだのは、オーストラリアから15年ぶりに館の主《あるじ》マークを訪ねてきた兄ロバート。死体を発見したのは館の管理を任されているマークの従弟《いとこ》ケイリーと、館に滞在中の友人を訪ねてきた青年ギリンガムだった。発見時の状況から一緒にいたはずのマークに疑いがかかるが、肝心のマークの行方は杳《よう》として知れない。興味を惹かれたギリンガムは、友人ベヴァリーをワトスン役に、事件を調べ始める。『クマのプーさん』で有名な英国の劇作家ミルンが書いた長編探偵小説、新訳決定版。

# 登場人物

マーク・アブレット……………………赤い館の主《あるじ》
ロバート・アブレット…………………マークの兄。オーストラリア在住
マシュー・ケイリー……………………マークの従弟《いとこ》
ミセス・スティーヴンズ………………赤い館の料理人兼家政婦
オードリー・スティーヴンズ…………同、客間《パーラー》メイド。ミセス・スティーヴンズの姪
エルシー・ウッド………………………同、ハウスメイド
ランボルド少佐…………………………赤い館の客
ミセス・キャラダイン…………………赤い館の客
ベティ……………………………………赤い館の客。ミセス・キャラダインの娘
ルース・ノリス…………………………赤い館の客。女優
ウィリアム（ビル）・ベヴァリー……赤い館の客
アントニー（トニー）・ギリンガム……ベヴァリーの友人
アンジェラ・ノーベリー………………マークが求婚していた女性
ミセス・ノーベリー……………………アンジェラの母
バーチ……………………………………ミドルストン署の警部

# 赤い館の秘密

A・A・ミルン
山田順子訳

創元推理文庫

# THE RED HOUSE MYSTERY

by

A. A. Milne

1921

愛する父、ジョン・ヴァイン・ミルンに

# 目次

# 赤い館の秘密

すべてのすばらしい人々と同じく、父上も探偵小説が大好きで、このジャンルの作品数が少ないことを嘆いていらっしゃる。父上にはお世話をかけっぱなしでしたが、わたしにできることといえば、書くことだけです。せめてもの恩返しとして、ここには書ききれないほどの感謝と愛をこめて、父上にこの作品を捧げます。

A・A・M

# 1　ミセス・スティーヴンズ、怯える

夏のけだるい暑さのなかで、赤い館はまどろんでいた。花から花へと飛ぶ蜂は低い羽音をたて、楡《にれ》の梢《こずえ》ではハトがくうくうとおだやかに鳴いている。遠くで芝刈り機が唸《うな》っている。田舎のさまざまな音のなかでも、これがもっとも眠気を誘う。この音を聞いていると、ほかの人々がせっせと働いていようとも、いとも容易に、甘美な眠りに引きこまれてしまう。

主人の要望に応じて仕事に励んでいる者にも、自分のことにかまけてもかまわない時間帯というのがあるものだが、ちょうどいまがそれにあてはまる。器量のいい客間《パーラー》メイドのオードリー・スティーヴンズは家政婦室で、ミセス・スティーヴンズにぺちゃくちゃと話しかけながら、いちばんいい帽子の飾りをつけなおしていた。オードリーのおばであるミセス・スティーヴンズは、この館の独身の主《あるじ》、マーク・アブレットのために、料理人兼家政婦を務めている。

「ジョーに会うのかい？」ミセス・スティーヴンズは姪の一張羅《いっちょうら》の帽子に目を留め、やんわりと訊いた。

オードリーはうなずき、口に含んでいた飾りピンを取り、見栄えのする場所に刺した。「あんひと、ピンクが好きなんだよ」

「あたしもピンクは好きだよ。その色が好きなのは、なにもジョー・ターナーだけじゃないさ」

「誰にでも似合うって色じゃないもん」オードリーは手をいっぱいに伸ばして、飾りピンを刺した帽子をためつすがめつした。「当世風《いま》だよね、そうでしょ？」

「ああ、あんたによく似合うだろうよ。あたしもあんたの年ごろだったら、似合っただろうね。いまのあたしにはちっとばかり、派手かもしれない。でも、同じ年配のほかのひとよか似合うんじゃないかね。いや、若作りをする気なんかないよ。五十五歳なら、五十五歳らしくするさ」

「おばちゃん、五十八歳じゃなかった？」

「いまのはものの喩《たと》えだよ」ミセス・スティーヴンズは威厳たっぷりにいった。

オードリーは針に糸を通すと、ついでに、検分するように爪にちらっと目を向けてから、飾りピンを帽子に縫いつけはじめた。

「だんなさまのお兄さまのことだけど、なんだかおかしな話ね。兄弟なのに、十五年間も会ってないなんて」オードリーはちょっとてれくさそうに笑ってつけくわえた。「十五年もジョーに会えなかったら、あたし、どうしよう」

「今朝もあんたにいったとおり、あたしはここにお勤めして五年になる。けど、お兄さまがおありなさるなんて話は聞いたことがない。きっぱりいえるよ、この五年のあいだに、お兄さまがここにおいでになったことなんか一度もなかったって」

「今日の朝食の席で、だんなさまがお兄さまのことをおっしゃったとき、あたしは羽根でさわられてもひっくり返ったと思う。あたしが部屋に入っていく前にどういう話があったのかは知らない、熱いミルクだか、トーストだか忘れたけど、それをお持ちしたときに、みなさまががやがやとお話しなさってた。ちょうどそこに入っていったあたしに、だんなさまがおっしゃった〝スティーヴンズ、今日の午後、兄が来る。三時ごろには着くようだ。事務室に通しておいてくれ〟って。あたしは静かにかしこまりましたとお答えしたけど、お兄さまのことなんてちっとも知らなかったから、ほんとは、そりゃあもうびっくり仰天してしまって。だんなさまはさらにおっしゃった。〝兄はオーストラリアから来るんだ〟とね。そうだった、いま思い出した。オーストラリアからいらっしゃるんだって」

「そうだね、ずっとオーストラリアで暮らしてらしたのかもしれない」そういってから、ミセス・スティーヴンズは断定を避けようとした。「あの国のことは知らないから、なんともいえないね。だけど、ここを訪ねてこられたことはなかった。それは確かだ。あたしがここにいた五年のあいだは」

「そのことなんだけどね、おばちゃん、お兄さまは十五年間、この国にいなかったんだって。だんなさまがミスター・ケイリーに〝十五年になるな〟とおっしゃってた。ミスター・ケイリーが、お兄さんはいつイギリスを出ていかれたのかとお訊きになったんでね。ミスター・ケイリーはミスター・ベヴァリーに、お兄さんのことは知ってたけど、いつイギリスを離れたのかは知らなかったとおっしゃってた。だから、だんなさまにお訊きになったんだよ」

「十五年前のことなんかいってやしないよ、オードリー。あたしは自分の知ってることしかいえないからね。あたしはこのお館で聖霊降臨祭を五回、迎えた、知っているのはそのあいだのことだけ。誓ってもいい、五回の聖霊降臨祭のあいだ、お兄さまがこの館に足を踏みいれなすったことは一度もなかった。そうさね、あんたがいったとおり、お兄さまがオーストラリアで暮らしていなすったんなら、それなりのわけがおありなんだろう」

「それなりのわけって?」オードリーは屈託なく訊きかえした。

「そんなことを穿鑿《せんさく》するんじゃない。あんたのおっかさんが死んでから、あたしは母親代わりをしてきた。だからこそこれだけはいっておくよ、オードリー。紳士がオーストラリアに行くときには、それなりの理由があるもんなんだって。十五年間もオーストラリアにいなすったことや、この五年間、音沙汰がなかったことを思えば、それなりの理由があるはずだ。いいかい、ちゃんとした育てられかたをした娘なら、ひとさまのことをあれこれ穿鑿したりするもんじゃない」

「なんか厄介なことがあったんだね」オードリーはおばの説教を聞き流し、あっけらかんといった。「朝食の席では、とびきり厄介なことだったたんじゃないかって、みなさまがいってらした。借金だよ、きっと。ジョーがそんなひとじゃなくてよかった。ジョーは郵便貯金が十五ポンドもあるんだよ。その話、おばちゃんにしたっけ?」

しかし、ジョー・ターナーの貯金の話はそれきりになった。家政婦室に設置してある呼び鈴のひとつが鳴ったのだ。オードリーはぴょんと立ちあがった。立ったとたん、ミセス・スティーヴンズの姪のオードリーではなく、客間メイドのオードリーにもどっている。メイドのオードリーは鏡の前で、キャップをきちんとかぶりなおした。

「玄関の呼び鈴だ」オードリーはそういった。「お兄さまがいらしたんだよ。だんなさまが事務室に通すようにご指示なさったのは、ほかのお客さまたちに会わせたくないからなんだね、きっと。どっちみち、みなさま、ゴルフにお出かけだけど。お兄さま、ここに滞在なさるんだろうか。そうだ、オーストラリアから、どっさり金塊をお持ちになったのかも。オーストラリアじゃ、誰でも金を掘りだせるって聞いたような気がする。そしたら、あたしもジョーといっしょに――」

「さあ、ぐずぐずしてるんじゃないよ、オードリー」

「すぐ行きます」オードリーは玄関に向かった。

八月の陽光が照りつけるドライブウェイをてくてく歩いてきた者には、赤い館の玄関ドアが開くと、いかにも涼しげな、気持のいい玄関ホールが目にとびこんでくる。オークの梁《はり》、汚れひとつないクリーム色の壁、ダイヤモンド形の窓、青いカーテン。玄関ドアのやや右手からまっすぐ奥に向かってのびている広い廊下。つきあたりにもドアがあり、裏口に通じている。廊下の左右の壁にはほかの部屋のドアがあるが、玄関ホールの右手は仕切りのない広間になっている。玄関ドアを入ってすぐの左手には、芝生に面した窓がある。開いた窓から窓へと、たわむれるようにゆるく風が吹きぬけている。

廊下の奥の裏口のドアの手前には広い階段がある。手すりのついた低い踏み段を昇りきって二階にあがると、階段口を囲むようにして、一階の廊下よりも少し幅の広い廊下がある。廊下の両側には、客用寝室のドアが並んでいる。この館に泊まるのであれば、この客用寝室のどれかに案内されることになる。マーク・アブレットの兄、ロバートが館に滞在するつもりでいるのかどうかは、まだ判明していない。

玄関ドアに向かう途中、オードリーはケイリーを見かけて驚いた。ケイリーは広間の、前庭に面した窓の下の椅子にひっそりとすわり、本を読んでいた。今日のように暑い日、確かにそこはゴルフ場とはくらべものにならないぐらい涼しいから、そこにいてはいけないというわけではない。だが、館のなかは、客は全員戸外に出ているか、あるいは、こんな午後にはもっとも賢明な選択として、階上《うえ》の寝室で午睡でもしているかのような、深閑とした静けさにつつまれている。なので、マーク・アブレットの従弟《いとこ》であるケイリーがこんな場所にいるのを見て、オードリーは思わず驚きの声をあげてしまい、赤面した。「あ、申しわけございません。ここにいらっしゃることに気づかなかったものですから」

ケイリーは本から顔をあげてほほえんだ。眉目秀麗《びもくしゅうれい》という顔だちではなく、むしろ醜《みにく》いといってもいい大きな顔に、感じのいい笑みが広がる。

ケイリーさまはほんとうに紳士でいらっしゃる——オードリーは胸の内でそうつぶやいた。そして、このかたがいなければ、だんなさまはさぞ困ってしまわれるだろうと思った。たとえば、マークの兄をオーストラリアに追い返さなければならなくなるとすれば、その役目を担うのはケイリーなのだ。

このかたがミスター・ロバートね——玄関ドアを開けたオードリーは、訪問者を見てそう思った。

あとになって、オードリーはおばのミセス・スティーヴンズに、マークの兄ならどこにいてもわかるといったが、なににつけ、彼女はそういうふうにいいがちなところがある。じっさいは、訪問客を見たとたん、かなり驚いてしまったのだが。マークは小粋で、顎髭の先端をとがらせ、口髭は上向きに念入りにねじってある。人々といっしょにいる場合は、すばやく目を動かして、みんなを次々にみつめる。気の利いたことをいったときは笑みを浮かべてくれる者を求め、なにかいうべきときを待っているときは彼が口を開くのを期待している者を探すために。そういうマークと、この男はまったく異なっている。植民地風の服をだらしなくまとい、目つきも悪い。

「マーク・アブレットに会いたい」男はどなるようにいった。まるで脅しているような口調だ。オードリーは気をとりなおして、相手を安心させるようにほほえんだ。誰にでもこういう笑顔ができる娘なのだ。

「はい。お待ちになっていらっしゃいますよ。どうぞお入りください」

「へええ！　おれが誰だか知ってるのかい？」

「ロバート・アブレットさまでしょう？」

「ああ、そのとおり。ふうん、おれを待ってるってか。喜んで会うってか」

「どうぞお入りください」オードリーはていねいにくりかえした。

オードリーは客を奥に案内して、廊下の左手の二番目のドアを開けた。「だんなさま、ミスター・ロバート・アブ――」そういいかけて絶句する。部屋には誰もいない。オードリーはうしろにいる客をふりかえった。「おかけになってお待ちください。だんなさまを捜してまいります。ご在宅なのはまちがいありません。午後にあなたさまがいらっしゃると、おっしゃっておいででしたから」

「ふうん」男は部屋のなかを見まわした。「ここはどういう部屋だい?」

「事務室でございます」

「事務室?」

「だんなさまのお仕事部屋です」

「仕事ねえ。そいつは初耳だ。あいつが働くなんて、思いもしなかったぜ」

「ご執筆をなさってます」オードリーは誇らしげにいった。なにを書いているのかわからなくても、マークの〝執筆〟は、家政婦室では敬意をこめて語られる話題なのだ。

「こっちときちゃあ、応接間にふさわしいとはいえない身なりだもんな」

「だんなさまをお呼びしてまいります」オードリーはきっぱりといった。そして、訪問客を事務室に残して、ドアを閉めた。

おばちゃんにいわなくちゃ!

オードリーは男がいったことと自分がいったことを、始めから正確におさらいするのに夢中になった。

そうだ、こういわなくちゃ。最初に男を見たときのあたしは、羽根でさわられてもひっくり返っただろうって。

オードリーにとって、羽根は永遠の驚愕の象徴なのだ。

とはいえ、いまはマークをみつけることが緊急の問題だ。オードリーは事務室のななめ向かいにある図書室をのぞくと、そこにもマークの姿がないことに少し不安を覚え、広間にいるケイリーの前に立った。「あの、すみませんが」敬意をこめた小さな声でいう。「だんなさまがどこにいらっしゃるか、ごぞんじですか？　ミスター・ロバートがいらしてるんですが」

「ん？」ケイリーは本から目をあげた。「なんだって？」

オードリーは質問をくりかえした。

「知らないなあ。事務室にいないのかい？　昼食のあと、テンプルに行ったのは知ってるけど。そのあとのことは知らない」

「ありがとうございました。テンプルに行ってみます」

ケイリーは本に目をもどした。

〝テンプル〟というのは、裏庭にある煉瓦《れんが》造りのあずまやのことで、館から三百ヤードほど離れたところに建っている。マークはときどき、このあずまやで思索を巡らせてから、事務室にもどって紙に記すのだ。思索といっても、たいして奥の深いものではなく、たいていは、紙に記されるよりはディナーの席上で披露されておしまいだ。たとえ紙に記されても、印刷されることはめったにない。しかし、赤い館の主にとって、〝テンプル〟を通常のあずまやと同じく、客に逢いびきや喫煙に使われることには、いささか不快を覚えるようだ。かつて、ふたりの客がそこでファイヴズという球技をしていたことがある。それを見たマークは激昂したりはしなかった。ただ、いつもより低い声で、ゲームにふさわしい場所がほかになかったのかと訊いただけだ。その後、ふたりの不埒者《ふらちもの》が赤い館に招かれることは、二度となかった。

オードリーはゆっくりとテンプルに行き、なかを確認してから、またゆっくりと館にもどった。むだ足だった。おそらくマークは階上の自室にいるのだろう。

〝こっちときちゃあ、応接間にふさわしいとはいえない身なりだもんな〟――ロバートがそういったことを思い出す。

ねえ、おばちゃんなら、くびに赤いハンカチを巻きつけて、埃だらけの大きなブーツを履いてるような男を、応接間に案内したりする？　わ、銃声だ！　誰かがウサギを撃ったんだ。おばちゃんはよく太ったウサギの肉にタマネギソースをかけた料理に目がなかったっけ。それにしても暑い。お茶を一杯といわれたら断らないな。それにしても、ミスター・ロバートは今夜、館に泊まる気はないみたいだ。鞄ひとつ持っていない。もちろん、必要な品々は、だんなさまが貸してあげるだろう。服ならば、手ぶらの客が六人来ても、全員に着替えを貸せるぐらいたくさんお持ちだし。そうそう、お兄さまのためにも、だんなさまを早くみつけなくちゃ。

オードリーは館にもどった。館の横手の勝手口から入って家政婦室の前を通りかかると、いきなりドアが開き、怯えた顔がのぞいた。

「あ、オード」ハウスメイドのエルシーはそういうと、ふりかえって部屋のなかに声をかけた。

「オードリーですよ」

「お入り、オードリー」ミセス・スティーヴンズの声がした。

「どうしたの？」オードリーは部屋をのぞきこんだ。

「仰天しちまって動けないんだよ。おまえ、どこに行ってたんだい？」

「テンプルに」

「聞こえただろ？」

「聞こえたって、なにが？」

「バーンとなにかが爆発したような、おっかない音だよ」

「ああ、なんだ」オードリーはむしろほっとした。「誰かがウサギを撃ってるんだよ、きっと。音を聞いたときにそう思った。それで、おばちゃんはウサギ料理には目がないことを思い出したっけ。だから、べつに――」

「ウサギだって！」ミセス・スティーヴンズは鼻で笑った。「いいや、あの音は、館のなかで聞こえた」

「まちがいないよ」エルシーが口をはさむ。「あたし、ミセス・スティーヴンズにいったんだ。そうですよね、ミセス・スティーヴンズ？　館のなかだって」

オードリーはおばを見てから、エルシーに視線を移した。「あのひとが拳銃を持ってたのかな？」低い声で訊く。

「あのひとって誰さ？」エルシーは興奮しきった口調で訊きかえした。

「だんなさまのお兄さまって男だよ、オーストラリアから来た。見たとたんに、あ、ごろつきだって思ったもん。ほんとにそう思ったんだよ、エルシー。その男が口をきく前にさ。こいつは悪いやつだって！」オードリーはおばのほうを向いた。「誓ってもいいよ」

「いいかい、オードリー、さっきもいっただろ。知りもしないのに、オーストラリアから来たひとのことをとやかくいうんじゃない」ミセス・スティーヴンズは椅子の背にもたれた。息づかいが荒くなっている。「あたしはこの部屋から出ないよ。たとえ十万ポンドくれるっていわれても、いやだね」

「うわあ！」エルシーは新しい靴を買うのに、五シリングがほしくてたまらないところなのだ。「そりゃあ、あたしだっていやだけど、そんな大金なら――」

「なんだろう？」ミセス・スティーヴンズはびくっとしてすわりなおした。

三人は耳をすました。ふたりの若いメイドは、本能的に、椅子にすわっている年上の女のほうに身を寄せた。

ドアががたがたと揺れる音。次いで、ドアを蹴りつける音がする。

「ほら、あれ！」とミセス・スティーヴンズ。

オードリーとエルシーは怯えた目を見交わした。

男は怒声をはりあげた。「ドアを開けろ！　開けろ！　開けろったら！」

「開けちゃだめだ！」ミセス・スティーヴンズは叫んだ。男が開けようとしているのがこの部屋のドアであるかのように、恐怖に駆られている。「オードリー、エルシー、誰もなかに入れるんじゃないよ！」

「ちくしょう、ドアを開けろ！」男はまたどなった。

「みんな、殺されちまう」ミセス・スティーヴンズは震えあがった。怯えきったふたりのメイドはひしと身を寄せあい、たがいの背に腕をまわした。ミセス・スティーヴンズは椅子にすわったまま動かなかった。

## 2　ギリンガム、気まぐれで途中下車する

マーク・アブレットが退屈な人間かどうかは見かたによるが、とくとくと若いころの話をして、聞いている人々をうんざりさせることはない。とはいえ、噂というのはいつのまにか広まるものだ。なにかを知っている誰かが、つねにどこかにいるからだ。噂ではなく、マーク自身が明らかにしている話によると、彼の父親は片田舎の牧師だった。子どもだったマークは、近所の金持ちの老婦人に目をかけられ、引き立ててもらった。独身の老婦人は学資を出して、大学にまで行かせてくれたのだ。マークがケンブリッジを卒業するころ、父親が死んだ。父親は家族への戒めとして、若干の借金と、後任の牧師へのお手本として、説教は短いのを良しとするという評判を遺していた。

しかし家族への戒めも後任牧師へのお手本も、たいした効果はなかったようだ。大学卒業後、マークはパトロンである老婦人の許しを得てロンドンに出てから、金貸し業者と知り合った（これもまた、単なる噂ではない）。パトロンやいろいろな人々にロンドンでなにをしているのかと訊かれると、〝書きもの〟をしていると答えていたようだ。だが、書きものといっても、支払いの延期をたのむ手紙ぐらいが関の山で、作品らしきものはなにも残っていない。それはそれとして、マークは頻繁《ひんぱん》に劇場やミュージックホールに足を運んだ。英国演劇の衰退ぶりを

真剣に論じた文章を書き、政治・文芸の評論週刊誌《スペクテイター》に記事として掲載してもらうという野心に燃えてのことだ。

（マークの見地からいえば）幸いなことに、三年目のロンドン暮らしのさなかに、パトロンの老婦人が亡くなり、かねての望みどおり、マークは彼女の全財産を相続することになった。莫大な金を手にすると、マークの人生は立志伝的な性格を失い、世俗的なほうに流れていった。金貸しからの借金をきれいに清算したうえに、みずからの手で野生の麦を収穫するのではなく、他者が丹精した作物を潤沢《じゅんたく》な糧《かて》とすることにしたのだ。今度はマーク自身がパトロンとなり、芸術の後援者となった。マーク・アブレットが金のために書くのではないことを知ったのは、金貸しだけではなかった。出版社の編集者は助言と引き替えに豪勢な昼食をふるまわれ、ときおり薄手の本を刊行することに同意した。といっても、出版にともなうすべての費用は著者（マーク）持ちで、著者の印税は発生しないという条件だが。さらに、若い画家や詩人たちにも食事をおごった。また、劇団の巡業についていっては、主催者役と〝劇団の顔役〟とを兼ねて、気前よく金をばらまいたりした。

マーク・アブレットは、いわゆる紳士気取りの俗物《スノッブ》ではなかった。スノッブというのは、簡単にいえば、貴族を崇拝する者のことだ。さらにいえば、つまらないものをありがたがる、つまらない人物のことだ。つまらないものなどというと、貴族に対していささか失礼かもしれないが。ともかく、マークが虚栄心の強い人間なのは疑う余地がないにしても、彼は伯爵《アール》よりも公爵《デューク》と親交があることよりも、もし可能なら俳優のマネージャーに会うほうに重きを置いた。

ば、ダンテと親しいことを自慢したいほうだった。なんならマークをスノッブと呼んでもさしつかえはないが、最悪のスノッブというわけではない。マークは、社交界ではなく、芸術界の裾野をうろついているだけだ。上昇志向に駆られてはいるが、彼の目標は、虚飾と歓楽の干し草の山ではなく、創造活動の中心地であるパルナサス山だった。

マークの支援は、芸術界だけにはとどまらなかった。当時十三歳だった従弟《いとこ》のマシュー・ケイリーにも、庇護の手を伸ばしたのだ。かつて庇護を申し出てきた老婦人が現われるまでのマークと同じように、マシュー・ケイリーもまた先の見えない状況にあった。そんなケイリーに、マークは学資を出してやり、ケンブリッジにまで行かせた。篤志ではなく、きわめて利己的な動機から始めたのは確かだ。気前のいい行為で、人間の善行悪行を記録する天使の記録簿の帳尻合わせをしたかったにすぎない。いわば、天国に財を積むようなものだ。それはそうとして、子どもは成長する。ようやくそれに気づいたマークは、自分のためだけではなく、若い従弟のためにもなるように、ケイリーの将来を考えるようになった。ケイリーが二十三歳で、りっぱな教育を受けてケンブリッジを卒業すると、マークは自分のような者にとって、ケイリーはきわめて有益な人材だとみなすようになった。実《じつ》のない道楽にかまけるあまり、マークには日常のさまざまな雑務にさく時間がほとんどないのだ。

そういうわけで、ケイリーは二十三歳で従兄《いとこ》の雑務を担うことになった。そのころには、マークは赤い館と広大な敷地とを購入していたため、ケイリーは館の切り盛りに必要な使用人たちの管理を任された。じっさいのところ、ケイリーの仕事は多岐にわたった。秘書、館および地所の管理人、マークの仕事の顧問、社交的な仲間。そのすべてを兼ねていたのだ。マークは全面的にケイリーにたよった。そのため、ケイリーの立場を公的にするために、マシューと呼ぶのではなく、姓のケイリーをつづめて〝ケイ〟と呼んだ。なんといっても〝ケイ〟は信頼できる——マークはそう信じていた。〝ケイ〟はがっちりした顎と、がっしりした体格の持ち主で、口数が少なく、つまらない無駄話を聞かされる恐れもない。マークのように、聞き手ではなく話し手のほうにまわりたい者にとっては、願ってもない相手だった。

それから五年、ケイリーは二十八歳になったが、パトロンのマークと同年の四十歳に見えるほど老成していた。

赤い館では、思い出したように突然にハウスパーティが開かれ、客を迎えることがある。いまも客が滞在している。選ばれた客は、マークの厚意を断れない立場にある者ばかりが五人。これをマークの親切心と呼ぶもよし、見栄と呼ぶもよし。

ここで時間を遡《さかのぼ》り、この館に滞在している五人の客の顔ぶれを見てみよう。ちょうど朝食に集まったところだ。あとで客間《パーラー》メイドのオードリーとおばのミセス・スティーヴンズとのあいだで話題になる、あの朝食の席だ。

最初に現われたのは、ランボルド少佐。背が高い。髪にも口髭にも白いものがまじっている。腰ベルトのついたノーフォークジャケットと、灰色のフランネルのズボン姿だ。寡黙《かもく》な気質《たち》の少佐は、陸軍を退役したあと、年金暮らしをしながら、新聞に自然史関係の記事を書いている。

少佐は料理が並べられたサイドテーブルを慎重に眺めてから、ケジャリーを選んで皿に取った。ケジャリーをたいらげて、ソーセージにかかったころ、次の客が現われた。ビル・ベヴァリー。白いフランネルのズボンにブレザー姿の陽気な若い男だ。

「おはようございます、少佐」ベヴァリーはあいさつした。「痛風はどうです?」

「痛風ではない」少佐はぶっきらぼうに答えた。

「ふうん、そうなんだ」

少佐はなにやらぶつぶついった。

「朝食の席では行儀よくふるまうことにしてるんですよ」ベヴァリーはポリッジをどっさり皿に盛った。「朝は、たいていのひとは無愛想ですからね。なので、お元気かどうか、お訊きしたんです。でも、極秘事項なら、おっしゃらなくていいですよ。コーヒーは?」自分のカップにコーヒーをつぎながら少佐に訊く。

「いや、けっこう。料理を食べ終えるまで、飲みものはとらないことにしている」

「ごもっともです、少佐。それはマナーにかなってる」ベヴァリーは少佐の向かい側の椅子にすわった。「ところで、今日はゴルフにもってこいの日和ですね。ひどく暑くなりそうだ。そうなると、ベティとぼくのスコアが伸びる。ご老体の少佐は、五番ホールあたりで、大むかしのインド辺境での小競りあいで負傷なさった古傷に悩まされるでしょうし、八番ホールでは、長年、カレー料理ばかり食ってらしたせいでくたびれている肝臓がついに破裂するでしょうし、十二番ホールでは——」

「うるさいぞ、若僧」

「いえいえ、気をつけたほうがいいと警告してるだけですよ。やあ、おはよう、ミス・ノリス。今日のゲームがどうなるか、少佐と話していたところです。料理をお取りしましょうか。それとも、ご自分でなさいます?」

「ああ、お立ちにならないで。自分でいたしますわ。おはようございます、少佐」ミス・ノリスはにっこりと少佐に笑いかけた。ルース・ノリスは真剣に女優の道を歩んでいるが、休暇には、ゴルファーの道を懸命にたどっている。そのどちらもそこそこ才能がある。ルースにとっては、演劇界もサンドウイッチ・ゴルフ場も、恐るるに足らない。

少佐はうなずいた。「おはよう。今日は暑くなりそうだね」

「いまもそういってたところなんですよ」ベヴァリーは口をはさんだ。「暑くなりそうだと——やあ、おはようございます、ミセス・キャラダイン、おはよう、ベティ。おはよう、ケイリー」

キャラダイン母娘とケイリーがいっしょに食堂に入ってきた。十八歳のベティは、ミセス・ジョンソン・キャラダインの長女だ。ミセス・キャラダインは画家だった夫に先立たれた寡婦で、今回のハウスパーティでは、彼女がマークのためにホステス役を務めている。

「十時半にはお車を用意します」手紙を選り分けていたケイリーが目をあげて、そういった。「あちらで昼食をめしあがってから、お車でお帰りになる。それでよろしいですね?」

「午後にもうワンラウンドというのは、だめなんですかね」ベヴァリーはねだるようにいった。

「午後は暑すぎる」少佐はいった。「昼食がすんだら、ここにもどって、お茶の時間までゆっくりしたい」

当主のマークがやってきた。いつもいちばん遅い。みんなにあいさつして、トーストとお茶を取って席につく。朝食は軽めにすます。みんなが和気藹々《わきあいあい》とおしゃべりをしているあいだ、マークは手紙に目を通した。

「なんと《グッド・ゴッド》！」ふいにマークが声をあげた。

ほとんど反射的に、みんなはマークのほうを向いた。

「失礼しました、ミセス・キャラダイン、ミス・ノリス。すまない、ベティ」マークはみだりに神の名を口にしたことを詫びた。

「ケイ！」マークは顔をしかめた。いらだっていると同時に、不審そうでもある。手紙を掲げて、振ってみせる。「これ、誰からだと思う？」

テーブルの末席にいるケイリーは肩をすくめた。誰からの手紙なのか、推測のしようがない。

「兄のロバートからだ」マークはいった。

「ロバート？」ケイリーはめったなことでは驚かない。「それがなにか？」

「〝それがなにか？〟としかいえんのかね？」マークは不機嫌な口ぶりを隠さない。「今日の午後、ここに来るんだと」

「確か、オーストラリアかどこかにいらっしゃると思ってましたが」

「そう。わたしもそう思ってた」マークはランボルド少佐に目を向けた。「ご兄弟はおいでですかな、少佐？」

「いや」

「忠告申しあげるが、兄弟など、もつものではありませんぞ」

「いまのところ、そんなことにはなりそうもありませんな」少佐はぼそりと答えた。

ベヴァリーは吹きだした。

ミス・ノリスはしとやかに訊いた。「でも、ご兄弟はいらっしゃらないんじゃありませんか、ミスター・アブレット？」

「兄がひとり、いるんです」マークはむっつりと答えた。「今日の午後、予定どおりにゴルフ場からお帰りになれば、会えますよ。あいつのことだ、会ったとたんに五ポンド貸してくれというでしょうな。しかし、断じて貸してはいけません」

気まずい空気がただよう。

「ぼくにも兄がいますが」ベヴァリーは雰囲気を和らげようとした。「金を借りるのは、いつもぼくのほうですよ」

「ロバートがそうだ」マークはいった。

「イングランドを去られたのは、いつのことです？」ケイリーが訊く。

「十五年前だったかな。もちろん、きみはまだ子どもだった」

「そうですね。一度、お目にかかったのは憶えてますが。でも、お帰りになったのは知りませんでした」

「わたしも知らなかった」マークは動揺した面持ちで、手紙に目をもどした。

「いやあ」べヴァリーがいう。「身内というのはなかなか厄介だと思いますよ」

「そうはいっても」ベティが甘ったるい口調でいう。「よくいうでしょ。〝どこの家にも、戸棚のなかに骸骨がある〟って。そのほうがおもしろいんじゃないかしら」

マークは眉をしかめたまま目をあげた。「そんなことがおもしろいというのなら、あいつはあなたにさしあげますよ、ベティ。あいつが前と変わってなくて、しかも、手紙をよこしたと思えば、こういう手紙だとくれば——ケイ、きみにもわかるだろう？」

ケイリーは口のなかでもごもごいった。「どなたかにあのかたの消息を尋ねられたことは、これまで一度もないとしか、いいようがありませんね」

それを聞いた客たちは、たとえ好奇心をそそられたとしても、突っこんだ質問をしてはいけないことを悟った。またマークも、ハウスパーティのホストは、たとえ事実を述べるだけだとしても、他人の前であからさまに身内の話をするべきではないことを思い出したようだ。そこで、四人が二組に分かれておこなう、フォーサムというゴルフ競技の話題がもちだされ、気まずい話は打ち切りとなった。

朝食後、ゴルフ場近くに住んでいる古い友人と昼食をともにするために、ミセス・キャラダインも四人のプレイヤーたちといっしょに車で出かけてしまうと、館に残ったのは、マークとケイリーだけとなった——いろいろな用事を片づけるために。

今日の〝用事〟のなかには、金にだらしのない兄が来ることも含まれている。だからといって、客たちがフォーサムを楽しんではいけないということにはならない。

ランボルド少佐が十六番ホールで、なぜかティーショットを打ちそこない、マークとケイリーが赤い館でいろいろな用事にかかりきっていたころ、アントニー・ギリンガムという感じのいい紳士が、ウッダム駅で駅長兼改札係に切符を渡しながら、村へ行く道を尋ねていた。道筋を教えてもらうと、ギリンガムは駅長に旅行鞄を預け、のんびりと村に向かった。本書において、このギリンガムという人物は重要な役割を担うことになるため、彼がその役目を担う前に、ひととなりをざっと紹介しよう。彼には申しわけないが、ちょうど丘のてっぺんに登ったところで足を止めてもらい、どういう容貌か見てみたい。

まず気づくのは、なかなかいい男だということだ。海軍によくあるタイプの、きれいに髭をあたった、彫りの深い顔だち。どんなこまかいことも見逃さない灰色の目。彼を知らない者は、最初はとっつきにくくて警戒してしまいがちだが、そのうちに、彼の心がここにはないことがわかる。いわば、灰色のするどい目を盾にして、その盾の陰で、思考をあらぬかたに飛ばしているのだ。もちろん、誰であれ、ときとして、そういうことがあるものだ。たとえば、目の前の誰かと会話をしていても、ほかのひとの話に聞き耳をたてようとする。そういう場合、目を見れば、心中の思いを読みとれるものだ。だが、ギリンガムの灰色の目は、そう簡単に心中を吐露《とろ》して主《あるじ》を裏切ったりはしない。

その灰色の目で、ギリンガムは世界を見てきた。といっても、船乗りになったわけではない。二十一歳になったとき、彼は母親の遺産として年に四百ポンドの収入を手にすることになった。ギリンガムの父親は《畜産ガゼット》紙から目をあげて、息子にこれからどうするつもりなのかと訊いた。

「世界を見てきます」ギリンガムはそう答えた。

「そうか。なら、アメリカから手紙をくれ。どこでもいい、行った先からな」

「わかりました」

父親は新聞に目をもどした。アントニーは次男なので、どの家の次男坊もそうであるように、父親は彼のことはさほど気にかけていない。チャンピオン・バーケットを気にかけるほどには。チャンピオン・バーケットというのは、父親が交配し、丹精して育てているヘレフォード種の雄牛だ。

とはいえ、アントニー・ギリンガムはロンドンより遠くに行く気はなかった。彼のいう〝世界を見る〟というのは、海外の国々を巡るという意味ではなく、人間を見ることだった。それも、できるかぎりさまざまな角度から見る。その点でいえば、ロンドンにはいろいろな人々が集まっている。ギリンガムはロンドンでじっくりと人々を観察した。あちこちの街角にたたずんで行き交う人々を観察するばかりか、従僕《ヴァレット》や、新聞記者や、給仕や、店員として働きながら、人々を観察した。年に四百ポンドの収入があるため、金の心配はない。ギリンガムは大いに楽しみながら職を転々とした。ひとつの職業を長くつづけるのではなく、雇い主（主人と召使いのあいだの了解事項としては、はなはだエチケットに反するが）に、自分の考えを述べては顰蹙を買い、みずから職場を退くことが多かった。しかし、ひとつの職を失っても、なんの苦労もなく、新たな職がみつかった。経験や身元保証書の代わりに、彼自身の人柄と冒険的な挑戦心とにものをいわせたのだ。雇われた最初の週は給料を受けとらず、雇用主がギリンガムの眼鏡にかなったら、二週目に倍の給料を請求した。そしてつねに、倍の給料をもらえた。

　そのギリンガムもいまは三十歳。休暇でもすごそうと旅に出たところ、ウッダム駅舎のたたずまいが気に入ってしまい、今夜はこの村に泊まりたくなった。切符はもっと先の駅まで買ってあるが、こうしてふらりと途中下車するのが好きなのだ。この駅舎が妙に気に入ったし、スーツケースは車室の網棚にあるし、金はポケットにおさまっている。途中下車してもいっこうにかまわないのでは？

　というわけで、ギリンガムはウッダム村の宿屋《イン》〈ジョージ〉にたどりついた。二階が宿、階《し》下《た》がパブになっている。おかみはいそいそとギリンガムを迎え、のちほど亭主に駅まで荷物を取りにいかせると約束した。

「お昼はどうなさいますか？」おかみは訊いた。

「そうだね。だが、手数をかけてはすまないな。簡単なものでいいよ」

「ではコールドビーフは？」百もの料理が用意できるが、そのなかでいちばんいい料理を勧めるといわんばかりの口調だ。

「うまそうだな、それにしよう。それとビールを一パイント」

　昼食を終えるころ、インの亭主が荷物のことを訊きにきた。ギリンガムはビールを追加して、亭主と話しこんだ。

「田舎で宿屋をやるというのは、なかなかおもしろそうだね」ギリンガムはそろそろ次の職をみつけてもいいころあいだと考え、亭主にそう訊いてみた。

「おもしろいかどうかはわかりやせんがね、だんな。あたしらはこれでおまんまを食ってるんで。そうさな、ちっとはおもしろいこともありやすがね」

「たまには休暇をとるべきだよ」ギリンガムは亭主をじっとみつめた。

「だんながそうおっしゃるとは、こいつはおもしれえ」亭主は破顔した。「昨日、赤い館にお泊まりの紳士がひょっこりおいでになって、だんなと同じことをいいなすったんでさ。自分が代わりにここの亭主になってもいいなんてね」さもおかしそうに笑う。

「赤い館？　まさか、スタントンの赤い館のことじゃあるまいね？」

「へえ、さようで。ウッダム駅の次がスタントン駅でしてね。赤い館は、ここからなら一マイルぐらいのとこでさあ。アブレットさまのお館で」

ギリンガムはポケットから手紙を一通、取りだした。差出人の住所は〝スタントン、赤い館にて〟とあり、ビルと署名してある。

「ビルか」ギリンガムはなつかしそうにつぶやいた。「元気でやってるんだろうな」

ギリンガムがビルことウィリアム・ベヴァリーと出会ったのは、二年前、煙草屋の店先だった。ギリンガムはカウンターの内側で煙草を売るほうで、ベヴァリーはカウンターの外側で煙草を買うほうだった。おそらく、若いベヴァリーのいきいきしたようすが、ギリンガムには好ましく思えたのだろう。注文を受けて、届け先の住所をひかえる段になると、ギリンガムは、ベヴァリーのおばのカントリーハウスで彼に会ったことがあるのを思い出した。

煙草屋で会ってからまもなく、ふたりはレストランでまた顔を合わせることになった。ふたりとも夜会服姿だったが、立場がちがった。片方はナプキンをセットする側で、片方はセットされたナプキンを使う側だったのだ、もちろん、物腰や口ぶりがていねいなのは、ギリンガムのほうだった。とはいえ、ギリンガムのベヴァリーへの好意は変わらなかった。

それからしばらくして、またもや失業状態にあったギリンガムは、ベヴァリーと共通の友人に、彼を紹介してもらうことにした。社交上の席でギリンガムを紹介されたベヴァリーは、煙草屋やレストランで会ったといわれ、少しばかり複雑な気持になったが、話をしているうちに、そんな気持も払拭された。それ以降、ふたりはビル、トニーと呼びあう、親しいつきあいをするようになった。たまに手紙のやりとりをすると、ベヴァリーは〝親愛なる奇人どの〟と書いてよこしたものだ。

昼食をすませたギリンガムは、赤い館に友人を訪ねようと決めた。小説にはよく、田舎の宿の部屋はほのかにラヴェンダーの香りがただよっていると書かれているものだが、ギリンガムが通された部屋は、ラヴェンダーの香りこそただよっていないけれども清潔で居心地がよかった。その部屋をあとにして、ギリンガムは赤い館めざして歩きだした。

門をくぐり、環状のドライブウェイを古い赤煉瓦《れんが》の建物の正面に向かって進んでいく。花壇ではぶんぶんと眠気をもよおす羽音をたてて蜂が飛びかい、楡《にれ》の梢《こずえ》ではハトがくうくうと鳴き、遠くで芝刈り機の音がしている。いかにも田舎らしいのどけさだ……。

玄関ホールに入ると、男が鍵のかかった部屋のドアをがんがんたたき、大声でどなっていた。

「開けろ！　開けろったら！」

「こんにちは！」ギリンガムは驚きながらもおだやかに声をかけた。

# 3　ふたりの男とひとつの死体

いきなり声をかけられて、ケイリーはさっとふりむいた。

「どうしました?」見知らぬ男がひかえめな口調で訊いた。

「なにかあったようなんです」ケイリーは荒い息を吐いた。「図書室にいたら、銃声が聞こえて、いや、銃声らしき音が聞こえて。バーンという大きな音が。とっさには、なんだかわかりませんでした。で、ここに来てみたら、ドアに鍵がかかっていて」ケイリーはまたドアノブをがちゃがちゃと回した。「ドアを開けろ!」大声で呼びかける。「マーク、どうしたんです? ドアを開けて!」

「あのう、なにか理由があって鍵をかけたんじゃないでしょうか」見知らぬ男はいった。「だったら、いくら開けろといっても、開けないんじゃないでしょうかね」

ケイリーははっとしたように見知らぬ男をみつめた。そしてまたドアに目をもどした。「ドアを破るしかないようです」そしてドアに肩を押しあてた。「手伝ってください」

「その部屋に窓はないんですか?」

ケイリーは虚《きょ》を衝かれたらしく、ぽかんとした顔になった。「窓? 窓ですか?」

「窓を破るほうが簡単ですよ」見知らぬ男は微笑した。

玄関ドアを入ってすぐのところにステッキを突いて立っている男は、冷静で、思慮深く見える。いたずらに騒ぎたててもしようがないと思っているのはまちがいない。だが彼は、銃声を聞いていないのだ。

「そうだ。窓だ！　なんてばかなんだ」ケイリーは自分をののしった。

ケイリーは走りだし、見知らぬ男をかすめるようにして、玄関ドアからドライブウェイにとびだした。男も彼につづく。ふたりは建物の正面に沿って左に走り、建物の角を曲がって、左側面に沿ってのびている小道をたどり、その先の芝生に踏みこむと、さらに左に折れた。先に立って走るケイリーのあとを、見知らぬ男がついてくる。突然、ケイリーは肩越しにふりむき、立ちどまった。

「ここです！」

ドアが施錠されている部屋の窓は両開きのフレンチウィンドウで、裏庭の芝生に面している。だが、いまはぴったりと閉じられていた。

ギリンガムはケイリーのあとをついていきながら、スリルに胸が高鳴るのを抑えきれずにいた。閉まったフレンチウィンドウの前で立ちどまり、ガラスの向こうをのぞきこむ。そして初めて、この閉ざされた部屋でほんとうに銃が撃たれたのだとすれば、という考えが頭に浮かんだ。ドアの前で騒いでいる男を見たときは、滑稽《こっけい》で大げさな気がした。しかし、一発銃弾が発射されたのなら、さらに二発、銃弾が飛んできても不思議はない。こうして無防備に窓ガラスに鼻を押しつけているふたりは、撃ってくれといっているようなものだ。

「ああ、なんてことだ、あれが見えますか?」ケイリーが震える声でいった。「誰か倒れてる。ほら、あそこ!」

ギリンガムにも見えた。部屋の奥の床に、うつぶせに男が倒れている。背中しか見えない。男はただ倒れているだけなのか。それとも、死んでいるのだろうか。

「誰です?」ギリンガムは訊いた。

「わかりません」ささやくような声が返ってきた。

「それなら、ちゃんと確かめたほうがいい」ギリンガムは閉まっている両開きのフレンチウィンドウをざっと確かめた。「この合わせ目のところに体重をかけて押せば、開くんじゃないかな。でなければ、ガラスを蹴り破るか」

ケイリーはなにもいわずに、二枚のガラス扉の合わせ目に肩を押しあててぐっと体重をかけた。合わせ目がはじけて、フレンチウィンドウが開いた。ケイリーはうつぶせに倒れている男に駆けより、そばに膝をついた。一瞬、ためらったが、勇気をふりしぼって男の肩に手を置き、その手をそっと引いた。横顔が見えた。

「ありがたい!」ケイリーは低い声でそういうと、手を離した。男はまたうつぶせにもどった。

「どなたです?」ギリンガムは訊いた。

「ロバート・アブレットです」

「おや。マークという名前だと思ってたが」ギリンガムはケイリーにというよりは、むしろひとりごとのようにそうつぶやいた。

「ここの主人はマーク・アブレットです。ロバートは主人のお兄さんなんです」ケイリーはぶるっと震えた。「マークだと思った……」

「マークはこの部屋に？」

「そうです」ケイリーはうわのそらで答えた。そして、ふいに、見知らぬ男に質問攻めにされていることに気づき、憤然とした。「あなたはどなたですか？」

しかしギリンガムはすでにドアまで移動していて、ドアノブをがちゃがちゃと回していた。

「鍵は彼のポケットにあるんだろうな」そういいながら、死体のそばにもどる。

「ポケットって、誰の？」

ギリンガムは肩をすくめた。「こんなことをした人物の、ですよ」床に倒れている男を指さす。「死んでますね？」

「ちょっと手を貸してください」ケイリーはたのんだ。

ふたりは怖々《こわごわ》と死体をあおむけにした。ロバート・アブレットは眉間を撃たれていた。決して気分のいい見ものではなく、ギリンガムはぞっとして、隣にいる男に同情した。と同時に、死体をみつけるまで、たいしたことではあるまいと事態を軽く見ていたことを後悔した。だが、こういうことは他人に起こることはあっても、自分の身に起こるとは、ふつうは想像だにしない。そして、いざこういう事態に遭遇すると、最初はとても信じられないものだ。

「よく知ってるひとですか？」ギリンガムはおだやかに訊いた。この男を好きでしたか、という意味をこめている。

「知らないも同然です。マークはわたしの従兄《いとこ》です。いや、その、ロバートも従兄なんですが、わたしがよく知っているのは、このひとの弟のマークのほうなんです」

「従兄さん？」

「そうです」ケイリーは少しためらってから、話をつづけた。「このひと、死んでますよね？　死んでると思うんですが……。そのう、あなた、なにかごぞんじじゃありませんか？　そのう、こういう場合にどうすべきかとか。そうだ、とにかく水を持ってこよう」

この部屋には、表廊下側の鍵のかかったドアと向かいあって、もうひとつドアがある。ギリンガムもあとで確認することになるが、そのドアは短い小廊下に面していて、その小廊下からふたつの部屋に行けるようになっている。ケイリーはその小廊下に出ると、右側のドアを開けた。事務室側のドアを開けっぱなしにしたままなので、ギリンガムにも小廊下の左側のドアが閉まっているのが見える。死体のそばに膝をついた姿勢で、ギリンガムは目でケイリーを追った。そしてケイリーの姿が見えなくなると、小廊下の、なにも掛かっていない壁に視線をとどめたが、べつに意識して壁をにらんでいたわけではない。視線は壁に向けられていても、心は死体の男を憐れむ気持でいっぱいだったのだ。

「死人に水は無用だ」ギリンガムはつぶやいた。「だが、なにをどうすればいいかわからないときは、なんでもいい、なんらかの行動をすることじたいが気休めになるものだ」

ケイリーがもどってきた。片手に海綿、もう一方の手にハンカチを持っている。ケイリーが尋ねるような目を向けてきたので、ギリンガムはうなずいた。

なにやら小声でつぶやきながら、ケイリーは死体のそばに膝をつき、濡らした海綿で顔を拭いてやった。そしてその顔をハンカチでおおった。ギリンガムは小さく息をついた。安堵の吐息だった。

ケイリーとギリンガムは立ちあがり、顔を見合わせた。

「なにかお手伝いできることがあれば」ギリンガムはいった。「どうぞなんなりと」

「ご親切にありがとうございます。よくわからないんですが、警察や医師に連絡するとか、しなくちゃならないことがありますよね。でも、ご親切につけこむようなまねはできません。じっさいのところ、もうすでに多大なご迷惑をかけているのですから、それをお詫びしなくては」

「わたしはビル・ベヴァリーに会いにきたのです。彼とは長いつきあいの友人でして」

「彼はゴルフ場に行ってます。そこからまっすぐに帰ってくるはずですよ」いま気がついたというように、こうつけくわえた。「みなさん、どこにも寄らずにお帰りになるはずです」

「なにかお手伝いできるかもしれないから、わたしもここにいましょう」

「ぜひ、お願いします。女性たちもいますんで。そっちはそっちで、なかなかたいへんなことになりそうです。もしよろしければ――」ケイリーは口ごもり、おずおずとかすかに微笑した。大柄で自信にあふれた男にしては、哀れを誘うような笑みだ。「――あなたに精神的な支えになっていただければ。それだけでもありがたいです」

「いいですとも」ギリンガムは微笑を返し、明るい声でいった。「では、まず手始めの助言をひとつ。すぐに警察に電話をするべきですね」

「警察？　え？」けげんそうな顔だ。「そのう――」

ギリンガムはざっくばらんな口調に変えた。「だってね、きみ――」

「あ、わたしはケイリーです。マーク・アブレットの従弟《いとこ》で、ここで暮らしています」

「わたしはギリンガム。やあ、すまない。もっと早く名のるべきだった。いいかね、ミスター・ケイリー、取り繕っても、いいことはなにもないよ。ここに、射殺された男の死体がある――つまり、誰かがこの男を撃ったということだ」

「自分で撃ったのかも」ケイリーは小声でいった。

「うん、それもありうるが、そうではないと思う。彼が殺されたのなら、そのとき、この部屋には誰かがいたはずだ。しかし、いま、その誰かはここにいない。つまり、銃を持って部屋を出ていったことになる。警察はまちがいなくそう断定するだろうね。そうじゃないかい？」

　ケイリーは黙って目を伏せている。

「きみの気持はお察しする。同情はするが、きみもわたしも子どもではない。もしきみの従兄のマーク・アブレットがこの部屋で、この――」ギリンガムは死体を指さした。「――男といっしょにいたのなら、それなら――」

「彼がいたって、どうしてわかるんです？」ケイリーは顔をあげてギリンガムをみつめた。

「きみがそういった」

「わたしは図書室にいたんです。マークはこの部屋に入ったけど、出ていったのかもしれない。わたしは見ていない。マークがいなくなったすきに、誰かがこの部屋に入りこんで――」

「うん、そうだね」ギリンガムは小さな子どもを相手にしているかのように、辛抱強くうなずいてみせた。「きみは従兄さんのことをよくごぞんじだ。だが、わたしは知らない。なので、従兄さんがこの件とはなんの関係もないという、きみの意見を尊重しよう。だが、この男が射殺されたとき、この部屋には誰かがいた。そして——いやいや、あとは警察に任せよう。ところで——」ギリンガムは電話機に目をやった。「わたしが電話するほうがいいなら……」

ケイリーは肩をすくめ、電話機を置いてあるデスクに近づいた。

「ええっと、このへんを少し見てまわってもかまわないかね？」ギリンガムは開いたドアを顎でしゃくった。

「ああ、はい。どうぞ」ケイリーは椅子にすわり、電話機を引き寄せた。「わたしの気持を斟酌してくださったんですね、ミスター・ギリンガム、わたしはもう長いことマークを知っています。ですが、もちろん、あなたのいうとおりだ。愚かなまねをしてしまいました」ケイリーはそういってから、受話器を取りあげた。

ところで、〝事務室〟がどういう造りになっているのか見てみるために、ふつうどおりに表廊下側のドアから入ってみることにしよう。いま現在、そのドアには鍵がかかっているが、便宜上、魔法が働いて鍵はかかっていないことにする。ドアを開け、事務室に入る。ドアをはさんで、左右に壁が延びている。正確にいえば、長く延びているのは右側の壁だけだ。左側の壁は、手を伸ばせば届く距離にある。表廊下側のドアの向かい側、十五フィートほど先の部屋の奥にもうひとつドアがある。先ほどケイリーが出入りした、あのドアだ。右側の壁に沿って三十フィートほど目でたどると、先ほどケイリーが押し破ったフレンチウィンドウがある。部屋を横切って、奥のドアを開けると、ごく短い小廊下がある。そこからふたつの部屋に行ける。ケイリーが入った右手の部屋は、事務室の奥行きの半分ほどの長さの、四角くてこぢんまりした空間だ。かつては寝室に使われていたらしく、その痕跡が残っている。いまはベッドは置かれていないが、隅に、湯と水のふたつの蛇口のついた洗面台がある。ほかに、椅子が一脚、戸棚がふたつ、引き出しつきのたんすがひとつ。事務室のフレンチウィンドウと同じ向きに窓がひとつ。しかし、事務室は奥行きがあって、十五フィート以上も芝生に突きでているため、小部屋の窓からはその外壁が見える。

小部屋の隣には浴室がある。広い居間（いまは事務室）、寝室、浴室と三つそろえば、これはスイートルームといえる。おそらく、この館の以前の持ち主が病気か高齢で階段の昇り降りができなくなり、このスイートを使っていたのだろう。いまの持ち主であるマーク・アブレットはベッドを取り払って寝室としては使わず、広い居間を事務室にしたのだ。とにかく、マークが一階で寝ることはない。

ギリンガムは浴室をのぞいてから小部屋に入った。窓が開いている。窓の下には手入れのいきとどいた芝生があり、芝生の庭の先には自然風庭園が広がっている。ギリンガムはこの館の持ち主が気の毒になった。こんなにのどかな場所で、残忍な事件が起こってしまったのだ。

「ケイリーはこの館の主人がやったと思っている」ギリンガムはつぶやいた。「それはまちがいない。だからこそ彼はむやみにドアをがんがんたたくことで時間を稼いだのだ。鍵のかかったドアを破るより窓を破るほうが簡単なのに、彼はあえてドアを破ろうとしていた。それはなぜか。もちろん、頭に血が昇っていたために、まともな思考ができなかったということもありうる。しかし、従兄に逃げるチャンスを与えようとしていたのかもしれない。警察に報せることもためらっていた。それればかりか……。うーむ、いろいろ疑問があるなあ。たとえば、事務室のフレンチウィンドウまで、玄関ドアから出て館をぐるっと回ったのはなぜか。表廊下の奥には、庭への出入り口があるはずなのに。あとで調べてみなくては」

いずれわかるが、ギリンガム自身は、頭に血が昇ってまともな思考ができなくなることなど、ありえない気質《たち》だ。

背後で足音がした。ギリンガムがふりかえると、小部屋のドアが開いていて、そこにケイリーが立っているのが見えた。彼を見たとたん、また疑問が湧いてきた。奇妙な疑問といっていい。なぜこのドアが開いているのだろうか、という疑問だ。

いや、なぜ開いているのか、というのは正確ではない。それは充分に納得のいく説明がつく。だが、自分はなぜ、閉まっていて当然だと思ったのだろうか。ドアを閉めた記憶はないのに、いま、それが開いていて、ケイリーがそこに立っているのを見て驚いたのだ。潜在意識下でなにかが作用し、驚きを引き出したのだ。それはなんだろう?

ギリンガムはその疑問を頭の片隅にしまいこんだ。いずれ必ず、しかるべき解答を思いつくだろう。なにせ、記憶力は抜群なのだ。見たこと、聞いたことのすべてが脳に伝達され、脳内のどこかに刻みこまれる。ごく自然に記憶してしまうのだ。記憶を探りたいときにはいつも、この写真的記憶能力をあてにできる。

ケイリーが近づいてきた。「警察に電話しました。ミドルストン警察から警部が来るそうです。それから、スタントンから駐在と医師も来ます」そういって、肩をすくめる。「渦中に身を投ずというところですね」

「ここからミドルストンまではどれぐらいの距離だね?」今朝、ギリンガムはその街に行こうと、汽車の切符を買ったのだ。それがほんの六時間前のことだと思うと、なんだか不思議な気がする。

「およそ二十マイルほどです。じきにお客さまがたがお帰りになります」

「ベヴァリーやほかのかたがたが?」

「はい。みなさん、事情を知ったら、すぐにここをお発ちになりたくなるでしょうね」

「そのほうがいいかもしれない」

「そうですね」ケイリーはちょっと黙りこんだが、すぐに口を開いた。「あのう、この近くにお泊まりですか?」

「ウッダム村のジョージ亭に」

「もしよろしければ、この館にご滞在願えませんか」ケイリーは口ごもりながらいった。「そのう、検死審問とか、いろいろありますから。従兄のもてなしを受けてくださるようお願いできれば。いえ、そのう、従兄が無関係だとして——」

ギリンガムは急いで口をはさみ、ありがたく申し出を受けるといった。

「よかった。きっと、ご友人のミスター・ベヴァリーも滞在することになさると思いますよ。気のいいひとですよね、彼は」

ケイリーがいったことや、いうのをためらったことを考え合わせ、生きている男に最後に会ったのはマークだったにちがいないと、ギリンガムは確信していた。だからといって、マーク・アブレットが犯人だとはかぎらない。拳銃は暴発することがある。たまたま暴発したのに、そんな話は信じてもらえないと思いこみ、恐怖に駆られて逆上し、逃げ出してしまったのではないか。しかし、無実であれ、殺人をおかしてしまったのであれ、逃げた人間に重い疑いがかかるのは避けられないことだ。

「ここから逃げたんだろうな」ギリンガムは小部屋の窓に目をやった。

「誰が？」ケイリーは硬い口調で訊きかえした。

「誰だかわからないが」ギリンガムはきまじめに答えた。「殺人犯が。いや、こういおうか――ロバート・アブレットを射殺したあと、事務室のドアに鍵をかけた人物が」

「それはどうでしょう」

「ならば、ほかに逃げ道があるかね？　フレンチウィンドウからは出ていない。あれは閉まっていた」

「おかしな話ですね」

「うん、わたしも最初はおかしいと思った。でも――」ギリンガムは小部屋の右側に突出している、事務室の外壁を指さした。「ほら、この窓から出れば、館のどこからも見えない。すぐそこに灌木の茂みもあるし。だが、フレンチウィンドウから出れば、姿を見られる可能性が高い。この館の――」右手をさっと振る。「どの窓からも、ここは見えない。ああ、そうか！　犯人が誰であれ、その人間はこの館のことをよく知っていて、この窓から逃走した。そしてあの茂みに身を隠したんだ」

ケイリーはしげしげとギリンガムをみつめた。「ミスター・ギリンガム、あなたこそ、この館のことをよくごぞんじのようですね。初めていらしたにしては」

ギリンガムは笑った。「いや、わたしはこまかいことに気がつくほうでね。そういう性分《たち》なんだ。でも、犯人がこの窓から逃げたという推測は、まちがいではないと思わないかい？」

「ええ、そうですね」ケイリーは茂みに目をやった。「あの茂みも見てみたいんじゃありませんか？」

「それは警察に任せよう」ギリンガムはおだやかにいった。「急ぐ必要はない」

ギリンガムの返事を息をつめて待ち、彼の返事を聞いて、ようやく息がつけるとでもいうように、ケイリーはほっと吐息をもらした。「ありがとうございます、ミスター・ギリンガム」

## 4　オーストラリアから来た兄

赤い館の客は、道理にかなっていさえすれば――マーク・アブレットが定めた道理ということだが――なんでも好きなことをしていい。だが、いったん、客（あるいはマーク）がどうしたいかを決めたら、必ずそのとおりにしなければならない。マークのこの気性を知っているミセス・キャラダインは、午後もワンラウンドしてお茶のあとで館に帰ればいいという、ベヴァリーの意見に反対した。ほかの三人もベヴァリーに同調する気になっていたが、ミセス・キャラダインは、予定変更はマークのお気に召さないだろうと口に出してこそいわなかったが、四時までに館にもどる予定ならばそのとおりにすべきだと、きっぱりと意見した。

「マークには迷惑かもしれませんぞ」ランボルド少佐は午前中のプレイがうまくいかなかったため、午後にもうワンラウンドして、ほんとうはもっとうまいのだということを証明したかった。「兄上が来ているのなら、わたしたちがいないほうがいいんじゃないのかな」

「そうですよね、少佐」ベヴァリーはうなずいた。「あなたはどうですか、ミス・ノリス？」

ルース・ノリスはホステス役のミセス・キャラダインをうかがうように見た。「あなたがお帰りになりたいのなら、お引き留めするわけにはいきませんわ。ゴルフをなさらないんですから、退屈でしょうし」

「おかあさま、ハーフラウンドだけ、九番ホールまで回るだけでもだめ?」ベティが訊く。

「あなたはお帰りになって、ぼくたちはハーフラウンドだけプレイしてから帰ると、マークにいってくださいよ。で、時間を見計らって、車を迎えによこしてくださいませんか」ベヴァリーは陽気に提案した。

「思ったよりも、外は涼しいし」少佐が口をはさむ。

ミセス・キャラダインは考えこんだ。確かにゴルフハウスの外に出ても涼しいし、マークも兄との再会に邪魔が入らないことを望んでいるかもしれない。そこで彼女も、九番ホールまでプレイするという案に同意した。

午後のゲームは互角となり、全員が午前よりもいいプレイをした。そして全員が機嫌よく帰路についた。

「あれれ」館に近づく車のなかで、ベヴァリーはつぶやいた。「あそこにいるの、トニーじゃないか?」

トニーことアントニー・ギリンガムは、館の正面でみんなを待っていた。ベヴァリーが手を振っているのを見て、手を振りかえす。車が停まると、お抱え運転手《ショーファー》の隣にすわっていたベヴァリーはすばやく車からとびだして、うれしそうにギリンガムにあいさつした。

「やあ、奇人どの。あなたも招かれたのかな?」突飛な考えが頭に浮かぶ。「まさか、あなたがマーク・アブレットのオーストラリアから来たお兄さんじゃないよね。そうだとしても、べつに驚かないけど」少年っぽい笑い声をあげる。

「やあ、ビル」ギリンガムは静かな口調でいった。「みなさんに紹介してくれないか。悪い報せを伝えなければならないんだ」

このことばでうれしい興奮が冷めたベヴァリーは、みんなにギリンガムを紹介した。車の横手に立っている少佐とミセス・キャラダインに、ギリンガムは低い声でいった。「遺憾ながら、まことに残念なお報せがあります。ミスター・アブレットの兄上、ロバートさんが亡くなったんです」肩越しに親指をうしろに向ける。「館のなかで」

「なんということだ！」と少佐。

「自死なさったということですか？」ミセス・キャラダインは訊いた。「たったいま？」

「いえ、二時間ほど前のことです」ギリンガムは上体をひねってベヴァリーを見た。「わたしはビルに会おうと、たまたまこちらをお訪ねしたんです。わたしがここに着いたのは、ロバートさんが亡くなった直後だったようです。ミスター・ケイリーとわたしがご遺体を発見しました。いま、ミスター・ケイリーは手がいっぱいでしてね――警察や医者が来てますから。なので、わたしからみなさんに伝えてほしいとたのまれまして。彼はこういっていましたよ――この悲劇で、ハウスパーティは中止となるため、みなさんはすぐにも帰宅するほうを選ぶだろうと」ギリンガムはあやまるようにかすかに微笑してから、先をつづけた。「うまくいえなくて申しわけないが、つまり、ミスター・ケイリーは、みなさんひとりひとりの気持を尊重するということです。ロンドンにお帰りになるのなら、車で駅まで送る手配をします。確か、夕方にここを通る汽車が一本あるはずですから、それに乗れますよ」

ベヴァリーはぽかんと口を開けてギリンガムをみつめた。いいたいことが山ほどあるのに、それをどういえばいいのかわからない。先ほど少佐の口からこぼれた語句のほかに、ことばがみつからないのだ。

まだ車のなかにいたベティが、隣のミス・ノリスの前に体をのりだして訊いた。「誰が殺されたんですって?」恐ろしがっている声だ。ミス・ノリスのほうは、舞台の上で登場人物のひとりの死を告げられたときのように、反射的に、衝撃を受けて悲しむそぶりを見せ、説明を求めるセリフを口にするために、間《ま》を置いた。

その間を埋めるように、ミセス・キャラダインが静かにいった。「わたくしたちは邪魔になるかもしれませんね。ええ、そう思います。でも、恐ろしいことが起こったからといって、さっさとここを立ち去るようなまねはできません。まずはマークにお会いしなくては。どうするかはそのあと考えればよろしいかと。わたくしたちがどれほど心を痛めているか、マークならわかってくださるでしょう。ですが、そのう、わたくしたちは——」ミセス・キャラダインは口ごもった。

「もしかすると、少佐とぼくなら、なにか役に立つかもしれないけど」ベヴァリーがいった。

「そういうことですよね、ミセス・キャラダイン?」

「マークはどこですかな?」少佐が訊く。

ギリンガムは動揺も見せずに少佐をみつめた——が、なにもいわなかった。

「ところで」少佐はおだやかにミセス・キャラダインにいった。「やはりあなたたちは、夕方の汽車でロンドンに帰ったほうがいいと思いますよ」

「そうですね」ミセス・キャラダインもおだやかにうなずいた。「ルース、あなたもごいっしょなさる?」

ルース・ノリスは黙ってうなずいた。

「ロンドンでまたお会いしましょう」ベヴァリーはどういうことになるのかさっぱり先が見えないが、あと一週間は赤い館に滞在する予定だったので、ロンドンにもどっても行くところがない。それにハウスパーティのほかの客は誰もがロンドンにもどるようなので、ここでギリンガムとふたりきりになったら、くわしい説明が聞けるだろう。

「ミスター・ケイリーもあなたには残ってほしいでしょうね、ビル。ランボルド少佐は明日になさいます?」ミセス・キャラダインは訊いた。

「うーむ、どうしようか。そうですな、ミセス・キャラダイン、あなたたちといっしょに帰りますよ」

「ミスター・ケイリーは、みなさんになにかご要望があれば遠慮なくいってほしいと、再三、わたしに念を押していました。車でも電話でも電報でも、なんでもご利用いただきたいと」ギリンガムはまたかすかに微笑してつけくわえた。「あれこれとさしでがましいことをいいまして、申しわけありません。ですが、たまたま身近にいて、ミスター・ケイリーの代弁者を務めることになったものですから」ギリンガムはおじぎをしてから、館に入っていった。

「ああ、なんということでしょう!」ミス・ノリスが芝居がかった声をあげた。

ギリンガムが玄関ホールに入ると、ちょうど、ミドルストン署の警部がケイリーといっしょに事務室から出てきて、図書室に向かうところだった。ギリンガムを見たケイリーは、立ちどまって会釈した。

「ちょっと待ってください、警部。ミスター・ギリンガムがおいでです。あのかたにも来ていただいたほうがいいかと思います」警部にそういってから、ギリンガムに警部を紹介した。

「こちらはバーチ警部です」

バーチ警部は尋ねるように、ケイリーからギリンガムへと視線を移した。

「ミスター・ギリンガムとわたしとで、死体をみつけたんです」ケイリーは説明した。

「なるほど！　ではどうぞ。事実関係をちょっと整理しましょう。どういう事態なのか、きっちり把握したいんですよ、ミスター・ギリンガム」

「みんな、そう思っていますよ」

「ふうむ」警部はギリンガムを興味深そうにみつめた。「あなたはこの件でどういう立場にあるか、わかっていらっしゃる？」

「どういう立場になるのかはわかっています」

「で、それは？」

「警部にきびしく尋問される立場ですね」ギリンガムはにっこり笑った。

バーチ警部は愛想よく笑った。「できるだけ手加減しますよ。では、ごいっしょに」

三人は図書室に入った。警部は書きもの机の前に陣取り、ケイリーは机の横の椅子に腰をおろした。ギリンガムは肘掛け椅子にゆったりとすわり、警部の尋問にそなえた。

「故人のことから始めましょう」警部はいった。「ロバート・アブレット。そうでしたね？」

手帳を広げる。

「はい。この館の主《あるじ》、マーク・アブレットのお兄さんです」ケイリーが答える。

「ふうむ」警部は手帳にえんぴつを走らせはじめた。「ここに住んでいた？」

「いいえ、ちがいます」

ケイリーがロバートについて知っているかぎりのことを説明しているあいだ、ギリンガムは注意深く耳をかたむけていた。ギリンガムにとっては初めて聞くことばかりなのだ。

「なるほど、不名誉なことをしでかして、この国を出た。で、いったいなにをしたんです？」

警部が訊く。

「わたしはほとんど知りません。当時は十二歳か十三歳でしたから。日ごろからおとなたちに、うるさく質問してはいけないと、いいきかされていた歳ごろですからね」

「不都合な質問はするな、と？」

「そのとおりです」

「では、彼が単に粗暴なだけだったのか、あるいは根っからの悪党だったのかは、知らないんですね？」

「はい。アブレット兄弟のご尊父は聖職者でした。聖職者からすれば、根っからの悪党でも、粗野な乱暴者にしか見えなかったと思いますが」

「としても」警部はにんまり笑った。「なにはともあれ、彼がオーストラリアに行ってくれて助かった、ということですな」

「はい」

「マーク・アブレットは兄上のことはなにもいわなかった?」

「ほとんどなにも。ロバートのことを恥じていましたし、そのう、彼がオーストラリアにいることを喜んでました」

「マーク宛に手紙がきましたか?」

「ときおり。この五年間に三、四通ぐらい」

「金の無心ですか?」

「たぶん、そうでしょう。でも、マークは応じなかったようです。わたしの知るかぎりでは、マークは一度も金を送ったことはありません」

「では、あなたの意見をうかがいましょう。マークは兄上に対して公平ではなかったと思いますか?　過度に邪険にあつかった?」

「子どものころから兄弟仲はよくなかったようです。たがいにやさしい気持などはもっていなかったとか。そもそも、どちらのせいでそうなったのか、わたしは知りません。どちらかが不仲の原因を作ったとしても」

「それでもマークは、手をさしのべようとした?」

「これまでもずっと、ロバートは誰かの手にすがって生きてきたようなものです」

バーチ警部はうなずいた。「よくあることですな。それでは、今朝のことを話してもらいましょう。マークは手紙を受けとった——あなたも読みましたか？」

「そのときは読んでいません。あとでマークが見せてくれました」

「差出人の住所は？」

「ありませんでした。手紙も薄汚れた紙を半分に切ったもので」

「その手紙、いまどこにあります？」

「知りません。マークの服のポケットに入ってるんじゃないかと思いますが」

「ふうむ」警部は口髭を引っぱった。「そのうちわかるでしょう。内容を憶えてますか？」

「文面どおりではありませんが、こんな内容でした——マーク、おまえの愛しい兄貴が、はるばるオーストラリアから、おまえに会いにいく。不意打ちをくらってびっくり仰天しないように、こうして前もって報せておくが、喜んでもらえるとは思っていない、明日の三時ぐらいにはそっちに着くだろう」

「ふうむ！」警部は聞きとった文章をていねいに手帳に書きつけた。「消印は見ましたか？」

「ロンドンの消印でした」

「で、マークの態度は？」

「立腹して、いまいましそうでした」ケイリーはためらいがちに答えた。

「不安そうだった？」

「いいえ、そんなことはありません。不愉快な結果になるのを嫌がっていたというより、再会そのものが不愉快だったようです」

「暴力沙汰とか、脅迫とか、そういうことを懸念していたわけではない？」

「そんなようすはありませんでした」

「ふうむ……ところで、ロバートは三時ごろやってきた、といいましたね？」

「はい」

「そのとき、館のなかには誰がいましたか？」

「マークとわたし、それに召使いが数人。召使いの誰がいたのかは知りません。もちろん、警部さんが直接、お尋ねになるんでしょうね」

「あなたの許可を得て。だが、客人たちはいなかった？」

「お客さまがたはゴルフをしにお出かけでした」ケイリーは説明した。「あ、そうだ」ふいになにか思いついたようだ。「ちょっとうかがいますが、警部さんはお客さまがた全員にも尋問なさるつもりですか？　当然ながら、みなさま、いまは尋問どころではないはずです」ケイリーはギリンガムに顔を向けた。ギリンガムは軽くうなずいてみせた。「みなさま、夕方の汽車でロンドンにお帰りになりたいだろうとお察しして、その旨を伝えてあります。それに異論はないと思いますが」

「後日、話をうかがう必要ができた場合にそなえて、みなさんの名前と住所を教えてもらえますか？」

「もちろんです。お客さまのうち、おひとりはこのまま滞在なさるはずですから、直接、話を聞けるでしょう。ですが、みなさま、ついさっき、ゴルフ場からお帰りになったばかりです。わたしたちがこの図書室に向かっていたときに」

「わかってますよ、ミスター・ケイリー。それじゃあ、午後三時に話をもどしましょう。ロバートが来たとき、あなたはどこにいましたか？」

ケイリーは広間の椅子にすわって本を読んでいたこと、客間《パーラー》メイドのオードリーがだんなさまはどこかと訊きにきたこと、テンプル、つまりあずまやに行くのを見たと答えたことなどを語った。

「オードリーはテンプルに行き、わたしはまた本を読みはじめました。すると、階段を降りてくる足音がしたので、目をあげてみると、マークでした。彼は事務室に入り、わたしはまた読書にもどりました。読んでいるうちに、参考にしたい本があったので図書室に行ったんですが、そこにいたときに、銃声が聞こえたんです。いや、正確にいえば、バーンという大きな音だったけれど、銃声かどうかは、とっさにはわからなかった。しばらくのあいだ、耳をすまして突っ立っていたんですが、やがて足音をしのばせてドアに近づき、細く開けておいたドアからのぞいてみました。どうしようかとためらっていたんですが、心を決めて、異変がないかどうか確かめようと、事務室に行ったんです。事務室のドアノブを回すと、鍵がかかっているとわかりました。そのため、すっかり動揺して、ドアをがんがんたたき、大声で呼びかけました——そこにミスター・ギリンガムがいらしたんです」そのあとケイリーは、ギリンガムとふたりで死体を発見した経緯を語った。

バーチ警部はケイリーに笑顔を向けた。「なるほどね。しかし、あなたの話のなかに、少し検討しなければならない箇所がありますな。マークのことですよ。あなたは彼がテンプルにいると思っていた。彼があなたに見られずにテンプルからもどり、階上《うえ》の自分の部屋に行くことは可能ですか？」

「使用人専用の裏階段がありますから。でも、マークはふつう裏階段は使いません。とはいえ、わたしはずっと広間にいたわけではないので、わたしが気づかないうちに、マークは二階に行ったかもしれない」

「だから、彼が二階から降りてきても、あなたは驚かなかった？」

「はい、べつに」

「ふうむ。そのとき、彼はなにかいいましたか？」

「〝ロバートが来たのか？〟とかなんとか。玄関ドアの呼び鈴か、玄関ホールの話し声が聞こえたんだと思います」

「マークの部屋はどっちに面してるんですか？　表？　すると、ドライブウェイを歩いてくるロバートの姿が見えたんでしょうかね？」

「ああ、そうかもしれません」

「それで？」

「それで、いらっしゃいましたと答えると、マークは肩をすくめて、こういいました――あまり遠くには行かないでくれ。おまえを呼ぶことになるかもしれないから、と。そして事務室に入っていかれました」

「それを聞いて、どう思いました？」

「マークはわたしにいろいろな相談をもちかけます。わたしはマーク専属の事務弁護士《ソリシタ》のようなものなので」

「今日の再会は、兄弟の旧交をあたためるというより、事務的な色あいが濃かったと？」

「ああ、はい。マークはそうみなしてました。それは確かです」

「ふうむ。マークが事務室に入ってから銃声が聞こえるまで、どれぐらい時間がたってましたか？」

「わりにすぐでした。二分かそこらだと思います」

バーチ警部は手帳にケイリーの供述を書き終えると、考えこむような目でケイリーをみつめた。そしてだしぬけに訊いた。「ロバートの死に関して、あなたはどう思います？」

ケイリーは肩をすくめた。「たぶん、わたしよりも警部さんのほうがずっとよくおわかりでしょう。事件のことを考えるのは警察の仕事ですからね。わたしは素人です。そして、マークの友人でもある」

「ふうむ」

「ですから、わたしの見解はこうです――ロバートはマークとの再会で厄介なことになるのを見越して、拳銃を持ってきた。そしてすぐさま拳銃を見せつけた。マークは拳銃を奪おうとした。おそらく、多少はもみあったのだと思います。マークが我に返ると、手には拳銃があり、足もとには死体がころがっていた。マークは逃げることしか考えられなかった。とっさにドアに鍵をかけた。わたしががんがんドアをたたきはじめたため、急いで逃げた」

「ふうむ。筋が通ってますな。あなたはどうですかね、ミスター・ギリンガム」

「わたしならそう早急に〝筋が通っている〟とはいいませんね」ギリンガムは肘掛け椅子から立ちあがり、警部とケイリーのほうに歩いていった。

「わたしがいいたいことはおわかりでしょう。いまのミスター・ケイリーの所見で、いろいろと説明がつきますよ」警部はいった。

「まあ、そうですがね。別の見解をお聞きになったら、混乱するかもしれない」

「あなたには別の見解があると?」

「いや、ありません」

「ミスター・ケイリーの所見を訂正したい箇所があるのでは？　あなたが館に到着したあとの彼の行動についてはどうです?」

「いや、ありません。ミスター・ケイリーの話はとても正確でした」

「ふうむ。では、今度はあなたのことをうかがいましょう。あなたはこの館の滞在客ではない。そうですな?」

ギリンガムはここに来るまでのゆくたてを語った。

「なるほど。で、あなたも銃声を聞いた?」

ギリンガムはくびを軽くかしげ、耳をすますようなしぐさをした。「ええ。この館が見えるところに来たときに。そのときはたいしたことだとは思わずに聞き流したんですが、いまははっきりと思い出せます」

「どこで銃声を聞いたんです？」

「ドライブウェイのどこか。館の玄関が見えてました」

「銃声がしたあと、玄関ドアから出てきた者はいなかった？」

ギリンガムは目を閉じて記憶を探った。「誰も。誰も出てきませんでした」

「確かですか？」

「確かです」思いちがいをしているのではないかと疑われたことに、ギリンガムは驚いた。

「ありがとうございました。また話をうかがいたくなったら、ウッダム村のジョージ亭に行けばいいんですね？」

「ミスター・ギリンガムは、検死審問までここに滞在してくださいます」ケイリーが口をはさんだ。

「それはけっこう。さて、次は使用人たちに話を聞くとしますか」

## 5　ギリンガム、新しい知的職業をみつける

ケイリーが呼び鈴を鳴らすと、ギリンガムはドアに向かった。「わたしはお邪魔でしょうか、失礼しますよ、警部さん」

「それはどうも、ミスター・ギリンガム。むろん、館にはいらっしゃるんでしょうな」

「ええ」

警部はためらった。「ミスター・ケイリー、使用人に尋問するのは、わたしひとりでやったほうがいいと思うんですが、どうですかね？　彼らのことはご承知でしょう。ああいう連中は、ひとが大勢いると、よけいに警戒するもんです。わたしひとりのほうが、彼らも口がほぐれて、真実をいうんじゃないかと」

「ああ、それはそうですね。じつをいえば、わたしも失礼させてもらおうと思っていたんです。お客さまがたのことが気になるもので。ご親切にも、ミスター・ギリンガムがわたしに代わって事情を説明してくださったとはいえ……」ケイリーは、ドアの前に立っているギリンガムに微笑した。

「あ、それで思い出した」警部はいった。「客人のひとりはミスター・ギリンガムのご友人ですね？　ミスター・ベヴァリーでしたっけ、そのひとは滞在を延ばすだろうと」

「あ、はい。お会いになりたいですか？」

「はあ。では、あとで」

「ミスター・ベヴァリーにそういっておきます。なにかご用があれば、わたしは自室にいますので。二階の自室で仕事をしています。ああ、使用人が来たようです。

やあ、スティーヴンズ、こちらはバーチ警部。おまえに訊きたいことがあるそうだ」

「はい」客間《パーラー》メイドのオードリー・スティーヴンズはしかつめらしい顔をしていたが、内心はどきどきしていた。

悲劇の報せはもうすでに家政婦室にも届いていて、オードリーは同僚たちに、ロバートがいったことや自分がいったことを再現するのに大忙しだった。オードリーはいいはった――こまかいことまではそれほど正確に憶えていないが、少なくとも、これだけはまちがいない、だんなさまのお兄さんが自分で自分を撃ち、だんなさまは姿をくらましたのだ。自分、オードリーは、ロバートを見たとたんに、そういうたぐいの人間だとぴんときた、と。

すると、ミセス・スティーヴンズがこういった――いいかい、オードリー、なにかよほどの理由がなければ、誰もオーストラリアくんだりに行ったりはしない、と。ハウスメイドのエルシーもオードリーと同じようなことをいったが、ひとつだけ捜査のためになりそうなことがあった――事務室で、だんなさまがお兄さんを脅しているのを聞いた、と。

「脅してたのはミスター・ロバートのほうでしょ」もうひとりの客間メイドがいった。彼女は自分の部屋でうたたねをしていたのだが、バーンという音は聞いたという。じっさい、その音でうたたねから覚めたのだ。なにかが破裂したような音だった。

「いんや、だんなさまの声だった」エルシーは断言した。

「きっと、命ばかりはお助けをっていってたんだよ」家政婦室の外で待機していた台所メイドのひとりが、目をきらきらさせてドアから顔をのぞかせた。だが、同僚たちにいさめられ、よけいなことをいうんじゃなかったと後悔しながら、すぐに引っこんだ。三文小説の愛読者である彼女は、こういう話がどういう展開になるかよくわかっていたため、黙っていることができなかったのだ。

「あの娘には、あとできつくいってやらなくては」ミセス・スティーヴンズはつぶやいた。

「それで、エルシー？」

「確かにこの耳で聞いたんですよ。だんなさまはこうおっしゃいました――〝今度はわたしの番だ〟って。なんだか勝ち誇ってるみたいに」

「それを脅し文句だと思うなんて、どうかしてるよ」ミセス・スティーヴンズはいったものだ。

しかし、いまこうしてバーチ警部の前に出ると、オードリーの頭にエルシーがいったことが浮かんだ。それはともかく、オードリーは家政婦室ですでに何度もくりかえし同じ話をしていたので、自信たっぷりに証言した。

バーチ警部は巧妙に、オードリーの証言をいろいろな角度からつつきまわした。じつのところ、内心では〝おまえがロバートになんといったかはどうでもいい〟といいたくてたまらなかったが、ロバートがなにをいったかを聞きだすには、オードリーに好きなように話をさせるのがいちばんいいとわかっていたので、黙って聞いていた。ロバートがいったことと、オードリーが受けた印象とを聞かされたが、オードリーのなかでは、そのどちらも、確固としてゆるぎないものになっているようだ。

「じゃあ、おまえは、ミスター・マークの姿を見てないんだね？」警部は訊いた。

「はい。きっと、あたしがテンプルに行く前にそこを出て館にもどり、二階のご自分の部屋に行かれたにちがいありません。でなきゃ、あたしがテンプルに行こうと勝手口に向かってるあいだに、玄関ドアから入られたんですよ、きっと」

「ふうむ。いやいや、知りたいことは聞かせてもらったよ。どうもご苦労さん。それじゃあ、同僚たちはどうだった？」

「エルシーはだんなさまとロバートさまの話を聞いてます」オードリーは力をこめていった。

「あのかたは――あ、だんなさまのことですが――」

「いや、それはエルシーから直接聞くことにしよう。ところで、エルシーって誰だね？」

「ハウスメイドのひとりです。次にここに来るようにいいましょうか？」

「ああ、たのむよ」

エルシーはオードリーに警部が呼んでいるといわれても、怖がったりはしなかった。その午後にしでかしたことがばれて、ミセス・スティーヴンズに叱られていたため、小言を聞かなくてすむのは、むしろ、ありがたかった。ミセス・スティーヴンズによれば、エルシーのしでかしたことは、事務室で起こった犯罪よりもよくないことだというのだ。

エルシーは、今日の午後、一階にいたことをいわなければよかったとつくづく後悔したが、いってしまったからにはもう遅い。エルシーは真実を隠すのがへたで、ミセス・スティーヴンズは真実を嗅ぎつけるのが得意なのだ。エルシーは表階段を使う用事などなかったのだが、二階の階段口にいちばん近いミス・ノリスの部屋から出てきたのだから、表階段を使ってもかまわないだろうと思ったのだ。階下《した》の廊下には誰もいないようだったし。ところが、二階にいたことをちょろっとしゃべってしまったのが、運の尽きだった。

ミセス・スティーヴンズはそれを聞き咎《とが》め、エルシーを質問攻めにした。午後のそんな時間に、なぜミス・ノリスの部屋にいたのか？　雑誌を返しにいった？　ミス・ノリスに借りた雑誌を？　借りたんじゃないだろ。エルシー、あんたときたら！　こんなりっぱなお屋敷でこそこそとそんなまねをするなんて！　哀れなエルシーは、贔屓《ひいき》の作家の作品が掲載されていると雑誌の表紙に謳《うた》ってあるうえに、崖から悪党が落ちている挿絵がついていたから、どうしても読みたかったのだと必死になって弁解した。

「注意しないと、あんたの将来もその絵と同じになるよ」ミセス・スティーヴンズはきっぱりとそういった。

しかし、もちろん、こっそり客用寝室に入ったことなど、バーチ警部に白状する必要はない。警部が知りたいのは、エルシーが一階の表廊下を通ったときに事務室から聞こえた声のことだ。

「話のつづきを盗み聞きしようと、立ちどまったのかね？」警部は訊いた。

「そんなこと、しません」エルシーは、自分は盗み聞きをするような人間ではないのに、誰もわかってくれないという思いに駆られ、強い口調で否定した。「あたしはただ、表階段を降りていき、事務室のそばを通っただけなんです。なかで秘密の話をしてるなんて思いもしなかったけど、それが耳に入ってきちまって。そりゃあ、耳をふさいで聞かないようにしときゃあよかったとは思いますけど」エルシーはくすんと鼻を鳴らした。

「まあまあ」バーチ警部はなだめるようにいった。「本気でそう思ったわけじゃないよ」

「みんな、ひどいことばっか、いうんです」エルシーは鼻声でいった。「気の毒に、男のひとが死んじまった。もしあたしが死んだら、みんなも、あんなひどいことをいわなきゃよかったって後悔するでしょうよ」

「ばかなことをいうんじゃない。みんな、おまえを誇りに思うだろうよ。おまえの証言がとても重要だと判明すれば。さあ、なにを聞いたのか、話してくれんか？　どういう話だったか、正確に思い出してほしい」

エルシーは船で働いていたとかいう話を思い出した。

「ふうむ。で、誰がそういったんだ？」

「ロバートさまです」

「どうしてロバートだとわかった？　以前に、彼の声を聞いたことがあるのかね？」

「ロバートさまを知ってたなんていいやしませんけど、あの声は、だんなさまでも、ミスター・ケイリーでも、滞在中のお客さまでもなかったし、五分ほど前にオードリーがロバートさまを事務室にお通ししたんで――」

「そうかそうか」警部は急いでエルシーをさえぎった。「うん、ロバートにまちがいないね。船で働いていたって？」

「はい、そう聞こえました」

「ふうむ。船で働いていた、か。船で働きながらこっちに来たということかな？」

「そうですよ、きっと」エルシーは力をこめてうなずいた。

「で？」

「そしたら、だんなさまが大きな声で、ちょっと勝ち誇ったみたいにこうおっしゃったんです――〝今度はわたしの番だ。見てるがいい〟って」

「勝ち誇ったみたいに？」

「とうとうチャンスが回ってきたぞ、みたいな」

「おまえが聞いたのはそれで全部かね？」

「それだけです。盗み聞きしたわけじゃありません。廊下を歩いてたら聞こえてきただけです」

「うん、わかった。重要な話を聞かせてもらった。ありがとう、エルシー」

エルシーは警部に笑顔を見せてから、いそいそと家政婦室にもどった。これでミセス・スティーヴンズやほかのメイドたちに、胸を張って会うことができる。

バーチ警部が使用人たちを尋問しているあいだ、ギリンガムも調査めいたことをしていた。どうしてもわからないことがあるのだ。図書室を出て玄関ドアに向かい、ドアを開けてドライブウェイを眺める。先ほどは、ケイリーといっしょに左に折れて建物の角まで走った。ほんとうにそのほうが、右に折れるより早くいきつけるのだろうか？　玄関ドアは建物正面のまんなかではなく、内から見て右寄りの端近くに設けられている。ドアを出て左に向かったということは、わざわざ長いほうの距離をとったことにほかならない。だが、右回りだと、途中になにか障害物があるのかもしれない——壁とか。

ギリンガムはドアを出て右に行き、さらに右に折れて、ぶらぶらと歩きはじめた。外壁沿いの小道を進んでいくと、事務室のフレンチウィンドウが見えた。じつにあっさりとたどりつける。左回りの半分の距離しかない。ケイリーがこわしたフレンチウィンドウの少し先にドアがある。すっと開いたドアから入ると、狭い空間になっていて、つきあたりにまたドアがある。それを開けると、まっすぐに表廊下がのびていた。

「うん、事務室に入る三つのルートのうち、これがいちばん短くて早い」ギリンガムはつぶやいた。「廊下から裏口を出て左に折れればすぐに、事務室のフレンチウィンドウにたどりつける。だのに、ケイリーはわざわざ遠回りをした。なぜだ？　マークに逃げる時間をこしらえてやるため？　だとすれば、なぜ走った？　それにしても、どうして時間稼ぎをしてやらなきゃいけないと思ったのか？　逃げ出すのはマークだと知っていたのか？　そう推測したのだとすれば……いや、推測したのではないな。恐れたんだ。どちらかが片方を撃った。ケイリーならロバートがマークを撃ったと考えるほうが妥当だ。じっさいに、それを認めたも同然だった。うつぶせの死体を起こしたとき、ケイリーはいった。〝ありがたい……マークだと思った〟と。だが、それならなぜ、ロバートに逃げる時間を与えてやるようなまねをしたのか？　うん、前の疑問にもどるな——時間稼ぎをしたいのなら、なぜ走ったのか？」

　ギリンガムはまた裏口から外に出て、芝生のベンチにすわり、事務室のフレンチウィンドウをみつめた。

「そうだな、ケイリーの心の動きを丹念にたどってみれば、なにかわかるかもしれない」

　ギリンガムはケイリーの身になって考えてみた。

　ロバートが事務室に案内されたとき、ケイリーは広間にいた。客間メイドがマークを捜しにいく。ケイリーは読書をつづける。マークが二階から降りてきて、呼んだらすぐ来てほしいので近くにいるようにとケイリーにいいおいてから、兄の待つ事務室に行く。ケイリーを呼ぶ必要のある用事とは、なんだろう？　ロバートの借金を払ってやるので相談にのってほしいとか。ロバートをオーストラリアに帰すために船の手配をしてほしいとか。それに抵抗して暴れるロバートを放りだすために屈強なケイリーの力を借りたいとか。それはともかく、ケイリーはマークに近くにいるようにいわれたあと、図書室に行った。これはべつに問題ではない。呼ばれればすぐに事務室に駆けつけられる距離だからだ。そして銃声が聞こえた。銃声——田舎の邸宅《カントリーハウス》ではもっとも場違いな音。とっさに銃声だと判断できなくても当然の音。ケイリーは耳をすます。なにも聞こえない。銃声ではなかったのだろうか。少しためらったあと、ケイリーは図書室のドアに向かう。しんと静まりかえっているのが、かえって不安を煽《あお》る。やはり銃声だったのか？　まさか！　そうだ、口実をもうけて事務室に入ろう。不安を払拭するために。事務室のドアノブをつかむ。鍵がかかっている！

それがわかったときのケイリーの気持の動きは？　危惧、強い不安。不測の事態が発生したにちがいない。信じがたいが、あれは銃声だったのだ。ドアをがんがんたたいて、マークを呼ぶ。返事はない。不安がつのる。だが、誰の身を案じているのか？　マークに決まっている。ロバートは見知らぬ人間だが、マークは親しい友でもある。今朝届いた手紙から見ても、ロバートは危険なほど短気な男のようだし、手ごわそうだ。一方、マークは洗練された、教養のある紳士だ。諍《いさか》いになって、ロバートがマークを撃ったのか。ケイリーはさらにドアをがんがんたたく。

この時点で、ギリンガムが登場する。ケイリーの行動は不合理だったかもしれないが、一時的に頭に血が昇って混乱していたのだろう。誰だって、ケイリーと同じことをするにちがいない。ギリンガムが窓を破ったらどうかと提案すると、ケイリーはすぐに名案だと認めた。そして、玄関ドアから出てフレンチウィンドウまで走ったのだ――遠回りのルートを。

なぜだろう？　殺人犯に逃げる時間を与えるためか？　犯人はマークだと考えたのなら、そうだろう。だがケイリーはロバートが犯人だと考えたはずだ。なにか不都合な隠しごとがないのなら、そう考えるのが自然だ。じっさい、ケイリー自身がそういった。うつぶせの死体を起こし、顔を見てから、殺されたのがロバートだとわかったとき、ケイリーは〝マークだと思った……〟といったのだ。殺されたのがマークだと思っていたのなら、時間稼ぎをする理由はない。それどころか、なにがなんでも急いで事務室に入ってロバートをとっつかまえなくては、と焦って然るべきだ。なのに、わざわざ遠回りをした。なぜだ？　しかも、なぜ走った？

「そこが問題だ」ギリンガムはそうつぶやきながら、パイプに煙草を詰めた。「答がわかればありがたいんだが。もちろん、ケイリーはただ臆したただけなのかもしれない。あわてて事務室に入り、ロバートの拳銃に身をさらすのが怖かったのかもしれない。だが、わたしが現われたので、勇気と熱意のあるところを見せなければと思ったのかもしれない。それならそれで説明がつく。ならば、ケイリーは臆病なふりをしただけなのか。臆病？　なかに犯人がいると思っているのに、フレンチウィンドウに顔を押しつけたのは、勇気ある行動だといえる。うーん、もっと納得のいく答があるはずだ」

片手に火をつけていないパイプを握りしめ、ギリンガムは考えこんだ。脳の片隅に、検証される出番を待っている記憶がいくつかひそんでいる。いまのところはそのまま待機させておこう。あとで必要になったときに、引っぱりだせばいい。

ギリンガムはふっと笑い声をあげて、煙草に火をつけた。笑ったのは、こんなことを思いついたからだ――新しい仕事を探そうと思っていたが、どうやらみつかったようだ。アントニー・ギリンガム、犯罪を追う猟犬、私立探偵となる。うん、今日から始めることにしよう。

新しくみつけた知的職業に関して、ギリンガムにどんな資質があるにせよ、ともあれ、明晰ですばやく回転する頭脳があることは確かだ。そしてこの明晰な頭脳が、事件当時、館のなかにいた人々のなかで、なんの利害の対立もなく真実を追究できるのは、唯一、ギリンガムだけだと告げている。バーチ警部がやってきたのは、死体が発見され、犯人が逃げたあとのことだ。逃げた人物が銃を撃ったのは、確実そのものの推測で、疑う余地はない。警部がこの推測を、確実そのものの真相だと決めつけて捜査するのも、疑う余地はなさそうだ。とすれば、警部が予断をもたずにほかの可能性を追求する見こみは薄い。ほかの人々——ケイリー、滞在客たち、使用人たち——も、みんな先入観にとらわれている。全員がマークの味方だ（敵視する可能性もなきにしもあらずだが）。味方するにしろ、敵視するにしろ。朝食の席で、ロバートがどういう人間であるかを聞かされたことが、各自の意見に影響しているはずだ。そんな人々に、偏見をもたずに事件のことを考えろというほうが無理だ。

しかし、ギリンガムは別格だ。マークのことはなにも知らない。ロバートのこともなにも知らない。死体をみつけたとき、死体の身元はまったく知らなかった。事件が起こったとき、誰かがいなくなっていることも知らなかった。最初の印象はきわめて重大だが、彼はなにものにも影響されずに、すべてをあるがままに見ることができた。感情や他人の意見に左右されず、ギリンガム自身の感覚に基づいて、現場を見ることができたのだ。すなわち、真実を追究するには、バーチ警部よりも有利な立場にある。

とはいえ、ギリンガムがバーチ警部を、いささか公平を欠く目で見ている可能性はある。警部がマークが兄を射殺したのだという予断にとらわれているのも、それはそれで無理もない話だからだ。

ロバートは事務室に案内された（オードリーの証言）。

マークはロバートの待つ事務室に入った（ケイリーの証言）。

マークとロバートは話をしていた（エルシーの証言）。

銃声が聞こえた（大勢の証言）。

ロバートの死体は事務室で発見された（ケイリーとギリンガムの証言）。

マークは行方が知れない。

したがって、マークが兄を殺したのは明白だ。ケイリーが信じているように偶発的な事故だったのか、エルシーの証言が示唆しているように故意の殺害なのか。瑕瑾《かきん》のない簡潔な解答があるときに、複雑に入り組んだ解答を求めても意味がない。だが、もしかするとバーチ警部は、解決すれば箔がつくからという理由だけで、複雑に入り組んだ解答のほうを好むかもしれない。国じゅうを走りまわってマーク・アブレットを捜すという、単純でありきたりの捜査より、入り組んだ謎を解いて犯人を捕らえるほうが、いかにもめざましく、気分がいいだろう。しかし、無罪であろうが有罪であろうが、どのみち、マーク・アブレットはみつかるはずだ。可能性なら、ほかにも考えられる。予断にとらわれている警部に、ギリンガムが多少の優越感を感じているのは否めないにしても、警部のほうは、この事件とギリンガムとを結びつけて考えようとするかもしれない。ギリンガムが事件直後に姿を現わしたのは、ほんとうに偶然なのか。ビル・ベヴァリーに友人であるギリンガムのことを尋ねたら、その返答にさぞ興味を惹かれることだろう。あるときは煙草屋の店員、またあるときはレストランの給仕。どう見ても、ギリンガムはあやしい人物といえる。おそらく警部は、ギリンガムから目を離そうとはしないだろう。

# 6　外か内か

滞在客たちはそれぞれ異なる態度でケイリーに別れを告げた。少佐はぶっきらぼうな口調で率直にいった。「わたしが必要なら、連絡してくれ。なんでもいい、わたしにできることがあれば。では、失敬する」

　ベティ・キャラダインはことばは口にせず、同情をこめた大きな目にものをいわせた。ミセス・キャラダインはなんといえばいいかわからないと弁解しながらも、長々としゃべった。ルース・ノリスは悲嘆にくれている風情を惜しみなく披露したため、ケイリーの〝ありがとうございます〟というお定まりのあいさつは、彼女の女優としての演技への賛辞のように聞こえた。

　ビル・ベヴァリーはそれぞれに別れのあいさつをして（特にベティの手を名残惜しげにぎゅっと握って）から、みんなが車で去っていくのを見送ると、ギリンガムを捜した。ようやく庭のベンチにすわっているギリンガムをみつけ、ゆっくりと近づいていく。

「やれやれ、奇妙な事件だね」ベヴァリーはギリンガムと並んでベンチに腰をおろした。

「とても奇妙だね、ビル」

「その奇妙な事件のまっただなかにはまりこんでしまった?」

「まっただなかに」ギリンガムはうなずいた。

「なら、あなたこそぼくの求めるひとだ。この事件に関していろいろな噂や謎めいた話がとびかっているし、警部は肝心なことには頑として口をつぐんでる。いくらぼくが殺人のことを訊いても、ぼくのほうが質問攻めにされてしまうだけだ。それも、あなたと初めて会ったのはどこかとか、そんなつまらない質問ばっかり。さあ、聞かせてくれよ。ほんとうのところ、いったいなにがあったんだい?」

ギリンガムは警部に話したことを簡潔にまとめて、ベヴァリーに教えてやった。ベヴァリーはギリンガムの話のそこここで〝おお、なんと!〟という驚きのことばと口笛とで合いの手を入れた。

「すると、ちょっと面倒だな。ぼくはどこにはまりこんでるんだろう?」ベヴァリーはくびをかしげた。

「どういう意味だい?」

「だって、みんなは帰ってしまい、残ったのはぼくだけ。あの警部は、なんでも知ってるんだろうといわんばかりに、ぼくにあれこれしつこく訊くんだ。どう思う?」

ギリンガムは微笑した。「なにも心配する必要はないよ。バーチ警部は、この午後、きみたちがずっといっしょに行動していたかどうか、確認したかったんだ。きみも知ってのとおり、ケイリーはきみが滞在を延ばしてくれるのを喜んでいる。ま、そういうことだ」

「あなたもこの館に滞在することになったんだよね?」ベヴァリーは心からいった。「よかった。すてきだ」

「帰った客のなかに、別れがたかったひとがいたんじゃないのかい？」

ベヴァリーの顔がさっと赤くなった。「いや、その、彼女には来週会うつもりだから」

「それはよかった。よさそうなひとじゃないか。あのグレイのドレスは服喪の表われかな。気持のあたたかいひとらしいね」

「なにをいってるんだか。それは母親のほうだよ」

「おや、失礼。それはともかく、きみは彼女といっしょにいたいだろうが、わたしとしてはきみにいてもらいたい。すまんが、わたしでがまんしてほしい」

「本気かい？」ベヴァリーはむしろおもねるように訊きかえした。ギリンガムに敬服しているので、彼にいてほしいといわれたことが誇らしくてたまらない。

「本気だとも。じきに、なにかありそうだ」

「検死審問とか、そういうことかい？」

「おそらく、その前になにかが起こるんじゃないかな。おや、ケイリーだ」

芝生を踏んで、ケイリーが近づいてくる。肩のがっしりした大柄な男だ。容貌は醜《みにく》いが、きれいに髭を剃った顔には力づよさが表われていて、平凡な印象は受けない。

「ケイリーにとっては不運だったな」ベヴァリーはいった。「心から彼に同情してることをいったほうがいいかな。お悔やみをいうのは不適切みたいだけど」

「いいんじゃないか」

ケイリーはふたりに会釈して、そのままじっと立っていた。

「ここにどうぞ」ベヴァリーはベンチから立ちあがった。

「いや、どうぞおかまいなく」ケイリーはベヴァリーにそういうと、ギリンガムに目を向けた。「ちょっと申しあげたいことがありまして。まあ、無理もないんですが、台所の連中はみんな気が動転していて、夕食をお出しできるのは、八時半を過ぎてしまいそうなんです。もちろん、服装はそのままでけっこうです。ところで、お荷物はどういたしましょう？」

「ビルといっしょに宿に行って、こちらに届けるよう手配してくるよ」

「車が駅からもどり次第、運転手に取ってこさせますが」

「ご親切はありがたいが、わたしが直接行ったほうがよさそうだ。荷物を詰めたり、宿の代金を払ったりしなきゃならないからね。それに、散歩がてら宿まで歩くにはもってこいの夕方だし。ビル、いっしょに来てくれるかい？」

「喜んで」

「では、あとで車をさしむけます」

「ありがとう」

用がすんだあとも、ケイリーは次にどこに行くか、なにをいうか、決めかねているかのように、ぎごちないようすで立っていた。

ケイリーは午後の出来事について話したいのだろうか、それとも、それはぜひとも避けたい話題なのだろうか、ギリンガムにも測りかねた。垂れこめた沈黙を破って、ギリンガムは警部はもう帰ったのかと訊いた。

ケイリーはうなずいた。そしてぽつりといった。「警部さんはマークを逮捕する手配をなさいました」

ベヴァリーは同情するように舌を鳴らし、ギリンガムは肩をすくめた。

「うん、警部はその点にこだわっていた。そうだったね？　そうしないわけにはいかないし、だからといって、それがなにかを意味することにはならない。警察としては、きみの従兄《いとこ》さんが無実であれ、罪をおかしたのであれ、捕まえたいと考えるのはしかたのないことだ」

「あなたはどちらだとお思いになりますか、ミスター・ギリンガム」ケイリーはまっすぐにギリンガムをみつめた。

「マークが？　ばかばかしい」ベヴァリーが強い口調でいいきった。

「友情に篤いビル。そうだね、ミスター・ケイリー」

「あなたご自身は、知り合いだからといって、特に肩入れなさることはないと？」ケイリーは訊いた。

「そのとおり。たぶん、感情に左右されない気質《たち》なんだろうな」

ベヴァリーは芝生に腰をおろし、ケイリーはベヴァリーがゆずってくれたベンチの空席にすわった。どっしりとすわりこんで、膝の上に両肘をついて両手で顎を支え、黙りこくって地面をみつめる。

「わたしも感情に左右されずに話したい」ようやくケイリーは口を開いた。「マークのことでは、確かにわたしは先入観にとらわれています。なので、そういう先入観のないあなたに、わたしの意見を聞いてもらいたいんです」

「きみの意見?」

「仮説といいましょうか。警部さんにもいいましたが、もしマークがお兄さんを殺したのなら、それはまちがいなく事故だった」

ベヴァリーは興味津々という表情で訊いた。「つまり、ロバートは強盗みたいなまねをしようと、拳銃を振りまわした。で、もみあいになり、拳銃はマークの手に渡った。興奮していたマークは、うっかり引き金をひいてしまった。そういうことかい?」

「そうです」

「きっとそうだよ」ベヴァリーはギリンガムに目を向けた。「非の打ちどころのない説だ。そう思わない? マークを知ってる者なら誰でもうなずける、とても自然な説明だ」

ギリンガムはパイプをくゆらした。「そうだね」ゆっくりという。「だけど、それでもひとつだけ、引っかかることがある」

「引っかかるって、なにが?」ベヴァリーとケイリーは同時に訊いた。

「鍵だよ」

「鍵?」とベヴァリー。

ケイリーは顔をあげて、まっすぐにギリンガムを見た。「鍵がどうかしましたか?」

「うーん、なんでもないことかもしれない。だが、不思議でしょうがないんだ。いいかい、きみの仮説のとおりに、事故でロバートが死んだとしよう。マークは頭が混乱して、誰にも見られないうちに逃げなければという考えしか思い浮かばなかった。とすれば、ドアに鍵をかけて、その鍵をポケットに突っこんだというのは、いかにもありそうだ。時間稼ぎをすることしか頭になかった」

「ええ、わたしはそう思います」ケイリーはうなずいた。

「納得できる話だよ」ベヴァリーもうなずいた。「誰でも無意識にやってしまいそうなことだ。それに、そのぶん、逃げるチャンスが増す」

「そう、鍵があれば、まったくそのとおり。だが、鍵がなければ、どうだい？」

これには、ベヴァリーもケイリーも驚いた。ギリンガムは仮説ではなく、確固とした事実のように指摘したのだ。

「どういう意味ですか？」ケイリーは訊いた。

「いいかい、これは、鍵がどこにあるかという、素朴な疑問なんだ。寝室で着替えをしようと、ズボン吊りと片方だけ靴下をはいているというかっこうになったときに誰かがふらりと入ってこないよう、ドアに鍵をかける。ごくあたりまえのことだ。それに、たいていの家の客用寝室のなかには、目立つところに鍵が置いてある。用心のためにドアに内側から鍵をかけられるように。だが、ふつう、階下の、いわば公的な部屋には、内側から鍵をかけたりしない。決してそんなことはしない。

ビル、たとえば、シェリーをひとりで楽しむために、食堂に鍵をかけて閉じこもったりするかい？　一方、女性たちは当然ながら、また、使用人たちも同様に、泥棒を怖がる。もし泥棒がある部屋の窓から侵入したとすれば、その侵入した部屋から出られないようにしたい。なので、女性や使用人は寝室にさがる前に、公的な部屋には外側からドアに鍵をかけるんだ」ギリンガムはパイプを逆さにして灰を落としながら、こうつけくわえた。「少なくとも、わたしの母はそうしていた」

「そうすると」ベヴァリーは勢いこんだ。「マークが事務室に入ったとき、鍵は事務室の外にあった？」

「そこに引っかかってるんだよ」

「ビリヤード室や図書室など、ほかの部屋も調べてごらんになった？」ケイリーは確認した。

「いや、ここにすわって考えていただけだよ。きみは鍵のことには気づかなかったのかい？」

ケイリーはくびをかしげて考えこんだ。「なさけないことに、まったく気づかなかった……」そしてベヴァリーの顔を見た。「あなたは？」

「まるっきり、気づかなかったな。泥棒に入られる心配なんか、したことないからなあ」

「きみならそうだろうね」ギリンガムは笑った。「それじゃあ、なかにもどったら、その目で確かめればいい。一階のほかの部屋の鍵が外にあるのなら、事務室の鍵も外にあったとみなせる。だとすれば、鍵の問題はいよいよ興味深いものになる」

ケイリーはなにもいわなかった。

ベヴァリーは手折った草の葉を噛んでいたが、やがてこう訊いた。「そのことで、大きなちがいが生じるのかい？」

「そのことで、事務室で起こったことがますます理解しにくくなる。きみたちの事故説を考えてみよう。本能的に鍵をかけたという説はどうなる？　マークは事務室のドアを開けて、外に置いてある鍵を取らなければならない。ドアを開ければ、廊下や広間にいる者に顔を見られる。たとえば、ほんの数分前に会話を交わした従弟《いとこ》に。マークのような心理状態にあった者なら、死体といっしょのところを見られるのが怖くて、そんな無謀なまねはしないだろう」

「わたしを恐れる必要なんかなかったのに」ケイリーはいった。

「ではなぜ、彼はきみを呼ばなかったのだろう？　きみが近くにいることは知っていた。きみなら彼に助言できたはずだ。マークが助言を求めたかどうかはわからないが。しかしマーク逃亡説は、マークが他人の目を恐れ、きみや使用人たちが事務室に駆けこんでくるのを防ぎ、そこから逃げ出すことしか考えなかったということになる。鍵が事務室のなかにあったのなら、ドアに鍵をかけても不思議はない。だが、鍵が外にあったのなら、わざわざドアを開けて鍵を取ったりはしなかったはずだ」

「うーん、あなたのいうとおりかもしれないけど」ベヴァリーはいった。「彼が鍵を持っていたのなら、当然、ドアに鍵をかけるだろう」

「そのとおり。だが、その場合は、まったく新しい説を考えなければならないね」

「すべてが計画的だったという線が浮上してくる？」

「そう、そのとおり。とはいえ、計画的だったとすれば、マークは徹底的に愚かだということになる。なんだかわからないが、とにかく、なんらかのさしせまった理由により、彼はお兄さんを排除したかったとしよう。それをあんな形でおこなうかね？　殺して逃げるなんて。実質的な自殺にひとしい。精神に異常をきたして自殺するようなものだ。だが、そうじゃない。好ましくない兄を本気で排除しようと思うなら、もっと頭を使うだろう。自分が疑われないように、いかにも親しげにもてなしておく。そして、じっさいに殺害してしまったあとは、事故か、自殺か、あるいは第三者による殺害に見せかけようと、あれこれ画策するだろう。そうじゃないかね？」

「自分に不利にならないように？」ベヴァリーは訊きかえした。

「うん、そういうことだ。そうだな、きみだってなにか企むときは、まずは部屋に閉じこもり、あらゆる角度から検討して、計画を立てるだろう？」

ケイリーは黙りこくっている。ギリンガムの新しい説をじっくりと考えているようすだ。やがて、地面をみつめたまま、ケイリーはいった。「わたしはあれは事故だったという自分の説を変えません。マークは頭が混乱してどうすればいいかわからず、逃げたんです」

「でも、それだと、鍵の件は？」ベヴァリーは訊いた。

「鍵が事務室の外にあったかどうか、まだわからないじゃありませんか。一階の部屋の鍵はつねにドアの外に置いてあるという、ミスター・ギリンガムの説にうなずくことはできません。ときにはそういうこともあるでしょう。ですが、いずれ、鍵は事務室のなかにあったとわかると思います」

「鍵が部屋のなかにあるんなら、きみの説は成立する。でも、部屋の外にあるのが常だったら、どうだろう。きみはわたしに率直な意見を求めたから、わたしも率直に自分の意見を述べた。だが、きっときみの説のほうが正しいだろう。きみのいったとおり、一階の部屋の鍵はそれぞれの部屋のなかにあるにちがいない」ギリンガムはそういった。

「たとえ鍵が事務室の外にあったとしても」ケイリーは妥協はしないという口調でいった。「やはりあれは事故だったと思います。マークはお兄さんとの話が不愉快な展開になるのではないかと懸念して、誰にも邪魔されないように、鍵を持って事務室に入ったんじゃないでしょうか」

「だが、それならなぜ、きみに、近くにいてくれとたのんだのだろう？　それに、不愉快な展開になるかもしれないと懸念していれば、わざわざドアに鍵をかけて、みずから閉じこもるようなまねはしないと思うがね。いつでもドアを開けられるようにしておいて、いよいよとなればドアを開けて、相手にさっさと出ていけと命じるほうを選ぶんじゃないかな」

ケイリーはまた黙りこんだが、自説は曲げないとばかりに、ぎゅっとくちびるを引き結んでいる。

「それじゃあ、行こうか、ビル。まずは行動だ」ギリンガムは立ちあがり、芝生にすわっているベヴァリーに手をさしだし、引っぱって立たせてやった。そしてケイリーに顔を向けた。

「さも得意げにべらべらしゃべったように聞こえたとすれば、申しわけない。わたしは第三者として、夾雑物《きょうざつぶつ》なしにこの件のことを考えているんだ。友人たちの幸不幸に関係なく、純然たる問題として」

「わかりました、ミスター・ギリンガム」ケイリーもベンチから立ちあがった。「わたしのほうこそかたくなになって、申しわけありませんでした。許していただけますね。ではこれから、宿に行かれますか?」

「ああ、そうするよ」ギリンガムは目をあげて太陽をみつめてから、館の周囲に広がる、手入れのいきとどいた自然風庭園を見まわした。「ええっと、あっちでいいのかな? あっちに行けば村に着くんだろうか? それとも道路沿いにてくてくいったほうがいいのかな?」

「ぼくが連れていってあげるよ」ベヴァリーがいう。

「ビルに案内してもらえば安心ですね。この館の敷地は、村のほうまでずっと広がってます。では、三十分ぐらいしたら、車を迎えにいかせます」

「ありがとう」

ケイリーは会釈してから、館にもどっていった。

ギリンガムはベヴァリーの腕を取り、館とは反対の方向に歩きはじめた。

# 7　ある紳士の肖像

　ギリンガムとベヴァリーは、館とその周辺の庭から充分に離れたところに行くまで、口をつぐんでいた。目の前と右手には自然を活かした庭園が広がっている。敷地はなだらかに隆起していて、このあたりは世界から切り離された空間となっている。左手には葉むらも密な木々が並び、道路との境界線を成している。

「前にもここに来たことがあるかい？」ふいにギリンガムは訊いた。

「うん、よく来てるよ。もう何度も」

「わたしが訊いたのは、いまわたしたちが歩いている、まさにこのあたりのことだよ。それともきみは館に引きこもって、ビリヤードばかりやってるのかい？」

「まさか！」

「そうか、テニスやなんかをやってるんだな。美しい庭園があっても、たいていの持ち主はそこを使う機会はめったにないし、埃っぽい道路を歩くしかない貧しい人々は、こんな庭園を持っている所有者はなんて幸運なんだと羨《うらや》み、なかではどんな楽しいことをしてるんだろうかと想像をたくましくするだろうな」ギリンガムは右のほうを指さした。「あのへんまで行ったことは？」

ベヴァリーは少し恥ずかしそうに笑った。「いや、ないな。こっちは村までの近道なんでよく歩くんだけど」

「ふうん……ところで、マークのことを話してくれないか」

「どんなことを?」

「そうだね、自分は彼の館に招かれた客だとか、紳士らしくありたいとか、そういう建前は抜きにしてほしい。紳士としての礼儀作法にこだわらず、きみがマークをどう思っているか、彼といっしょだとどんな感じがするか、このささやかなハウスパーティでなにか諍《いさか》いがあったか、マークとケイリーはうまくいっていたか、なんでもいい、すべて話してくれ」

ベヴァリーはギリンガムの顔をみつめた。「探偵になりきってるみたいだな」

「新しい職業に就いてみたかったんでね」

「そいつは愉快だ!」そういってから、ベヴァリーは弁解するようにいいなおした。「いや、いかん。館には死体があって、ぼくはそこの客だというのに、愉快だなんていうべきじゃなかった……」すまなそうに語尾を濁《にご》したが、すぐにきっぱりといった。「まったくもう、おかしなことが起こったものだ!」

「ん? それで?」

「ぼくがマークのことをどう思っているかってことだよね?」

「そう」

ベヴァリーはしばらく黙りこんで、頭のなかでもやもやとしているだけできちんと考えたことのない思いをなんとか伝えようと、ことばを探した――自分はマークのことをどう思っているのか。
混乱しているようすのベヴァリーを見て、ギリンガムはいった。「きみがここでなにをいお
うと、新聞記者に洩れる恐れはないんだから、ことばづかいなんか気にしなくていいんだよ。
好きなように、いいたいことをいえばいい。そうだな、話しやすいようにきっかけを作ってあ
げよう。ここでの滞在はバーリントン家に滞在するより楽しいかい?」
「うーん、そりゃあ、よりけりだなあ」
「どちらにも彼女がいると仮定していいよ」
「なんだよ」ベヴァリーは肘でギリンガムの横腹をこづいた。「ちょっといいにくいんだけど
な。そうだね、ここではほんとによくもてなしてもらってる。ここみたいに快適に滞在できる
ところは、そうあるもんじゃない。客用寝室、料理、飲みもの、葉巻。すべてに気配りがゆき
とどいてる。至れり尽くせり」
「で?」
「で、」ギリンガムのあいづちに思考を刺激されたかのように、ベヴァリーはつづけた。「そり
ゃあもう、かゆいところに手が届くというか。そう、それがマークなんだ。彼独特のやりかた
のひとつ。とことん、こだわっているといってもいい。親身に世話をする、ということに」
「客の身になって気配りしてる?」
「そう。もちろん、館自体も魅力的だし、客が楽しめるように、いろいろな設備もそなわって

いる。ゲームでもスポーツでも、なんでもござれ。しつこいようだけど、ほんとうに至れり尽くせりなんだ。だけど、それだけなんだよね。トニー、なんだか、さあどうだ、これでもかと押しつけられてるみたいなんだ。つまり、いわれたとおりにやるしかない、みたいな」

「どういうことだい?」

「あのね、気配りをすること、それ自体よりも、マークはそうする自分が好きなんだと思う。あれこれ気配りして客をもてなす。客はそのもてなしを享受するにちがいない。それは彼にとって自明の理なんだ。たとえば、ベティ。いや、ミス・キャラダインとぼくがお茶の前にひとつ手合わせをしようということになったとする。あ、テニスだよ。彼女はすごくうまいんで、ぼくを鍛《きた》えてやろうと思ってるみたいなんだ。どっちかというと、ぼくはへたくそだから。で、彼女とぼくがラケットを抱えて歩いているところをマークが見て、テニスをするのかと訊く。そうだと答えると、彼はすぐさま、お茶のあとでテニスのトーナメントゲームを開く計画を立てる。ハンディもマークが決める。赤と黒のインクできちんとルールが書きわけられる。賞やなんかも決める。じつにみごとな采配ぶりさ。庭園の一角には、芝生を刈って、ラインをきちんと引いてあるテニスコートもある。もちろん、ベティとぼくはコートを傷めたりはしないし、お茶のあとでもうひと試合するのはやぶさかではないさ。でもね、マークの独断で、ぼくは彼女にハーフ・フィフティーンのハンディをつけられた」ベヴァリーは肩をすくめた。

「適切なハンディではなかった?」

「うん。そのせいで、トーナメントはさんざんな結果になった。きっとマークは、おもしろくない試合だと思ったにちがいない。だもんで、ぼくたちはそこそこに切りあげてしまったんだ」ベヴァリーは笑った。「ぼくたちの立場としては、せいぜい意地を見せたってわけさ」

「またここに招かれることはないと覚悟して？」

「まあ、そういうこと。どうなるかわからないけどね。でも、しばらくは招かれないだろうと思った」

「ほんとうかい、ビル？」

「まちがいないよ！　マークは機嫌をそこねると、かなり扱いにくくなるからな。ミス・ノリスには会ったよね？　じつは彼女もマークの気を悪くするようなまねをしでかしたんだ。今後、彼女が二度と招かれることはないというほうに賭けてもいい」

「なぜだい？」

ベヴァリーは笑った。「じつは、ぼくたちも関係してるんだ――少なくとも、ベティとぼくは。あの館には幽霊譚があってね。レディ・アン・パットンの幽霊。彼女のこと、聞いたことない？」

「ない」

「ある日、夕食の席で、マークがレディ・アン・パットンのことを話してくれた。彼は自分の館に幽霊が出没するというのを、むしろ自慢して喜んでた。ただし、彼自身は幽霊なんて信じちゃいなかったよ。だけど、ぼくたちには信じてほしかったんだろうな。そのくせ、ベティやミセス・キャラダインが幽霊話を信じきっているのは、お気に召さなかったようだ。どうにもおかしなひとだよ。で、とにかく、ミス・ノリスが、なかなか才能のある女優のミス・ノリスが、幽霊に扮装するなんていたずらを思いついたのさ。気の毒に、マークは震えあがってしまった。といっても、ほんのつかのまのことだったけど」

「ほかのひとたちはどうだったんだい？」

「ベティとぼくは前もって知っていた。ぼくは彼女に、うん、ミス・ノリスのことだけど、彼女にばかなまねはやめろよっていったんだ。マークがどういう男かわかっていたからね。だけど、彼女はやる気満々で、制止を振りきって決行したんだ。ミセス・キャラダインはその場に居合わせなかった。ベティが来させなかったんだ。ランボルド少佐ときては、なにがあっても怯えたりしないひとだからな」

「幽霊はどこに現われたんだい？」

「ローン・ボウリングのコート、ボウリンググリーンの近く。そこに出るっていう噂だったんでね。月夜に、幽霊が出るのを待っているふりをして、みんなで待ちかまえていたんだ。そのコートがどこにあるか、知ってるかい？」

「いいや、知らない」

「夕食のあとで、連れてってあげるよ」

「うん、そうだな……で、いたずらとわかって、マークはひどく怒ったのかね？」

「ああ、そりゃあ、もう。次の日はまる一日、ふくれっつらをしてた。ふくれっつらというのは比喩だけど」

「きみたち全員に怒ってた?」

「うん。猛烈に」

「今朝は?」

「いや、それはない。怒ってたのが嘘みたいにけろっとしてた。いつもそうなんだ。子どもといっしょ。ほんとにそうなんだよ、トニー。ある意味で、まるっきりの子ども。じっさいのところ、今朝のマークは、いつになく機嫌がよかった。そういえば、この二日間は」

「昨日もおとといも?」

「うん、どっちかというとね。みんなで、あんなマークはめずらしいねっていってたぐらい」

「いつもはどんなふうなんだい?」

「それなりにつきあえば、ほんとにいいやつなんだ。そりゃあ、ひとりよがりで、さっきもいったとおり子どもっぽいし、うぬぼれが強いけど、けっこう愉快なやつだよ。うーん」急にベヴァリーはことばを切った。「滞在客が招待主のことをとやかくいうなんて、このへんが限界だな」

「招待主だとは考えないように。指名手配されている、殺人の容疑者だと思いたまえ」

「そんな! ばかげてるよ!」

「それが現状だよ、ビル」

「そりゃあ、わかってるけど、彼はやってない。彼は人を殺したりはしない。こういういいかたはどうかと思うけど、彼にそんな度胸はない。ぼくたち同様、マークにも欠点はたくさんあるけど、人殺しをするような、だいそれたところはないよ」

「誰にしたって、子どもっぽい癇癪《かんしゃく》を起こして、かっとなって殺してしまう可能性はあるもんだよ」

ベヴァリーはもごもごとギリンガムの見解に同意したが、マークに関しては、自説を曲げなかった。「それでもやっぱり、ぼくには信じられない。故意にやったなんて」

「ケイリーがいったように、あれは事故だった。それで逆上して逃げ出したと？」

ベヴァリーは考えこんだ。「うん。きっとそうだと思う。幽霊を見たとき、マークはとっさに逃げ出しそうになった。もちろん、それとは比較にならないけどね」

「う一ん、そうかなあ。どっちの場合も、理性じゃなくて本能に従うという問題じゃないかな」

ギリンガムとベヴァリーは広々とした草地を離れ、道路との境界をなしている木立のあいだの小道に入った。小道はふたり並んで歩けるほどの幅がないため、ギリンガムはベヴァリーを先に行かせた。そのため、ふたたび会話ができるようになったのは、敷地の境界のフェンスから道路に出てのことだった。道路はウッダム村まで、ゆるやかな下り坂になっている。坂下の緑の木々の上に、村のコテージの赤い屋根や、教会の灰色の塔が見える。

「さてと」ギリンガムは足を速めてベヴァリーと並んだ。「ケイリーのことをどう思う？」

「どう思うって、どういうことだい？」

「ケイリーのことを知りたいんだよ。きみのおかげで、マークのことはよくわかった。じつにすばらしい描写だったよ。で、今度はケイリーのひととなりを教えてほしい。ケイリーがどういう人物なのかを」

ギリンガムに褒められて、ベヴァリーはどぎまぎしながらもうれしそうに笑った。そして、自分は売れっ子の作家ではないといいかえした。

「それに」ベヴァリーはさらにいった。「マークはわかりやすいけどね、ケイリーはまじめで寡黙《かもく》。なにを考えてるのか、よくわからない。顔はごついし、態度は堅苦しい。そうだろ？」

「ああいうタイプの男が好きなご婦人もいるよ」

「うん、それはそうだ。ぼくたちのなかにもそういう女性がひとりいる。ジャランズのきれいな娘がそうだ」

「ジャランズってなんだい？」

「えーっとね、むかしはジャランドっていう男の農場のことだったらしい。いまは、ノーベリーという後家さんのコテージがそう呼ばれているんだ。マークとケイリーはいっしょに、よくそこを訪ねてるみたいだ。そこの娘のミス・ノーベリーも、何回かテニスに誘われてここに来たことがあるよ。彼女はどうやらケイリーが好きみたいだ。だけど、もちろん、ケイリーはそんなことにかまける時間なんてないからね」

「そんなこと？」

「きれいな娘とそぞろ歩きをして、最近、どんな芝居を観たか訊くとかさ。ケイリーはいつだって、なにかしら仕事を抱えてるから」

「マークが仕事を押しつけてる？」

「そう。マークは自分のためにケイリーが忙しく働いてくれていないと、安心していられないみたいでね。ケイリーがいないと、気が抜けたみたいになる。おもしろいことに、ケイリーもマークがいないと気が抜けたみたいな感じだ」

「ケイリーはマークを好いてる?」

「うん。そういいきれるよ。どっちかというと、ケイリーのほうが保護者みたいだけど。ケイリーはマークのことを正確に把握してる。虚栄心やうぬぼれが強いこととか、道楽にうつつを抜かしているところとか、なんやかんやひっくるめて好きみたいで、せっせとマークの世話をしている。それに、マークのあつかいかたも心得てるし」

「なるほど……客に対しては、どんなふうなんだい? きみとかミス・ノリスには?」

「礼儀正しくて、無口。客とのつきあいを避けるきらいがある。食事の席を別にすれば、彼と顔を合わせることはほとんどない。いってみれば、ぼくたちは館に遊びにきてるんだけど、ケイリーはそうじゃないからね」

「偽の幽霊騒ぎのときもケイリーは居合わせなかった?」

「うん。マークが館にもどりながら、ケイリーを呼ぶ声が聞こえたからね。きっとケイリーは、マークの逆立った羽をなでてやり、女ってのはそういうもんだとかなんとかいって、なだめたんじゃないかな……やあ、ここだ。着いたよ」

ギリンガムとベヴァリーはジョージ亭に入った。ベヴァリーがおかみと楽しくおしゃべりをしているあいだに、ギリンガムは二階の部屋に行って荷造りをした。といっても、たいして荷物はない。ブラシ類を鞄に放りこむと、忘れ物はないか、部屋のなかをざっと見まわしてから、勘定をしておこうと階下《した》に降りた。部屋はこの先も数日間、借りておくつもりだ。ひとつには、泊まり客が初日にいきなり引きあげたりしては、亭主とおかみががっかりするだろうと慮《おもんぱか》ったからであり、またひとつには、このあと、赤い館に滞在するのが好ましくない事態になったときのためだ。ギリンガムは探偵として真剣に務めを果たすつもりだった。彼は職を転々としているが、新しい職に就いたときは、つねに真剣に（とはいえ、可能なかぎり楽しみもしたが）務めを果たしてきた。今回、探偵業にいそしむのならば、検死審問のあとも赤い館にいすわり、客として、またベヴァリーの友人として、マークあるいはケイリーのもてなしを受けるのは、遠慮すべきではないだろうか。マークあるいはケイリーのどちらを招待主とみなすにしても、赤い館の泊まり客としてもてなしを受けていては、事件にしがらみのない、第三者的な立場を維持しにくくなるかもしれないからだ。目下のところ、ギリンガムは目撃証人として必要とされているため、赤い館に滞在してもおかしくはない。検死審問が終わるまでは館にとどまってするどく目を光らせても、ケイリーに妨げられることはないだろう。だが、検死審問が終わったあとも、ギリンガムが第三者的立場を保ちつつ、あれこれ嗅ぎまわる探偵業をまっとうしたいのであれば、赤い館の主《あるじ》の同意が必要だ。さもなければ、ほかに宿をとるしかない。その点では、このジョージ亭の亭主なら、ギリンガムが探偵業に没頭しても、気を悪くしたりはしないはずだ。

ギリンガムにはひとつだけはっきり確信していることがある——事件に関して、ケイリーは公に口にしていることよりも、もっといろいろな事実を知っている、と。つまり、他者に知られてもかまわないことは口にしているが、それ以上に、もっと多くのことを知っていると思われる。ギリンガムはその〝他者〟のひとりだ。したがって、ギリンガムがケイリーの知っていることを探りだしたくても、そんな穿鑿《せんさく》がましい行動にケイリーの同意を得られるとは、とうてい思えない。ならば、検死審問以後は、このジョージ亭こそが、ギリンガムの拠点にふさわしい。

この事件の真相はどこにあるのだろう？　たとえケイリーがなにかを隠しているとしても、だからといって、必然的にケイリーがあやしいということにはならない。いまのところ、ケイリーの言動でいぶかしいといえば、鍵のかかった事務室に入るのにわざわざ遠回りしたことだが、それが警部に証言した内容とそぐわない点だ。だが、彼が事後共犯として、（いかにも急いでいるふうを装いながらも）従兄《いとこ》のマークが逃げ出す時間を稼いでいたのなら、充分に納得できる。これは、真相とはいえないまでも、少なくとも一考に値する説といえる。しかし、ケイリーが警部に述べた説明には、どうしても無理がある。

検死審問が開かれるまでに一両日ぐらいは時間があるので、赤い館に滞在しているあいだに、じっくりと考えることができるだろう。

ジョージ亭の前にケイリーさしまわしの車がやってきた。ギリンガムとベヴァリーはその車に乗りこんだ。宿の亭主がギリンガムの鞄をお抱え運転手の隣の席に置くと、車は赤い館に向かって動きだした。

## 8 〝ワトスン、いっしょにやるかい？〟

ギリンガムには館の二階、裏庭が見渡せる部屋が用意されていた。夕食のために着替えをする段になっても、ギリンガムは窓のブラインドを下ろさなかった。着たり脱いだりする合間に手を休めては窓の外に広がる庭園を眺め、今日の午後に見聞きしたさまざまな出来事を思い返し、笑みを浮かべたり、しかめっつらをしたり。シャツとズボン姿でベッドに腰かけ、心ここにあらずといった態《てい》で豊かな黒い髪をブラシでなでつけていた。そこにドアの向こうからベヴァリーの元気のいい声がしたかと思うと、ギリンガムの返事も待たずにドアが開いて、彼が入ってきた。

「さあ、急いでくれよ、ご老体。ぼくは腹ぺこなんだ」

ギリンガムは身仕度《みじたく》の手を止め、思案するような目でベヴァリーをみつめた。「マークはどこだい？」

「マーク？　ケイリーのことじゃないのかい？」

ギリンガムは軽く笑って前言を訂正した。「うん、そうだ、ケイリーのことだ。もう階下《した》にいるのかい？　ちょっと待ってくれ、ビル」立ちあがって、てきぱきと身仕度をつづける。

「ところで」ベヴァリーはギリンガムと入れ替わりにベッドに腰かけた。「あなたが立てた鍵の仮説は、ご破算だよ」

「ん、なぜだい？」

「たったいま、ここに来る前に、階下の部屋を調べてみたんだ。ジョージ亭からここにもどってきたときは、そんなこと、忘れてたんでね。それで、図書室の鍵は外にあったけど、ほかの部屋の鍵はみんな、なかにあった」

「うん、そうだろうね」

「なんだって！　それじゃあ、見当がついてたのかい？」

「うん、そうだよ、ビル」ギリンガムはすまなそうにいった。

「なあんだ！　あなたは忘れてしまったんだと思ってた。でも、その事実は、あなたの仮説をこっぱみじんにしたんじゃないか？」

「わたしは仮説を立てたわけじゃない。階下のすべての部屋の鍵が外にあるのなら、事務室の鍵も外にあったんじゃないかと思っただけだ。その場合、ケイリーの仮説は成り立たないとね」

「なるほど。でも、そうじゃなかった。で、振り出しにもどるってわけか。鍵は部屋の内部にあったり外部にあったり、まちまちだとわかった。いやあ、降参だねえ。芝生のベンチで、あなたが鍵のことをいったとき、ぼくはてっきり鍵は事務室の外にあって、マークがそれを持って事務室に入ったと信じて疑わなかったんだけど」

「降参するのはまだ早いよ」ギリンガムはパイプと煙草を脱いだ服のポケットから取りだして、着替えた黒いジャケットのポケットに移した。「さあ、行こう。仕度ができた」

ケイリーは広間でふたりを待っていた。そして客用寝室になにか不都合はないかと慇懃《いんぎん》に尋ねた。ふたりからないという返事をもらうと、堅苦しい態度が少し和らいだ。それから三人は一般的な住まいのことを手始めに、特に赤い館のことを取りあげて、くだけたおしゃべりに興じた。

「鍵のことはあなたのいうとおりだったよ」ベヴァリーはおしゃべりの合間に、唐突にケイリーにいった。彼はほかのふたりよりも若いために、気にかかっている事柄を肚《はら》に収めておくということができず、あっさり口に出してしまいがちなのだ。

「鍵?」ケイリーは目をぱちくりさせた。

「ほら、部屋の外にあるか、なかにあるかって話をしたじゃないか」

「ああ、そうでしたね」ケイリーはゆっくりと視線を動かし、各部屋のドアを次々に見てから、ギリンガムに屈託のない笑顔を向けた。「わたしたちはふたりとも正しかったようですね、ミスター・ギリンガム。でも、これでは手詰まりですね」

「そうだね」ギリンガムは肩をすくめた。「でも、鍵の件は、どうなのかなと気になったんで、確かめてみるほうがいいかと思っただけだから」

「ああ、なるほど。鍵の件を聞いたとき、わたしは納得できませんでした。エルシーの証言が腑《ふ》に落ちなかったのと同じです」

「エルシー?」ベヴァリーは身をのりだした。

ギリンガムはエルシーとは誰のことだと、尋ねるようにケイリーをみつめた。

「ハウスメイドのひとりです」ケイリーは説明した。「彼女がバーチ警部にどんな証言をしたのか、聞いていませんか？　警部にはわたしから、あの階級の女はありもしない話をでっちあげるものだといいましたが、警部自身は彼女がほんとうのことをいっていると思っているようです」

「どういう話？」ベヴァリーは追及した。

ケイリーは、事務室のドア越しに話し声を聞いたという、エルシーの証言を伝えた。

「そのとき、きみは図書室にいた」ギリンガムは誰かに聞かせるというより、むしろひとりごとのようにいった。「エルシーが廊下を通ったのに、きみは気づかなかったのかもしれない」

「いいえ、彼女が廊下を通りかかり、事務室のドア越しに話を聞いたというのは、ほんとうでしょう。おそらく、話の内容も嘘ではないと思います。でも――」ケイリーはそこで口をつぐんだが、すぐにまた口を開いた。「あれは事故だったんです。わたしは事故だと信じています。マークが人を殺しただなんて、口にするのもどうかと思いませんか？」

ちょうどそのとき、夕食の用意がととのったという声がしたため、三人は食堂に向かった。足を運びながら、ケイリーはまたいった。「それに、わたしたちがあれこれ話して、なんになるというのです？」

「そうだね」ギリンガムはうなずいた。

食事中の話題は書物や政治のことばかりで、ベヴァリーはひそかに落胆した。

食後、葉巻に火がつけられると、ケイリーは詫びをいって退席した。いつものように、仕事があるのだという。

ベヴァリーは友人の世話を引き受けた。それも、心底うれしそうに。そして、ビリヤードをしないか、トランプでピケットゲームはどうだ、それとも月光に照らされた庭園見物といくか、あるいは、なにかしたいことがあるなら、なんでもいってくれと、ギリンガムをせっついた。

「あなたがいてくれて、ほんと、ありがたいよ」これは神意だといわんばかりだ。「ぼくひとりじゃ、どうにも耐えられないだろうな」

「ちょっと外に出ようか」ギリンガムはベヴァリーを誘った。「今夜は暑いぐらいだもの。庭にどこかすわれるところはないかな。館から離れているほうがいい。きみと話をしたいんでね」

「よしきた。ボウリンググリーンはどうかな?」

「どっちみち、そこに案内したかったんだろう? そこには、盗み聞きされずに話ができる場所があるのかい?」

「あるとも。理想的な場所が。じゃあ、行こう」

ふたりは玄関ドアから出て、ドライブウェイに沿って左に進んだ。今日の午後、ギリンガムがウッダム村のジョージ亭から赤い館に来たときは、環状のドライブウェイを、いまとは反対の方向から玄関ドアに向かった。そしていまは、館の左手、庭園の端に向かっている。右手前方には門と、そのそばの門番のコテージが見える。このコテージは館周辺の庭と広い自然風庭園との境界を示す役目も担っていて、競売人なら〝絵のように美しい一画〟と名づけそうなたたずまいを見せている。このコテージの先には、自然の地形を活かした庭園が広がっているのだ。

「ボウリンググリーンっていってたけど、見逃したかな?」ギリンガムはベヴァリーに訊いた。

月の光に照らされた芝草の庭は果てしなく広がり、そのなかを通っているドライブウェイは、目の錯覚か、進むにつれて後退していくようで、進んでも進んでもつねに前方に路面がある。

「へんてこだろう?」ベヴァリーはいった。「芝生のコート《ローン》にしてはおかしな場所にこさえたもんだと思うんだけど、ずっとそこが使われてきたらしい」

「ずっと使われてきたっていうけど、いったいどこだ? 広いとはいえ、ゴルフには距離が足りないようだが――おや、なんと!」

ふたりはとっくにボウリンググリーンに入りこんでいたのだ。そういえば、少し前にドライブウェイは右に曲がっていたが、その手前で、ギリンガムとベヴァリーはドライブウェイを離れて、左にのびている小道を二十ヤードほど進んでいたのだ。緑の芝のコートは、幅十フィート深さ六フィートの、水のない溝に囲まれていた。ふたりが歩いてきた小道だけが、その溝を越えてコートに出入りできる、唯一の通路だ。芝生におおわれた三段ほどのステップを降りると、ゲームを見物できるように、長い木製のベンチが設けられていた。

「うーん、うまいぐあいに隠してあるなあ。ボールやなんかはどこに保管してあるんだい?」

「向こうに、サマーハウスとでもいうべきかな、専用の保管場所があるんだ。こっちだよ」

コートの芝生の縁を進んでいくと、溝の壁に突きあたった。その壁をくりぬいた空間に、木製の低い棚がしつらえてある。

「ふうん、これはおもしろいね」

ベヴァリーは笑った。「これはひとがすわるためのベンチじゃない。クローケーやローン・ボウリングの用具を雨ざらしにしないために作られたんだ」

コートを一周して、見物人用のベンチにもどる。「溝のなかに誰かがひそんでいるかもしれないと思って、用心のために一周したけど、誰もいなかったね」ギリンガムはそういって、ベンチに腰をおろした。

「なら、安心だ」ベヴァリーはいった。「ここには、ぼくたちふたりしかいない。さあ、話してくれよ」

ギリンガムはしばらくのあいだ、パイプをくゆらしながら考えこんでいた。そしてようやくパイプを口から離して、友人の顔をみつめた。

「ワトスン役に徹する覚悟はあるかい？」

「ワトスン役？」

「〝いっしょにやるかい、ワトスン？〟というところさ。シャーロック・ホームズのセリフだよ。つまり、きみは明々白々のことを自問自答する。あれこれと素朴な質問をする。わたしがきみを出し抜く機会を作ってくれる。わたしがとっくに見抜いたことを、数日たってからきみ自身が発見して得意満面になる。そういう役割をやってくれるかい？　そうしてもらえると、大いに助かるんだ」

「はてさて、トニー」ベヴァリーは嬉々としていった。「ぼくが必要だって？」

ギリンガムはなにもいわなかったが、ベヴァリーはうれしそうに話をつづけた。「こういうことだね――シャツにイチゴのしみがついているから、きみはデザートにイチゴを食べたにちがいない。ホームズ、きみには驚かされるね。ちっ、ちっ、きみはわたしのやりかたを知っているはずだ。煙草はどこだ？　煙草はペルシア靴のなかだ。一週間ほど患者を放っておけるかい？　ああ、いいとも。うんぬん」

ギリンガムはほほえんでいるが、パイプをくゆらすだけで、なにもいわない。

期待ではちきれそうになりながら、ベヴァリーはひと呼吸ほど待ったあと、断固とした口調でいった。「それじゃあ、ホームズ、なんでもいい、論理的推理があるのなら、ぜひとも聞かせてほしい。それに、誰を疑っているのかも」

うながされてギリンガムは口を開いた。「きみは憶えているかなあ、ベイカー街の下宿屋の階段の段数のことで、ホームズのほうがワトスンよりもするどいところを見せたのを。ワトスンは一日に何度もその階段を昇り降りしているというのに、何段あるのか数えることなど思いもしなかった。だがホームズは、当然のこととして段数をかぞえ、十七段あると知っていた。それが観察力があるかないかのちがいだ。このことでも、ワトスンはかぶとをぬぎ、前にも増してホームズを賛嘆するようになる。だがわたしは、ホームズは嫌みなうぬぼれやで、ワトスンは思慮分別のある人物だと思ったものさ。だって、そういうどうでもいいことを、わざわざ脳裏に刻んでおく必要があるかい？　どうしても自分の下宿の階段の数を知りたいなら、下宿のおかみに訊けばいい。わたしもロンドンのクラブの階段は何度も昇り降りしているが、いきなり何段あるかと訊かれても、答えられないよ。きみはどうだい？」

「ぼくだって答えられない」

「だが、ほんとうに知りたいのなら」ギリンガムはふいに口調を変えてあっさりといった。

「そんな質問をして、クラブの給仕をわずらわせる必要すらない」

ベヴァリーはどうしていいま、クラブの階段の段数が問題なのか、さっぱりわからなかったが、自分の義務として、何段あるかどうしても知りたいというべきだと思い、そういった。

「そう、それなら」ギリンガムは目を閉じた。「いいかい、いまわたしはロンドンのセント・ジェームズ・ストリートを歩いている」ゆっくりした口ぶりだ。「クラブの玄関はもうそこだ。クラブの喫煙室の外を通る。喫煙室の窓は一、二、三、四。そう四つある。さあ、玄関の階段だ。昇るぞ。一、二、三、四、五、六。六段目は幅が広い。六、七、八、九。九段目もまた幅が広い。九、十、十一。十一段目を昇りきると、そこはもうクラブのなかだ。おはよう、ロジャーズ、今日もいい日和だね」

ギリンガムは自分でも軽く驚いたような顔で目を開き、ロンドンのクラブからボウリンググリーンの見物席にもどってきた。ベヴァリーに笑顔を向ける。「十一段だよ。次に行ったときに、自分で確かめてみるといい。では、十一段とわかったところで、クラブの階段のことはきれいさっぱり忘れよう」

ベヴァリーは興奮を隠しきれない面持ちだ。「うわあ、驚いた。どういうことか、説明してくれよ」

「うーん、説明はできないな。わたしの目が特別なのか、それとも、心眼というか、頭のなかに第三の目があるのか、なんといえばいいんだろう。わたしは無意識に物事を記憶するという、ちょっと妙な能力があってね。ほら、トレイにのせてあるいろいろな品を、三分間じっと見てから、どんな品があったか書きだしてリストにするというゲームがあるだろう？　ふつうのひとなら、完璧なリストにするにはとてつもない集中力が必要だ。だが、おかしなことに、わたしは集中力などとは関係なく、完璧なリストを作れる。脳が記憶するのではなく、目が記憶するんだよ。たとえば、きみとゴルフの話をしていながら、トレイを一瞥しただけで、完璧なリストを書けるというわけだ」

「素人探偵にとっては、願ってもないほどすごい能力じゃないか。もっと早く探偵業に就くべきだったよ」

「そうだね、どちらかといえば有益な能力といえるな。わたしのこの能力を知らないひとは、さぞ驚くだろう。ケイリーも驚くだろうね」

そういわれても、ベヴァリーはその意味をすぐには理解できなかった。「事務室の鍵のこと？」ベヴァリーはあやふやな口調で訊いた。「トニー！　どういう意味だい？　まさか！ケイリーが――。でも、そうすると、マークは？」

「マークがどこにいるかは知らない。それはまた別のことだ。わたしもそれを知りたい。だが、これはいえる――マークは事務室の鍵を持っていなかった、と。なぜなら、鍵を持っていたのは、ケイリーだからだ」

「確信があるのかい？」

「ある」

ベヴァリーは疑わしそうにギリンガムの顔を見た。そして懇願するようにいった。「たのむから、他人のポケットの中身が見えるなんていわないでくれよね」

ギリンガムは笑って否定した。

「なら、どうしてわかるんだい？」

「きみはワトスン役にうってつけだね、ビル。ごく自然にワトスンになりきってる。小説では、探偵は最終章まで説明をしないものだが、わたしはいつも、それはアンフェアだと思っていた。なので、ここでいってしまおう。もちろん、ケイリーが鍵を持っていたかどうか、この目で見たわけではないが、彼が持っていたのはわかっているんだ。今日の午後、わたしがこの館に来たとき、ちょうどケイリーは事務室のドアに鍵をかけてからポケットにしまったところだったんだよ」

「それを目撃したことをいまようやく思い出して、推理を再構築してるってことかい？」

「そうじゃない。目撃したわけではない。ただ、なにかを見たのは確かだ。なにかというのは、ビリヤード室の鍵だ」

「どこにあった？」

「ビリヤード室のドアの外」

「外？　だけど、さっき見たときはなかったじゃないか」

「そのとおり」

「誰かがなかに入れた？」

「ケイリーが」

「だって——」

「今日の午後に時間をもどそう。ことさらにビリヤード室の鍵が目についたわけじゃないよ。無意識に記憶したんだろうな。おそらく、ケイリーが事務室のドアをがんがんたたいているのを見て、なんとなく、隣の部屋の鍵はどこにあるんだろうと思ったのかもしれない。あえて説明すれば、そういうことになる。その後、庭のベンチにすわって、脳裏に焼きついた光景をくりかえし思い出してみた。そうしたら、ビリヤード室の鍵がドアの外にある光景が見えたんだ。それで、事務室の鍵もドアの外にあったかどうか、思い出そうとした。そこにきみが来て、それからケイリーが来た。わたしが鍵のことをきみたちふたりに話すと、きみたちはふたりとも関心をもった。だが、きみとケイリーとでは、関心のもちかたに、微妙なちがいがあった。きみは天真爛漫《てんしんらんまん》に興味をもっただけだったが、ケイリーは強い反応を見せた」

「気づかなかった！」

「もちろん、それでなにかが証明されたわけではないし、マークだって、ときには内側から鍵をかけて事務室に閉じこもることもあるだろうから、ほかの部屋の鍵がドアのどちら側にあろうと、本質的な問題ではないんだ。だが、わたしはさもそれが重要な問題だ、それが事件の概要を変えるかもしれないといわんばかりに強調して、ケイリーの不安を煽《あお》った。そして、村の宿屋に行ってくるといって、ケイリーが人目を気にせずにやりたいことができるようにしむけた。わたしの予想どおり、ケイリーは誘惑に抵抗できなかった。ほかの部屋の鍵を室内に移して、みずからボロを出したというわけだ」

「だけど、図書室の鍵はドアの外にあったよ。なぜそれも移しておかなかったんだろう?」

「それは彼がすごく頭の切れる男だからさ。ひとつには、バーチ警部が尋問用に図書室を使ったせいもある。図書室に入る前に、鍵がドアの外にあるのを、警部が見たかもしれないだろう? それに、もうひとつ——」ギリンガムは口ごもった。

ベヴァリーは行儀よく少し待ってから、先をうながした。「なんだい?」

「これは単なる推測にすぎないけどね。ケイリーは鍵の件でひどく動揺したんじゃないかと思う。わたしに指摘されて、彼は自分の不注意に気づいた。しかし、じっくり考える時間的余裕がなかった。だから、階下の各部屋の鍵がドアの外にあるか内にあるか、明言したくなかったんだ。あいまいにしておきたかったんだよ。それがいちばん安全だから」

「わかった」ベヴァリーはのろのろとうなずいた。しかし、意識はよそに飛んでいた。ここにきて突然、ケイリーを疑う気持が生じたのだ。ベヴァリーはケイリーのことを、自分と同じようにごく平凡な男だと思っていた。ケイリーは気の利いた冗談をいえるほうではないが、ベヴァリーとはちょっとした冗談をいいあうこともあった。朝食のときにソーセージを取ってやったり、いっしょにテニスをしたり、煙草を分けてやったり、ゴルフのパターを貸したり……しかしいま、あらためてケイリーのことを考えると、ほんとうはどういう人間なのか、知っているとはいえない。どちらにしろ、平凡な男ではなさそうだ。肚の底が知れない人物だ。人殺し？　いや、彼は人を殺すような男ではない。ケイリーはそんな人間ではない。それはない。なんといっても、いっしょにテニスをした仲じゃないか。

「さあ、ワトスン」ギリンガムは考えこんでいるベヴァリーに声をかけた。「そろそろ、きみがなにかいう番だよ」

「トニー、本気でいったのかい？」

「本気でいったのかって、なにを？」

「ケイリーのことさ」

「いったとおりだよ、ビル。それ以上でも以下でもない」

「すると、どういうことになるんだ？」

「単純な話だ――今日の午後、事務室でロバート・アブレットが死んだ。ケイリーは彼がどうして死んだのか知っている。そういうことだ。だからといって、ケイリーが殺したということにはならない」

「そうだよね。そんなことはありえない」ベヴァリーはほっと安堵の息をついた。「彼はマークをかばってるんだ。ちがう？」

「どうかな」

「だって、それがいちばんわかりやすい説明じゃないか」

「きみがケイリーの友人で、彼を嫌疑の外に置きたいのなら、いまのがいちばんわかりやすい説明になるね。だが、わたしはきみとはちがう立場にいる」

「それじゃあ、どこがわかりやすくないというんだい？」

「ならば、筋道立てて説明してくれ。納得がいけば、きみの説明を受け容れよう。いってみたまえ。ただし、事務室の鍵はドアの外にあるということを忘れずに」

「うん。だけど、そんなことはどうでもいいんだ。いいかい、マークはお兄さんに会おうと事務室に入った。そして口論になった。あとは、ケイリーがいったとおりだ。ケイリーは銃声を聞き、マークが逃げる時間を稼いでやろうと、ドアに鍵をかけて、その鍵をポケットにしまい、マークがドアに鍵をかけたためになかに入れないというふりをした。どうだい？」

「どうもこうもないね。ワトスン、その説は成り立たないよ」

「どうして？」

「ドアが閉まっているのに、マークがロバートを撃ったと、どうしてケイリーにわかるというんだい？　その反対だとは考えなかったのかい？」

「ああ、そうか！」ベヴァリーは狼狽した。「そうだよなあ」そして、しばらく考えこんだ。「よし、わかったぞ。銃声を聞いたケイリーは、なにはともあれ事務室にとびこんで、倒れているロバートを見た」

「それで？」

「それでって、そういうことさ」

「では、ケイリーはマークになんていうんだい？　ちょっと暑いですね、ハンカチをお貸ししましょうか、とか？　それとも、なにがあったのかと訊く？」

「そりゃあそうさ。なにがあったんだと訊くに決まってる」ベヴァリーはしぶしぶと答えた。「マークはなんと答えるだろうね」

「もみあってるうちに、銃が暴発した、と」

「ビル、それなら、ケイリーがマークをかばう必要がどこにあるんだ？　逃げ出せば罪を認めることになるも同然だというのに、そんな愚かなまねをしろと勧めるなんて、とんでもない話じゃないか」

「うーん、そうだよな、ありえないなあ」ベヴァリーはまた考えこんだ。「それじゃあ」気乗りのしない口調でいう。「マークがケイリーに、ロバートを殺したと白状したとすれば？」

「そのほうがまだありそうな成り行きだね、ビル。思いきって事故説を捨ててみるんだ。いいかい、きみの新しい説はこういうことになる——マークはケイリーに、故意にロバートを撃ったと白状した。ケイリーはあとで偽証罪に問われる危険をおかしてでも、火中に身を投じ、マークを逃がす手助けをしようと決めた。これでいいかい？」

ベヴァリーはうなずいた。

「では、いくつか、きみに訊きたいことがある。第一に、くびに巻きついたロープをきつく引っぱったら死んでしまうとわかっているのに、あえてそうして殺してしまうような、愚かきわまりない罪をおかす者がいると思うかね？　第二に、どのみち、いまはそうするしかないのだが、事件直後にケイリーがマークのために偽証罪をおかす覚悟をしたのならば、最初から自分も事務室にいたから知っているが、ロバートは事故で死んだのだというほうが、よりわかりやすい説明じゃないかね」

ベヴァリーはよくよく考えてから、またのろのろとうなずいた。「うん。ぼくの〝わかりやすい説〟はこっぱみじんに砕け散ったよ。今度はあなたの説を聞かせてくれ」

ギリンガムはそれには応えなかった。まったく別のことが頭に浮かんだからだ。

## 9　クローケー用具置き場

「どうしたんだい？」ベヴァリーは考えこんでいるギリンガムを咎《とが》めるようにいった。

ギリンガムは眉を吊りあげ、なにごとかというように、けげんな面持ちでベヴァリーをみつめた。

「急に考えこんじゃって、ぼうっとしてたよ。どうしたんだい？」

ギリンガムは笑った。「やあ、ワトスン、きみにはそれほどするどい観察眼はないはずなんだぜ」

「おだてたってだめだ」

「いやいや……じつはきみに聞いた、偽の幽霊騒動のことを考えていたんだよ、ビル。どうも——」

「なあんだ！」ベヴァリーは心底、失望したようだ。「いったいぜんたい、この事件と幽霊がなんの関係があるんだい？」

「わからない」ギリンガムはすまなそうにいった。「この事件にはどんなことがどんなふうに関係しているのか、さっぱりわからない。いや、いまはちょっと幽霊のことを考えていただけだよ。だって、きみがわたしをここに連れてきたのは、幽霊のせいじゃなかったのかい？　ここに現われたんだろう?」

「そうだ」ベヴァリーはそっけなくうなずいた。

「どういうふうに?」

「え?」

「どういうふうに現われたんだい?」

「どういうふうに? ふつう、幽霊がどういうふうに現われるのかって? 知らないよ。いきなり、忽然《こつぜん》と現われるんじゃないの」

「偽の幽霊は、館からここまで歩いてきたのかい?」

「本物の幽霊、つまりレディ・アンがそぞろ歩くのはここだから、ミス・ノリスもここを使うしかなかったんだ」

「おいおい、レディ・アンのことはどうでもいいんだ。本物の幽霊ならなんでもできるさ。わたしが聞きたいのは、ミス・ノリスは庭園を突っ切って歩いてきたのかってことだ」

ベヴァリーは口をぽかんと開けてギリンガムをみつめた。「い、いや、知らない。そんなこと、考えもしなかった」

「わたしたちと同じ道筋をたどって、ミス・ノリスがここまで来たのなら、ここにいれば、早早に彼女の姿が見えるんじゃないのかい?」

「うん、ぼくたちには見えるだろうね」

「とすると、効果が台無しになるんじゃないか。彼女がやってくる姿が早々に見えるんじゃ」

ベヴァリーはがぜん、興味をもったようだ。「そうか、確かにおかしいね、トニー。そんなこと、考えもしなかったよ」

「彼女はここまで歩いてきたのに、きみたちのうち誰ひとりとして気づかなかった？」

「そのとおり。ベティとぼくは彼女がいつ来るか、わくわくして待ってたんだ。彼女の姿が見えたら、そっちのほうを見ないように、みんなに背を向けてもらわなきゃならないからね」

「きみとミス・キャラダインはいっしょにクローケーをしていた？」

「うわあ、どうしてわかったんだ？」

「輝かしい演繹《えんえき》的推理の結果だよ。そうすると、ミス・ノリスはきみたちの前に突然、姿を現わしたということかい？」

「うん。彼女はあっちの芝生の端を歩いてきた」ベヴァリーはコートの向こう側を指さした。館に近いほうだ。

「コートを囲んでいる溝にひそむわけにはいかなかった？　いや、溝じゃなくて濠《ほり》かね？」

「マークは、そう呼んでた。ぼくたちは濠なんていわなかったけど。どっちにしても、彼女はそこに隠れているわけにはいかなかった。ベティとぼくはみんなより先にここに来て、コートの周囲をちょっと歩いたんだ。彼女が溝に隠れていたのなら、ぼくたちに見えたはずだ」

「ならば、用具置き場に隠れていたにちがいない。きみのいう、サマーハウスに」

「ぼくとベティはボールやなんかを取りにいったけど、そこには誰もいなかった。第一、隠れていられる場所なんてない」

「ごもっとも！」

「うーん、へんだよね」ベヴァリーは考えこんだ。「でも、そんなの、どうでもいいんじゃないかい？　ロバートの件とはなんの関係もないんだから」

「そうかい？」

「関係あるっていうの？」ベヴァリーはまたもや勢いこんだ。

「わからない。なにが関係あって、なにが関係ないのか、わからないんだよ。だが、ミス・ノリスとは関係があるかもしれない。ミス・ノリスは――」ギリンガムはそこでことばを切った。

「彼女がなんだって？」

「そうだな、ある意味で、きみたち全員に関係があるな。きみたちに、いや、そのうちのひとりに不可解な出来事が起こり、しかるのちに、館ぜんたいに関わる不可解な出来事が起こったとすれば、じつに興味深い」これには相応の理由があるのだが、ギリンガムはいまそれを口にする気はなかった。

「それで？」ベヴァリーがうながす。

ギリンガムはパイプの火皿を逆さにして、とんとたたいて灰を落とすと、ゆっくりと立ちあがった。「では、ミス・ノリスが館から来た道筋をみつけよう」

ベヴァリーははりきった。「いいぞ！　秘密の抜け道とか？」

「秘密の抜け道というか、人目につかない道だよ。きっとあるはずだ」

「ようし！　ぼくは秘密の通路が大好きなんだ。それにしても、今日の午後は、商人さながらの駆け引きをしながらゴルフをしてたのに！　すごいなあ！　今度は秘密の通路ときた！」

　ふたりは溝に降りた。目立たない通路があるとすれば、溝に穴があり、その穴は館に向かって開いているはずだ。まっさきに調査すべきは、溝の壁に作られた用具置き場だろう。用具置き場は、マークらしくきちんと整頓されていた。クローケー用具の詰まった箱がふたつ置いてある。箱のひとつは蓋が閉まっているが、もうひとつは蓋が開いていた。木製のボールや木槌《マレット》、それにU字形の鉄門《フープ》などがつい最近使われ、そのあと無造作に箱に放りこまれたかのように見える。とはいえ、フープはきちんと束ねられている。ほかに、ローン・ボウリング用のボールが入った小さめの箱、小さな芝刈り機、地面を均すローラー等々。棚の空いているところは、急に雨が降りだしたときにプレイヤーがすわって待てるベンチにも使えるようだ。

　ギリンガムは棚の奥の壁をとんとんとたたいた。「秘密の通路の出入り口は、ここにあるはずだよ。どこかにうつろな音のする箇所があるんじゃないかな」

「ここでなきゃならないってことはないだろう？」そういいながらも、ベヴァリーは中腰になって溝の壁をたたいてまわった。背が高いため、まっすぐに立つと用具置き場の天井に頭がつかえてしまうのだ。

「ここであってほしいね。ここでみつかれば、ほかを探さなくてすむし。ところでマークは、クローケーをするように熱心に勧めたんじゃないかい？」ギリンガムはクローケー用具を指さした。

「以前はそれほどでもなかったけど、今回はなんだかいやに乗り気になってた。このコートはもともとローン・ボウリング用なんだけど、ほかにクローケーをやれる場所がなくてね。ぼくはゲームなんて大嫌いなんだけど。マークだってボールゲームにはたいして興味はなかったのに、ここをボウリンググリーンと呼んで、お客を驚かせるのが楽しかったみたいだ」

ギリンガムは笑った。「きみのマークに関する人物評価は聞くに値するね。とても貴重だ」

ギリンガムはパイプと煙草を取りだそうと、ポケットに手を突っこみかけたが、その手がふと止まった。頭をかしげて耳をすますと、指を一本立てて、ベヴァリーに注意をうながした。

「なんだい?」ベヴァリーは思わず声をひそめた。

ギリンガムは手を振ってベヴァリーを黙らせた。そして、自分も黙ったまま膝を折り、床に耳を押しつけた。やがて立ちあがり、膝の泥をはたき落としてからベヴァリーに近づき、その耳もとにささやいた。「足音が聞こえる。誰か来る。わたしがしゃべったら、あいづちを打ってくれ」

ベヴァリーがうなずくと、ギリンガムは勇気づけるように彼の背中を軽くたたき、しっかりした足どりでボウリングのボールが入っている箱に近づいた。口笛を吹きながら、箱からボールを一個取りだし、わざと手を離した。ボールは大きな音をたてて床に落ちた。「しまった。そうだなあ、ビル、よく考えてみると、ボウリングをしたいわけじゃないみたいだ」

「なら、どうしてしたいなんていったんだい?」ベヴァリーは非難がましくいった。

ギリンガムはベヴァリーの即興の返答を称賛するように破顔した。「そりゃあ、さっきそういったときは、したいような気がしたからさ。でも、いまはその気がなくなった」

「なら、なにをしたいんだい?」

「話をしよう」

「ああ、いいね!」ベヴァリーは熱をこめてあいづちを打った。

「あっちにベンチがあったな。また気が変わってボウリングをしたくなるかもしれないから、用具を持っていこう」

「ああ、いいね」ベヴァリーの返答はこの一点張りだ。ギリンガムがなにをいってほしいのかわかるまで、うっかり下手なことをいわないでおくには、これがいちばん安全だ。

用具置き場を出ると、ギリンガムはボールをおろし、パイプを取りだした。「マッチを持ってるかい?」これまたわざと大きな声でベヴァリーに訊く。

ベヴァリーがつけてくれたマッチの火にパイプを近づけ、小声でいう。「誰かさんが聞いているはずだ。きみ、ケイリーの立場にたって意見をいってくれ」そして、ふつうの声でいった。

「マッチ一本じゃうまく火がつかないよ、ビル」

ベヴァリーはまたマッチをすった。今度はうまくいったらしく、ふたりは見物人用ベンチにもどって腰をおろした。

「気持のいい夜だねえ」ギリンガムはいった。

「そうだねえ」

「マークはどこにいるんだろう」

「心配だなあ」

「きみはケイリーの事故説に賛成かい？」

「うん。なんといっても、ぼくはマークがどういうひとか知ってるからね」

「ふうむ」ギリンガムはポケットから紙と鉛筆を取りだし、膝の上に紙をのせて、なにやら書きはじめた。書きながら、彼の考えをベヴァリーに話して聞かせる——マークはかっとなって兄を撃ったにちがいない。そしてケイリーはそれを知っているか、察したか、どちらにしろ、従兄《いとこ》に逃げるチャンスを与えることにした……。

「ケイリーは当然のことをしたと思うよ。誰だって同じことをするだろう。かといって、黙って見過ごすことはできないがね。だが、ひとつふたつ、気になることがあるんだ。そのために、わたしは事故ではなく、マークが故意に兄を撃ったと考えざるをえないんだよ」

「つまり、故意に殺したってこと？」

「故殺ってやつだな。いや、わたしがまちがっているかもしれない。どっちにしろ、わたしには関係のないことだ」

「でも、どうしてそう思うんだい？　鍵のせい？」

「いやいや、鍵の件はもう片づいた。とはいえ、我ながらなかなかいい着眼点だったな。そうじゃないかい？　もしどの部屋の鍵もドアの外にあったのなら、わたしの考えもまんざらじゃないといえるところだけどね」

　ギリンガムはなにやら書きつづけていたが、ようやく書き終えると、その紙をベヴァリーに渡した。さえざえとした月明かりのおかげで、一字一字ていねいに記された文字がはっきりと読める。

紙にはこう記されていた。

〝わたしがここにいるものとして、きみは話をつづけてくれ。一、二分したら、わたしがきみの背後の芝生にすわっているかのように、うしろを向いてほしい。ただし、話はやめないこと〟

ベヴァリーがメモを読んでいるあいだ、ギリンガムは話をつづけた。「きみがわたしの意見に同意していないことはわかっている。だが、いずれ、わたしが正しいとわかるだろう」

ベヴァリーはメモを読み終えると、力をこめてうなずいた。最近、頭と心を占めていたゴルフも、ベティも、そのほかの諸々のことも、すっかりどこかに吹っ飛んでいる。これこそが現実。これこそが人生。「そうだねえ」わざとのろのろと話しはじめる。「なんといっても、ぼくはマークのことをよく知っているからなぁ。マークというのは――」

ギリンガムはすばやくベンチから離れて、そっと溝に降りた。中腰になって進み、用具置き場が見えるところまで行くつもりだった。先ほど用具置き場で気づいた足音は、棚の下から聞こえてきた。おそらく床に、落とし戸かなにか、隠し扉があるのだ。足音の主が誰であるにせよ、ギリンガムとベヴァリーの声を聞きつけ、話の内容を聞く価値があると思ったはずだ。ギリンガムがあっさりと隠し扉をみつけた場合にそなえて、自分の姿を見られないように、ほんの少しだけ扉を開けて聞いていたにちがいない。だが、いま、ベンチにすわっているベヴァリーが、顔をうしろに向けて話をつづければ、隠し扉の下にひそんでいる者はその話を聞きとるために、どうしても扉をもう少し広く開けて顔を出さずにはいられないだろう。そして、ベヴァリーがうしろを向いて話をつづけているのを見れば、ギリンガムがベンチのうしろの芝生にすわって溝に足を垂らしているものと思い、あえて隠し扉から半身をのりだし、棚の縁越しにのぞいてみようとするだろう。

ギリンガムはすばやく、だが、音をたてずに、ボウリンググリーンを囲んでいる溝の最初の角を慎重に曲がり、いっそう用心しながら前進し、次の角をめざした。ベヴァリーがあれこれとマークのひととなりを考えればあれは事故だったにちがいないと、彼なりの見解を述べているのが聞こえる。ギリンガムは感心して、思わず微笑した。ベヴァリーはワトスン百人分に匹敵するぐらい、なかなかの策士だ。

二番目の角に近づくと、ギリンガムは速度を落としてそろそろと歩み、最後の数ヤードはよつんばいになって進んだ。最後は腹這いになり、角に沿ってじりじりと頭を回した。

左側の二、三ヤード離れたところに、溝の壁をくりぬいてこしらえた用具置き場がある。ギリンガムの位置から、用具置き場のほぼ全体が見える。先ほどそこを離れたときのまま、なにも変化はない。ボウリング用ボールの箱、小型の芝刈り機、ローラー、クローケー用具の入った箱——これは最初から蓋が開いていた、そして、もうひとつ、蓋の閉まった箱が……。

なんと！　ギリンガムは胸の内で叫んだ——やったぞ！

もうひとつの箱の蓋が、いまは開いているのだ。ベヴァリーはいまや顔だけではなく、体ごとうしろ向きになって話をつづけているらしく、声が聞きとりにくくなっている。「ぼくのいうこと、わかるだろう？　もしケイリーが——」

いまは蓋が開いている箱から、ケイリーの黒い髪がのぞいている。

ギリンガムは自分で自分に拍手を送りたかった。彼のもくろみはみごとに当たったのだ。どんぴしゃり。あたかもこの瞬間を劇的に盛りあげるかのように、クローケーの新品のボールが一個、箱からとびだし、ころころところがってくるのを、魅せられたようにみつめる。すぐに我に返り、ギリンガムはやむをえず、腹這いのままあとずさった。これ以上ここにいれば、得るよりも失うもののほうが多くなりそうだ。ベヴァリーもどうやら息が切れはじめたようだし。

ギリンガムはできるかぎり急いで溝をもどり、ベンチのうしろの芝生に上がった。すっと立ちあがり、伸びをしてから、さりげなく話しだす。「まあまあ、そんなに心配することはないよ、ビル。そうだね、きみは正しいと思う。きみはマークの人柄を知っているが、わたしは知らない。そこがちがう。さてと、ゲームをするかい？ それとも、そろそろベッドに行くかい？」

ベヴァリーはどういえばいいのかとばかりにギリンガムの顔を見たが、その顔からなにかひらめきを得たようだ。「それじゃあ、ワンゲームだけやろう。どうだい？」

「いいとも」

ベヴァリーはゲームをすることになにか意味があると考えたのか、やたらとはりきった。一方、ギリンガムはおちつきはらってボールを投げることに集中した。そして十分ほどゲームに熱中しているように見せかけると、もう寝るといいだした。ベヴァリーはギリンガムに訴えるような目を向けた。

「いいよ、わかったよ」ギリンガムは笑いながらいった。「きみの気がすむまで話をしよう。でも、まずはボールを返しにいこう」

ふたりは用具置き場に行った。ベヴァリーがボールを片づけているあいだに、ギリンガムはもうひとつの箱のなかを調べようとしたが、いまは元のように蓋が閉まっている。ギリンガムの予想どおり、蓋には内側から錠がかかっているのだ。

「もう訊いてもいいよね」館にもどろうと歩きだすと、ベヴァリーはいった。「知りたくてうずうずしてるんだ。誰だった？」

「ケイリー」

「ほんとかい！　どこにいた？」

「クローケー用具を入れた箱の内側」

「冗談いうなよ」

「ほんとうだよ、ビル」ギリンガムは自分が見たことをベヴァリーに話してきかせた。

「それじゃあ、秘密の通路を調べるのは無理なのかい？」心底がっかりした口ぶりだ。「探検してみたいんだけどなあ。そうだろう？」

「明日、明日、明日」ギリンガムは『マクベス』のセリフを口にした。「それは明日のことにしよう。館にもどったケイリーが、きっといま、こっちに向かってきているはずだからね。それに、できれば、館内にある秘密の通路の出入り口をみつけたい。ケイリーに知られずにみつけられるかどうか、大いに疑問だが。ほら、ケイリーがやってくる」

ドライブウェイをこちらに歩いてくるケイリーの姿が見えた。少し距離がちぢまってから、ギリンガムとベヴァリーは手を振った。ケイリーも手を振りかえす。

「どこにいらっしゃるんだろうと思いましたよ」ケイリーは立ちどまった。「で、こちらかなと見当をつけたんです。まだおやすみにならないんですか？」

「いや、もうやすむつもりだよ」ギリンガムはいった。

「ボウリングをしてたんだ」ベヴァリーがつけくわえる。「おしゃべりとボウリング。うーん、気持のいい夜だねえ？」

三人は館に向かった。

ギリンガムとの会話は中断したが、ベヴァリーには考えたいことが山ほどあった――ケイリーが平然と嘘をついているというのは、どうやらまちがいないようだ。これまで、いわゆる悪党とつきあったことなど、一度もない。とはいえ、ケイリーが廉直《れんちょく》の士だとはいいきれない気がしてきた。彼は友人たちを卑劣な嘘でだましている。世間には、おかしな秘密を抱えたおかしな人々がたくさんいる。たとえば、トニー。初めて会ったのは煙草屋の店先だった。ああいう状況ならば、誰だってトニーを煙草屋の店員だと思うはずだ。では、ケイリーはどうだ。誰もがケイリーを常識のあるきちんとした人間だと思うだろう。そして、マーク。ああ、もう、やめた！　他人がどんな人間か、誰にも確信はもてないのだ。いや、待てよ、ロバートはちがうぞ。ロバートと会った者は口をそろえて、うさんくさい男だといっていた。

それにしても、ルース・ノリスがこの件とどう関係があるというのだ？　ミス・ノリスがなにをしたというのだろう？　今日の午後にはすでに、ギリンガムはミス・ノリスのことを問題視していた。しかし、どういうわけか、いまはその解答を得たようだ。

　ベッドに横になり、ベヴァリーはさまざまなことをもう一度考えなおしてみた。ボウリンググリーンでの出来事が新しい光となって、脳の暗い片隅を照らしだしてくれたおかげで、見えなかったことが見えてきたのだ。

　殺人という悲劇が起こったとわかるとすぐに、ケイリーが滞在客たちに帰ってほしいと思ったのは、しごく当然だと理解できる。それが彼自身だけではなく、客たちのためになると判断したのだろう。だが、その意向をほのめかすのが、少しばかり性急だったように思える。しかも、彼の意向は早急に受け容れられると見越していたようだ。確かに、客たちは荷造りを終えると、そそくさと帰っていった。帰るにしろとどまるにしろ、その選択は個人個人に任せるという提案に思えた。だがじっさいには、客に選択の余地はなかった。ミス・ノリスは夕食のあとに辞去し、もよりの連絡駅でロンドン行きに乗り換えればいいといった。するどい目をした刑事のきびしい追及をかわすという、ドラマチックな役柄を演じたいと思ってのことだったのだろう。しかし、ケイリーの巧みな、しかし断固とした勧めによって、彼女もまた、みんなといっしょに早い時間の汽車に乗るべく出立した。突然の悲劇に襲われたこの館に、ミス・ノリスが滞在をつづけようがやめようが、ケイリーにはどうでもいいことではないのかと、ギリンガムはけげんに思ったようだ。しかしケイリーは、彼女に帰ってほしかったし、じっさいに追い返すも同然のまねをした。このことから、ケイリーには彼女に館にいてほしくない、なんらかの必然的理由があるのだと、ギリンガムは判断したらしい。

その理由とはなんだ？

まあいい、その疑問には即座に答が得られない。だが、その疑問のせいで、ギリンガムがミス・ノリスに関心をもったのは確かだ。そのせいでギリンガムは、彼女が幽霊に扮装したという、ベヴァリーのなにげない話を聞き流さなかった。それで、ミス・ノリスのことを、赤い館に集う人々のなかでの彼女の立場を、知りたくなったのだろう。ベヴァリーの見るところでは、ギリンガムはまったくの僥倖《ぎょうこう》で、偶然に、疑問に対する答を手にしたようだ。

ミス・ノリスは秘密の通路を知っていたから、そそくさと追い返されたのだ、と。

ならば、秘密の通路が、ロバートの死の謎となんらかの関係があるにちがいない。ミス・ノリスは幽霊として忽然と姿を現わすという劇的な効果を狙って、秘密の通路を使った。いつのことかはわからないが、彼女は独力で通路をみつけたのかもしれない。あるいは、マークが彼女にだけこっそりと教えたのかもしれない。後日、まさか彼女が、彼の好意を裏切るような使いかたをするとは思いもしなかっただろう。または、ケイリーが教えた可能性もある。幽霊ごっこの仲間に引き入れられたケイリーが、ボウリンググリーンに謎めいた神秘的な出没ができるとして、秘密の通路を使うように勧めたのかもしれない。ともあれ、ミス・ノリスは秘密の通路のことを知っていた。だからこそ、彼女は急いで館を出されたのだ。

なぜだ？

ミス・ノリスが館にとどまっていれば、なにかの折に、秘密の通路の存在をひょいと口にしてしまう可能性がなきにしもあらずだからだ。ケイリーはどうしてもそれを阻止したかった。

ううむ、それはなぜだ？　秘密の通路そのものが、あるいはその存在を知っているというだけで、事件解決の手がかりを与える恐れがあるからか。

とすると、マークは秘密の通路のどこかに隠れているんだろうか？

その疑問を最後に、ベヴァリーは眠りに落ちた。

# 10　ギリンガム、たわごとをのたまう

次の朝、ギリンガムは上機嫌で朝食の席に現われた。ケイリーはもう席についていて、届いた手紙を整理していたが、その目をあげて軽く会釈した。

「ミスター・アブレット、いや、マークからの連絡は？」コーヒーをカップにつぎながら、ギリンガムは訊いた。

「ありません。警部は今日の午後、湖を浚《さら》うようです」

「おや、湖があるんですか？」

ケイリーの顔にちらっと笑みが浮かんだが、すぐに消えた。「じっさいは池なんですけどね。〝湖〟と呼ばれてるんです」

マークが湖と呼びたがったんだな、とギリンガムは思ったが、それは胸にとどめておく。

「警察はなにかみつかると考えているんだろうね」

「そこにマークが――」ケイリーは最後までいわずに肩をすくめた。

「逃げきれないと悟って身を投げたと？　それとも、逃げるのは身の破滅も同じだと考えて？」

「そうではないかと思います」ケイリーはのろのろと答えた。

「マークは逃げるのがいちばんだと、自分にいいきかせたんだと思うけどなあ。なんといって

も、拳銃を持っているんだ。自決するなら、その拳銃を使えばいいんだし。警察に事件の通報がいく前に、ロンドン行きの汽車に乗れたんじゃないかい？」

「そうしようとしたのかもしれません。汽車もありましたし。もちろん、ウッダムではすぐに彼だと気づかれるでしょうが、スタントンならば目立ちません。ウッダムとはちがい、スタントンではそれほど顔を知られていませんから。バーチ警部は聞き込みをつづけています。でも、いまのところ、彼を見たという者はいないようです」

「時間がたてば、見たという者が出てくるものだよ。行方不明の人物の情報を求めると、同日の同時刻に、何箇所もの別々の場所で目撃したという情報が、ぞくぞくと集まってくるものだ」

ケイリーは微笑した。「そうですね。それはほんとうだ。どちらにしろ、バーチ警部はまず最初に池を浚いたいようです」そっけなくいう。「探偵小説では、警察はなにはともあれ池を浚うことになっていますからね」

「池は深いのかな？」

「けっこう深いです」そういうと、ケイリーは立ちあがり、ドアに向かった。ドアの前で立ちどまってふりかえった。「あなたを足止めして申しわけなく思ってます。でも、これも明日までのこと。明日の午後、検死審問が開かれます。それが終わるまでは、どうぞお気楽におすごしください。ミスター・ベヴァリーとごいっしょに」

「気づかってくれてありがとう。好きにさせてもらうから、気にしないでくれたまえ」

ギリンガムは食事をつづけた。警察が池を浚いたがっているのはまちがいないだろうが、ひとつ、疑問がある。ケイリーもそうしてほしいのかどうか。ケイリーもまたマークが池に身を投げたと懸念しているのか、それとも、警察は勝手にすればいいと思っているのか。懸念しているようには見えないが、ケイリーはあの堅苦しい態度の下に心情を押しこめておける男だから、本心をうかがい知るのはなかなかむずかしい。これまでにも一度か二度は、いかにも熱心な、過度に熱心な態度を見せたことはあったが、今朝は熱意などかけらもなかった。おそらく、池には、あばかれて困るような秘密など、なにも隠れていないことを知っているのだろう。それに、なんといっても、池があれば、警察はそれを浚いたがるものだし。

元気いっぱいのベヴァリーがやってきた。彼の顔は開かれた本のページと同じだ。顔じゅうに〝興奮しきっている〟と書いてある。「さてと」席につくやいなや、ベヴァリーは勢いこんで訊いた。「今朝はなにをする?」

「大声で話せることじゃないよ」

ベヴァリーはうなずいた——ひょっとすると、ケイリーがテーブルの下にひそんでいるかもしれない。昨夜のボウリンググリーンでのことを思えば、ありえないとはいいきれないではないか。

「壁に耳——?」ベヴァリーは眉を吊りあげた。

「いやいや、そうじゃないよ。ビル、臍下丹田《せいかたんでん》に力をこめて呼吸すれば、大声を出さずとも話ができるだろう? 腹で呼吸をすれば、胸で呼吸するより、声に秘密が出にくいものなんだよ。要するに、トーストラックをこっちにまわしてくれってことだ」

「今朝は、はつらつとしてるね」

「うん。とても気分がすっきりしている。ケイリーも気づいてね。で、こういった――ほかに仕事がなければ、我もまた、汝とともに木の実集めに行かむとぞ思う。嬉々として桑の木々を巡り、丘の上まで駆け登るも良し。されど、我はいまヨルダン川の流れにとらわれ、外ではバーチ警部がエビ取り網を持参して待機せり。我が友ビル・べヴァリーが汝をよろしくもてなさむとぞ願う。しからば、これにてさらば。さらばさらば、朝食よ、と。かくしてケイリー、退場。替わって、W・べヴァリー、上手より登場」

「あなたって、朝食の席ではいつも、そんなふうなの？」

「たいがいはこんなものだ。ミスター・ギリンガム、料理を頬ばったままかくぞ答えたり。W・べヴァリー、下手に退場」

「陽光にやられたんだな」べヴァリーは嘆かわしそうにくびを振った。

「太陽と月と星、そのすべてがからっぽの胃袋に影響している。きみは星のことをどれぐらい知っているかね、ミスター・べヴァリー？　たとえば、オリオンのベルトと呼ばれている、オリオン座の三つ星のことは？　べヴァリーのベルトという星座がないのはなぜか、知ってるかい？　または、そういうタイトルの小説がないのはなぜか？　ミスター・ギリンガム、口中のものを噛みながらかく語りき。W・べヴァリー、迫《せり》より再登場」

「迫《せり》といえば――」

「それまで！」ギリンガムは立ちあがった。「アレクサンダー大王やヘラクレスの話ならしてもいいが、そんな話は――ええっと、ラテン語でなんといったっけ？　メンサ・ア・タブル？　いや、これはテーブル座か。まあいい、もうわかっただろう？　それではお先に失礼するよ、ミスター・ベヴァリー」

ベヴァリーの背後を通りざまに、ギリンガムは親しみをこめて彼の肩を軽くたたいた。

「あとで会おう。ケイリーがいうには、きみがわたしを楽しませてくれるそうだが、これまでのところ、きみが笑わせてくれたのは、まだ一度しかない。朝食をすませたら、どういうもてなしをするか、考えてみてくれ。だが、あわてなくていいよ。充分に時間をかけて、顎をしっかり動かして食事をするといい。かくのたまいて、ミスター・ギリンガム、広い食堂から退場」

ベヴァリーはいくぶん茫然とした面持ちで食事をつづけた。背後の窓の外でケイリーが煙草を吸っていることには、まったく気づいていなかった。

そこにいるからといって、ケイリーがベヴァリーとギリンガムの会話を聞いていたとはいいきれない。盗み聞きをするつもりもなかっただろう。だが、ギリンガムの姿がしっかり視野に入る位置にはいた。見ていたかぎりでは、ギリンガムがなにか思いがけないことをしそうなようすはなかった。

ケイリーに気づかないまま、ベヴァリーは食事をつづけながら、ギリンガムはやっぱり奇人だと思い、あの奇人は昨日の出来事を単なる余興だとみなしているのだろうかと、くびをかしげた。

ギリンガムはパイプを取りに二階の部屋にもどった。部屋にはハウスメイドがいて、せっせと掃除をしていた。ギリンガムは邪魔をしてすまないとあやまったところで、ふと思い出した。

「おまえがエルシーかい？」やさしい微笑を浮かべる。

「はい、さようです」エルシーは恥ずかしげに、だが、いささか得意そうに答えた。オードリーのような客間《パーラー》メイドならともかく、仲働きのハウスメイドにすぎない自分の名前が、泊まり客にまで知られているのを当然だと思っているようすだ。

「昨日、ミスター・マークの声を聞いたのはおまえだね？　警部にきびしく尋問されなかったかい？」

「はい、だいじょうぶでした。ありがとうございます」

「〝今度はわたしの番だ。見てるがいい〟」ギリンガムはつぶやいた。

「はい。怖いような口ぶりでした。ようやくチャンスがきたぞってことですよね」

「ふうむ」

「でも、そういったんです。まちがいありません」

ギリンガムはエルシーをみつめてうなずいた。「うん。ちょっと考えていたんだ。なぜなのかと」

「なぜって、なにがでございますか？」

「うん、いろいろとね。エルシー、おまえはたまたまそのとき、ドアの外にいたんだね？」

エルシーは赤くなった。そのことで、ミセス・スティーヴンズに叱責されたのを忘れてはいない。「はい、そのとおりです。ふだんは裏階段を使っているんですが」

「そうだろうね」

ギリンガムはパイプをみつけ、階下《した》にもどるべく部屋を出ようとしたとき、エルシーに引き留められた。

「あのう、すみません。検死審問とかいうものがあるんでしょうか？」

「うん、あるよ。明日、開かれると思う」

「あたしも証言しなきゃいけないんでしょうか？」

「もちろん。だが、心配しなくていいよ。なにも怖いことはないから」

「あたし、聞いたんです。ほんとうに」

「うん、それはまちがいないだろう。そんなはずはないって、誰かにいわれたのかい？」

「ミセス・スティーヴンズやほかのみんなに」

「そりゃあ、みんながおまえを妬《ねた》んでいるんだよ」ギリンガムはまた微笑を浮かべた。

エルシーと話をしているうちに、ギリンガムはすぐに彼女の証言の重大さに気づいた。バーチ警部はエルシーの証言を聞き、マークが兄に対して脅しめいた態度をとった証《あかし》だとして、その点のみを重く受けとめたようだ。だが、ギリンガムにとっては、もっと意義のある内容といえる。すなわち、あの午後、マークが確実に事務室にいたという、信頼できる証言なのだ。

マークが事務室に入るのを目撃したのは誰か。ケイリーだ。しかし、ケイリーが鍵の件で真実を隠しているとすれば、マークが事務室に入ったというケイリーの目撃証言に、意外な真相が隠れているのではあるまいか。明らかに、ケイリーの証言は信用できない。もちろん、すべてが虚偽ではないだろう。だが、明確な目的があって、真実と虚偽とをとりまぜているのだ。その目的がなんなのか、ギリンガムにはまだ見えてこない。マークをかばうためか、あるいはケイリー自身の保身のためか、はたまたマークを裏切るためか、どれであってもおかしくない。だが、彼の証言が保身のためだったのなら、第三者の公平で信頼できる証言として受け容れることはできない。たとえば、ハウスメイドのエルシーの証言のように、信頼できるとはいえない。とうてい、いえない。

しかし、エルシーの証言のおかげで、一連の出来事がつながって意味をなした。マークは兄に会おうと事務室に入った。エルシーは兄弟の会話を聞いた。それから、ケイリーとギリンガムはロバートの死体をみつけた。そしてこれから、警察が池を浚う……。

とはいえ、エルシーの証言は、マークが事務室にいた、という証明にしかならない。〝今度はわたしの番だ。見てるがいい〟というのは、いますぐどうこうしてやるという脅しには聞こえない。いますぐというより、将来のことをいっているのではないか。もしマークが、そういったあとで兄を射殺したとすれば、それは事故だったにちがいない。〝怖いような口ぶり〟でそういわれ、かっとなったロバートともみあいになり、銃が暴発したのだろう。なんといっても、次の瞬間には撃ち殺すつもりでいるというのに、〝見てるがいい〟などと悠長な脅しをかけたりする者はいないだろう。これはつまり、〝いまに見ていろ、そのうち、おまえも報いを受けるはずだ〟という意味だったのではあるまいか。赤い館の主《あるじ》であるマークは、これまでに何度となく兄に無心や脅迫を受け、もううんざりしていた。今度こそ断固とした態度を見せるべきだ。彼が甘い顔をしなければ、ロバートも思い知るだろう。エルシーが漏れ聞いた会話は、そういう意味のやりとりだったのかもしれない。だとすれば、殺人を示唆することにはなりえない。つまり、マークがロバートを殺したとはいいきれないのだ。

ギリンガムは思う――おかしな事件だ。なにしろ、明解な答が目の前にぶらさがっているのに、その答はまちがいだときている。わたしの頭のなかには、百もの事実の断片が集まっているのに、それらをきちんと整理してつなげることができない。しかも、今日の午後には、断片がひとつ増えて、百と一になりそうだ。それもしっかりと憶えておかなければ。

ベヴァリーが階段の下で待っていて、散歩しないかとギリンガムを誘った。ベヴァリー自身はもうすっかりその気になっている。

「どこに行きたい?」ベヴァリーはギリンガムに訊いた。

「どこでもいいよ。そうだな、庭を案内してくれ」

「よしきた」

ふたりは裏口から出て、ぶらぶらと歩きだした。

館から充分に離れたところで、ギリンガムは口を開いた。「いいかい、ワトスン、館のなかでは大きな声で話すものじゃないよ。今朝も、食堂のきみの背後の窓の外には、紳士がひとり立っていたし」

「え、そうだったのかい」ベヴァリーの顔がうっすらと赤くなった。「気づかなかった。申しわけない。ははあ、それであなたはあんなたわごとを口走っていたんだね」

「まあ、多少はそれもあるが、今朝はとても気分がよかったのでね。ところで、今日は忙しくなるよ」

「え？　どうして？」

「警察が池を浚うそうだ。いや、失礼、池じゃなくて、湖だね。どこにあるんだい？」

「見たいんなら、ちょうどそっちに向かってるところさ」

「見ておいたほうがいいだろうね。湖にはふだんからよく行くのかい？」

「いいや、行かないよ。行ってもすることがないし」

「水浴びはできない？」

「気が進まないね。水が汚いから」

「ふうむ……あれ、ここは昨日通らなかったかい？　村に行ったときに」

「そのとおり。今日は少し右よりに進むけどね。なんだって湖を浚うんだろう？」

「お目当てはマークだ」

「そんな、まさか」ベヴァリーは気分が悪くなった。しばらく黙りこんでいたが、昨日のギリンガムとの胸躍る体験の数々を思い出しているうちに不快な気分を忘れ、また元気がでてきた。

「ねえ、秘密の通路はいつ探すんだい？」

「ケイリーが館のなかにいるときは無理だな」

「なら、今日の午後、警察が池を浚っているあいだは？　ケイリーが立ち会うはずだよ」

「午後は、どうしてもしなければならないことがあるんだ。そうだね、時間的には、両方ともできそうだな」

「どうしてもしなければならないことも、ケイリーが館のなかにいちゃ、できないんだね？」

「そうなるね」

「胸がどきどきするようなことかい？」

「わからない。興味深いことではあるがね。いつでもいいともいえるんだが、わたしはどうしても午後三時にやりたいんだよ。その時間になるまで、待ちたいんだ」

「おもしろそうだな。ぼくにもできることがあるかな？」

「あるとも。ただし、わたしがしなければならないことをするまでは、館のなかでこの話をもちだしてはいけない。ワトスン役をりっぱにこなしてくれたまえ」

「わかった。なにもいわないと誓うよ」

池――マークのいう湖――まで行くと、ふたりは黙って周囲を歩いた。一周すると、ギリンガムは芝生に腰をおろし、パイプに火をつけた。ベヴァリーもギリンガムに倣う。

「池にマークはいない」ギリンガムはいった。

「ふうん。どうしてそれがわかるのか、ぼくには見当もつかない」

「〝わかる〟のではなくて〝推測する〟んだよ。だって、溺死するより、銃で自分を撃つほうが簡単だろう？　死体をみつけられたくないのなら、ポケットに大きな石をつめこんで水に入り、銃で自分を撃てばいい。池の周囲には大きな石ころがいくつもある。ひとつふたつなくなったのなら跡が残るはずだ。しかし、そんな跡はない。したがって、マークはそうしなかった。

だから、池は放っておいていい。午後にはそれがはっきりするさ。それはともかく、秘密の通路のもう一方の出入り口は、どこにあると思う？」

「それをみつけようというんじゃないか。そうだろう？」

「そうだよ。わたしはこう思うんだが」

ギリンガムは秘密の通路がロバートの死の謎と、なんらかの関係があると考えている、その理由をベヴァリーに話す。

「わたしが思うに、マークが秘密の通路を発見したのは一年ほど前のことだろう。そしてそのころからクローケーに熱中するようになった。秘密の通路は、用具置き場の床下に通じている。床に落とし戸があるなどと気づかれないように、その上にクローケー用具の箱を置いて、さらなる完璧を期したのは、たぶん、ケイリーだろう。秘密を発見した者は、必ずやほかの者もみつけてしまうに相違ないと思いこみがちだ。マークは秘密の通路を、自分とケイリーだけのささやかな内緒事にしておきたかった。ケイリーは秘密を守るに決まっていると信じていたんだろうね。人目を欺《あざむ》くために落とし戸の上に箱を置いたりして偽装するのを、ふたりはさぞ楽しんだだろう。そして、ミス・ノリスが幽霊に扮装するいたずら話がもちあがったとき、ケイリーは彼女に、マークとの内緒事を打ち明けてしまった。おそらく、誰にも姿を見られずにボウリンググリーンまで行くのは無理だが、ひとつだけいい方法があると、うっかり口をすべらせたのだろう。ミス・ノリスはその話にとびついて、巧みにケイリーを問いただし、ついに秘密の通路のことを聞きだしたにちがいない」

「でも、あの幽霊ごっこは、ロバートが来る四日前の出来事だよ」

「そうだね。断っておくが、秘密の通路になにかあやしい点がある、といっているわけではないんだ。マークにとって、あの通路はささやかなロマンと冒険心をかきたてる、個人的な秘密だった。それに、まさかロバートが来るとは夢にも思わなかっただろう。しかし、ロバートの事件が起こり、あの通路が使われた。マークはそこに逃げこみ、いまなお、そこにひそんでいるのかもしれない。もしそうだとすれば、マークがひそんでいる場所を示唆できるのは、ミス・ノリスだけだ。もちろん彼女は、まさか事件に関係しているとは夢にも思わず、ごく無邪気に秘密の通路のことを口にするだろうね」

「だから、彼女に帰ってもらうほうが安全だと？」

「そう」

「でもね、トニー、それなら、もう一方の出入り口がどこにあるのか、どうして知りたいんだい？　必要なら、ボウリンググリーンのほうの出入り口を使って通路に入り、たどっていけばいいじゃないか」

「それはそうなんだが、そうすれば、わたしたちの行動を知られてしまう。偽装用の箱をどかすなり、こわすなりすれば、わたしたちのしわざだと、ケイリーにはぴんとくるだろう。いいかい、ビル、明日あさってのうちに、わたしたちが内々で調べてなにもみつけられなかったら、警察にすべてを打ち明けるしかない。そうすれば、警察が大々的に秘密の通路を捜索するだろう。だけど、わたしはまだ、警察任せにしたくないんだ」

「うん、そうだね」

「なので、いましばらくは、極秘に行動しなければならない。そうするしかないんだよ」ギリンガムはそういうと、微笑して、つけくわえた。「それに、そのほうがずっとおもしろい」

「まさに！」ベヴァリーはくすくす笑った。

「よし。それでは、秘密の通路のもう一方の出入り口はどこにあるのか？」

# 11　シオドア・アッシャー牧師

「ひとつ、ここで確認しておかなければならないことがある」ギリンガムはいった。「すぐにも、もう一方の出入り口をみつけられなかったら、永久にみつけられないってことを」

「ぼくたちには時間がないってことだね？」

「時間もないし、調べる機会も、いまを逃せば二度と巡ってこないだろう。わたしのような怠け者には、制限つきでせっつかれるほうが、むしろありがたいけどね」

「それじゃあ、ちゃんと目星をつけておかないと、調べるのはむずかしいんじゃないか」

「うん、調べるのはむずかしいが、目星をつけるのは簡単だよ。たとえば、秘密の通路のもう一方の出入り口は、ケイリーの部屋にあるとか。もっとも、そうじゃないことはわかってるが」

「わかってることなんか、まだなにもないじゃないか」ベヴァリーは反論した。

「なにを捜すべきかはわかっているじゃないか。ケイリーの部屋にしのびこんでワードローブにもぐりこみ、奥の壁板をコンコンたたいて、空洞がないか調べることはできない。しかるがゆえに、調査をするなら、あるはずのない場所を限定し、除外しておいたほうがいい」

「ああ、なるほど」ベヴァリーは摘みとった草の葉を嚙みしめながら考えこんだ。「どっちにしろ、二階じゃないよね？」

「おそらくは。いいぞ、調査場所を限定できそうだ」

ベヴァリーはまた少し考えてからいった。「厨房や使用人たちの部屋なんかは除外できる。第一、そんなところには踏みこめないし」

「そうだな。それに、地下室も」

「そうすると、ぐっと範囲がせばまるな」

「じっさいのところ、わたしたちが出入り口を発見できる可能性は、百にひとつぐらいだ。そのうえ、わたしたちがあやしまれずに調査できる場所は限られているときているから、その範囲内で、もっともありそうなところを思いつければいいんだが」

「要するに、一階の食堂、図書室、広間、ビリヤード室、それに、事務室というあたりか」

「そのとおり」

「広間は仕切りがないから除外できるね。事務室っていうのがいちばんありそうだけど、どうかな?」

「それはそうなんだが、ひとつ、問題がある」

「どんな問題だい?」

「事務室の位置は館の裏側にあたる。館内にある秘密の通路の出入り口は、ボウリンググリーンの出入り口まで、最短距離で行ける場所にあるはずだ。わざわざ館の地下をくぐらせて、通路を長くする必要はないだろう?」

「ああ、そうか。だったら、食堂か図書室か?」

「うん。どちらかを選ぶとすれば、図書室だろうね。あくまでも、どちらかだとすれば、の話だけど。食堂には使用人が頻繁《ひんぱん》に出入りする。だから、誰にも気づかれずに食堂をすみずみまで調べるのは、ちょっとむずかしい。それに、思い出してほしい。マークはほぼ一年というもの、秘密の通路を秘密にしていたんだ。出入り口が食堂にあるとしたら、そんなに長く秘密にしておけるかい？　幽霊ごっこのとき、夕食が終わってすぐぐらいの時間に、ミス・ノリスは誰にも見られずに食堂に入り、通路の出入り口を使えただろうか？　かなり無理があるね」

ベヴァリーは勢いよく立ちあがった。「行こうよ。図書室を調べよう。ケイリーが来たら、本を選んでるふりをすればいい」

ギリンガムはゆっくりと立ちあがり、ベヴァリーの腕を取って、館に向かって歩きだした。

図書室は、秘密の通路の出入り口があろうがなかろうが、一見の価値があった。ギリンガムは他人の書棚を前にして、並んでいる本の背表紙だけでも眺めたいという誘惑に抵抗できたためしがない。今日も今日とて、図書室に入るやいなや、つい、ぶらぶらと歩きだして書棚を眺めはじめた。持ち主がどういう本を好んで読んでいるのか、あるいは、屋敷に格調高い雰囲気をもたらそうと飾ってあるだけなのか、見ればわかる。マークは図書室が自慢の種だったようだ。さまざまなジャンルの本が集められている。父親や、庇護者だった老婦人が遺したものとおぼしい本。興味をもってマーク自身が買い求めた本。なかには、内容に興味があったとはいえなくても、彼が支援している者が書いた本もあるだろう。注文してあつらえた、美しい装丁の本――見栄えがいいというだけではなく、図書室ぜんたいに品格を与え、さらに、いやしくも文化人を名のるなら、これぐらいはそろえておくべきだという心得の表われといえるだろう。旧版、新版、高価な本、廉価本――この図書室を訪れた者は誰でも、どんなジャンルが好みであろうと、なにかしら読みたい本をみつけることができる。

「きみが特に気になった本はどれだい？」ギリンガムは書棚から書棚へと移動しながら、ベヴァリーに訊いた。「それとも、ビリヤードばかりやってたのかい？」

「ときどきバドミントンの本を見てたよ。そのあたりにある」ベヴァリーは書棚の一角を片手で示した。

「こっちかい？」

「うん、そう」そういったかと思うと、ベヴァリーはいきなり訂正した。「いや、ちがう。そっちじゃない。もっと右のほう。マークは一年ほど前に、大幅に書棚の整理をしたんだよ。一週間以上もかかったといってた。なにしろ、うんざりするほど本があるからね」

「そいつはおもしろい」ギリンガムは椅子にすわり、パイプに火をつけた。

確かに〝うんざりする〟作業だっただろう。図書室の四面の壁には、床から天井まで書棚が取りつけられているのだ。もっとも、四面の壁のうち一面には暖炉が切ってあり、さすがに暖炉の周囲だけは、広く壁が見えている。また、ドアとふたつの窓は文字とは無関係だが、本来の機能を果たすべく、かろうじて残されたといえる。どこからどう見ても、ここに秘密の通路の隠し扉があるとは、ベヴァリーにはとうてい思えない。「隠し扉を見逃さないためには、神聖なる書物を一冊ずつ書棚から抜き出して、確かめなきゃならないね」

「書棚から一冊ずつ抜き出しているぶんには、おかしなふるまいをしていると思う者はいやしないさ。図書室で本を書棚から抜き出して、なんの不思議があるものか」ギリンガムはひょうひょうと答える。

「けど、この本の数ときたら」

パイプの煙草にうまく火がまわると、ギリンガムは満足げに立ちあがり、ゆったりとした足どりで、ドアと向かいあった壁の書棚に近づいていった。「ちょっと見てみよう。うんざりするような本ばかりかどうか。おや、ここにきみの愛読書、バドミントンの本があるよ。わりによく読んだといってたよね？」

「ぼくが本を読むなんてことをするにしてはね」

「ふうむ」ギリンガムは書棚を下から上まで眺めた。「ここには、主にスポーツと旅の本をそろえてある。旅の本は好きだよ。きみはどうだい？」

「たいてい、退屈してしまうな」

「旅の本が好きだというひとは、けっこういるんだぜ」ギリンガムはベヴァリーを非難するような口ぶりでそういうと、隣の書棚の前に移動した。「ここは演劇関係だな。王政復古時代の劇作家の本もある。かなりそろっているな。これを見ればきみにもわかるだろうが、戯曲が好きなひとも多いんだよ。ジョージ・バーナード・ショー、オスカー・ワイルド、トーマス・ウィリアム・ロバートスン。わたしは戯曲を読むのも好きなんだよ、ビル。もっとも、舞台を観るのではなく、戯曲を読むほうが好きだというひとは、あまり多くはないけどね、好きなひとは熱心なものさ。さて、ここはもういいか」

「あのねえ、たっぷり時間があるわけじゃないんだぜ」ベヴァリーは気が気ではないようすだ。

「そうだね。だからこそ、時間をむだにできない。ここは詩集ばかりだ。今日び、どういうひとが詩なんか読むんだろう？　ビル、『失楽園』を読んだのはいつだった？」

「一度も読んだことがない」

「そうだと思った。ミス・キャラダインがワーズワスの『逍遙《しょうよう》』を朗読してくれたのは、いつだった？」

「じつをいうと、ベティは、いや、ミス・キャラダインはいま、あの、へんてこりんな作家にぞっこんなんだ。なんて名前だっけ……」

「いや、気にしないでくれたまえ。いまの話で充分だ。では、次に行こう」

　ギリンガムはさらに隣の書棚に歩を進めた。

「伝記類か。ずいぶんたくさんあるなあ。わたしは伝記も好きだ。ビル、きみもジョンスン・クラブのメンバーだよね。きっとマークもメンバーだと思うよ。『代々の宮廷の思い出』。これ、ミセス・キャラダインも読んだんじゃないかな。伝記というのは、小説と同じぐらいおもしろい読みものだが、ここでいつまでもぐずぐずしていてはいけないね。では、お次」ギリンガムは次の書棚に向かった。かと思うと、ヒュ一ッと口笛を吹いた。「これはこれは！」

「どうしたんだい？」ベヴァリーはいささかむっつりした口ぶりで訊いた。

「そこを動くな。人々を遠ざけておけ。ビル、我らは渦中にあり。まちがいなく、これは説教集だ。説教集か。マークのお父上は牧師さんだったのかな。それともマークはこういうものを好んで読むのか」

「確か、マークのおとうさんは教区牧師だった。うん、まちがいない」

「そうか、それなら、お父上の蔵書だったんだ。『造物主との半時間』。うちに帰ったら、図書館から取り寄せなければ。『迷える仔羊《こひつじ》』。『ジョーンズの三位一体説』。『聖パウロの書簡解説』。やあ、ビル、我ら、渦中にありてさらに核心に迫れり。シオドア・アッシャー牧師による説教集『狭き道』。これだ！」

「だから、それがなんだというんだよ？」

「ひらめいたのさ。ちょっとこっちに来てくれたまえ」ギリンガムはシオドア・アッシャー牧師の説教集を書棚から抜き出すと、いかにも幸せそうな笑みを浮かべてその本をみつめたあと、その笑顔をベヴァリーに向けた。「アッシャー牧師の本を手に取ってごらん」

いわれたとおり、ベヴァリーは本を手に取った。

「では、わたしにそれを返してから廊下に出て、ケイリーがどこか近くにいないかどうか、見てきてほしい。〝おーい〟と声に出して呼んでみてくれ」

ベヴァリーはすばやく廊下に出ていき、大声をはりあげてから、耳をすまして返事を待ち、返事がないのを確認してから図書室にもどった。

「だいじょうぶ、いないよ」

「よし」ギリンガムは、いったん棚にもどしておいた本を、もう一度抜き出した。「今度はアッシャー牧師の本を持っててくれ。きみは右利きだよね。なら、本を左手に持って、右手でこの棚をしっかりつかむんだ。で、わたしが引けといったら、ゆっくりと棚を引っぱってくれ。用意はいいかい？」

ベヴァリーは顔を紅潮させてうなずいた。

「では」ギリンガムはアッシャー牧師の分厚い著書があったスペースに手を突っこむと、棚のうしろを指で探った。そして、いった。「引け」

ベヴァリーは棚を引っぱった。

「そのまま引っぱれ。こっちもじきに手が届きそうだ。むやみに強く引っぱらなくてもいいが、力を抜かないように」

ギリンガムはいっそうせわしく手を動かした。

ふいに、片開きのドアのように、書棚ぜんたいがゆっくりと手前に開きはじめた。

「すごい！」ベヴァリーは徐々に開きだした書棚を驚きの目で見守った。

ギリンガムは開いた書棚を押して元どおりに閉めてから、ベヴァリーの手からアッシャー牧師の著書を取って棚にもどした。そしてベヴァリーの腕を軽くつかんでソファに連れていき、すわらせた。唖然としているベヴァリーの前に立ったギリンガムは、腰を折って、重々しくおじぎをした。

「たわいないことだったよ、ワトスン。子どもだましみたいなものだ」

「いったいどういう仕掛けだい？」

ギリンガムはうれしそうな笑い声をあげると、ベヴァリーの横に腰をおろした。

「本気で説明してほしいわけじゃあるまい？」ギリンガムはベヴァリーの膝をぴしゃりと打った。「ワトスン役に徹しているだけだろう？　とてもうまいよ。すばらしい」

「そうじゃないよ、本気だってば、トニー」

「おやおや！」ギリンガムはひとしきりパイプをふかした。「秘密というやつは、発見されるまでは秘密だ。だが、いったん発見してしまえば、発見した者は、どうしてほかの者にはこんなことがわからないんだろうと不思議に思える。そして、秘密を秘密のままにしておくには、どうすればいいか考える。この秘密の通路は、ずいぶんむかしに造られたものだろう。一方の出入り口は図書室、もう一方の出入り口はボウリンググリーンの用具置き場。これを発見したとき、マークはほかの者もあっさりとみつけてしまうにちがいないと思った。そこで、用具置き場の出入り口の上にクローケー用具の箱を置き、みつかりにくくしておいて、図書室の出入り口のほうは――」ギリンガムはそこで口を閉ざし、ベヴァリーをみつめた。「図書室の出入り口のほうはどうしたと思う、ビル？」

ベヴァリーはワトスンそのものだ。「どうしたんだい？」

「書棚の本を入れ替えたのさ。マークはたまたま『ネルスン提督の生涯』か『ボートの三人男』を棚から抜き出した。いや、なんの本でもいいがね。とにかく、あの書棚から本を一冊抜き出したおかげで、僥倖《ぎょうこう》ともいうべきチャンスがころがりこみ、秘密を発見した。当然ながら、この書棚に誰も近づかないようにすれば、よりいっそう、秘密を安全に保てると考えた。一年ほど前に、マークはクローケーに熱中しはじめ、同じころに、一週間以上もかけて書棚の本の入れ替えをした。それはなぜか？　というわけで、誰も読みそうもない、退屈きわまりない本を探してみたんだ。ヴィクトリア中期の牧師が書いた説教集の棚というのは、あつらえむきじゃないか」

「うん、そうだな。けど、どうして、どんぴしゃり、特別な一冊がわかったんだい？」

「マークだって、なにか目印が必要だっただろうよ。『狭き道』という題名の本を、秘密の通路の出入り口を隠すのに使うというのは、マークの洒落《しゃれ》っ気を大いにくすぐったんじゃないかな。わたしはそう推測したんだが、それがみごとに的中した」

ベヴァリーは感心しきりで、何度もうなずいた。「うん、じつにあざやかな推理だ。あなたって、悪魔みたいに狡猾《こうかつ》に頭が働くんだね、トニー」

ギリンガムは笑った。「そう褒められると、自分でもその気になってしまうじゃないか。いい気になってはいけないが、でも、いい気分だ」

「それじゃあ、さっそく行こうか」ベヴァリーはソファから立ちあがり、片手をギリンガムにさしだした。

「行くって、どこに？」

「決まってるだろ、秘密の通路の探検さ」

ギリンガムはくびを横に振った。

「どうしてだめなんだい？」

「秘密の通路のなかで、なにかみつかると期待してるのかい？」

「わからないけど、あなただって、なにか手がかりになるようなものがみつかると思ってたんじゃないの？」

「マークがみつかるとか？」ギリンガムは静かに訊きかえした。

「おいおい、本気でそう思ってるのかい？」

「彼がいるとしたら？」

「だったら、ぼくたちのお手柄だ」

ソファから立ちあがったギリンガムは暖炉まで行くと、パイプの火皿を逆さにして底をとんとんとたたき、炉床に灰を落とした。そして向きなおって、ベヴァリーをみつめた。なにもいわずに、真剣なまなざしで彼をみつめている。そして、ようやく口を開いた。「彼をみつけたら、なんていうつもりだい？」

「え、どういうこと？」

「きみは彼を逮捕させたいのか、それとも、逃げるのを助けたいのか、どっちだい？」

「うー、その、うん、もちろん、そのう……」ベヴァリーはしどろもどろになったあげく、最後にこういった。「わからない」

「そういうことだ。わたしたちも肚《はら》をくくらなきゃいけないんじゃないか？」

ベヴァリーは返事をしなかった。動揺しきっているのだ。顔をしかめ、部屋のなかを行ったり来たりしては、ときどき、隠し扉になっている書棚の前で立ちどまる。その向こうになにがあるのか透視しようとでもいうように、並んだ本の背表紙をにらみつける。旗幟《きし》を鮮明にすべきときがきたら、マークの側に立つのか、それとも法の側に立つのか、自分、ウィリアム・ベヴァリーはどちらを選ぶのか。

「秘密の通路のなかで彼に会ったら、〝やあ、こんにちは〟なんていえないだろうね」時宜を見計らったように、ギリンガムの声がベヴァリーの思考を破った。

ベヴァリーははっと我に返り、ギリンガムを見た。

ギリンガムはさらにいった。「彼に〝こちらはぼくの友人のミスター・ギリンガムで、この館に滞在しているんだ。ぼくたち、ボウリングゲームでもしようかと思って〟なんてことも、いえるわけがない」

「それはそうだ。マークに会っても、なんといえばいいか、わからない。じつをいうと、マークのことはほとんど忘れてた」ベヴァリーは窓に近づき、庭を眺めた。芝生の縁に、刈りこみバサミがころがっている。館の主《あるじ》が失踪しているからといって、使用人たちがだらしのないまねをしてもいいということはない。今日も暑くなりそうだ。そう、自分もマークのことは忘れていた。昨日と変わりなく、二十四時間前、みんなでゴルフに出かけたときと同じく、今日もまた風景は昨日と変わりなく、太陽もまぶしく輝いているというのに、マークが逃亡中の殺人犯であり、正義の裁きから逃げている人物だなどと、どうすれば念頭に置いておけるというのか。現実に悲劇が起こったのだと実感できなくて、ギリンガムといっしょに探偵ごっこに興じているだけだという気になってしまう。

ベヴァリーは友人のほうを向いた。「だけど、あなたは秘密の通路をみつけたいと思い、じっさいにみつけた。だのに、通路を調べるつもりはない？」

ギリンガムはベヴァリーの腕を取った。「外に出よう。どちらにしても、いますぐに通路に入ることはできない。ケイリーのことを思えば、危険すぎる。ビル、わたしもきみと同じだ――少しばかり怖い。だが、なぜ怖いのか、よくわからない。どちらにしても、きみは調査をつづけたいんだろう？」

「うん」ベヴァリーはきっぱりとうなずいた。「やらなくちゃ」

「ならば、チャンスがあれば、午後にでも通路の探検といこう。午後にチャンスがなければ、今夜、やってみよう」

ギリンガムとベヴァリーは図書室を出て裏口に向かい、また陽光のもとに身をさらした。

「通路に隠れているマークをみつけられると、本気で思ってるのかい？」ベヴァリーはギリンガムに訊いた。

「できるかもしれない。マークも――」なにかいいけて、ふと、ギリンガムは口をつぐんだ。

「いや」自分にいいきかせるようにつぶやく。「まだ、わたしが考えていることを明かすわけにはいかない。あまりにも恐ろしい」

# 12　壁に映る影

この二十時間ほど、バーチ警部はあれこれ手配するのにてんてこまいだった。マークの詳細な人相と着衣（最後に着ているのを目撃された茶色のフランネルのスーツ）に関して、ロンドンに電報で報せた。

当該人物が三時五十五分の汽車に乗ったのを見た者がいるかどうか、スタントン駅に問い合わせた。

警部のもとに届くであろう目撃証言をまとめれば、マークが汽車に乗りこみ、ロンドンの警察が待ち受ける手筈をととのえる前に、ロンドンに到着したかどうか、判断できると思ったのだ。しかし、事件当日、スタントンは市《いち》の立つ日で、小さな町は買い物客でごったがえし、マークが午後三時五十五分のロンドン行き汽車に乗ったかどうか、あるいは、同日の午後二時十分にロバートがロンドンから来た汽車から降り立ったかどうか、確実に目に留めた者はいそうもなかった。だが、ギリンガムがケイリーにいったとおり、警察が誰かの行方を知りたがっているとわかると、必ずといってもいいほど、〝自分は見た〟と、警察に駆けこむ輩《やから》がいるものなのだ。

ロバートがスタントン駅午後二時十分着の汽車で来たのは、ほぼ、まちがいないようだ。ただし、検死審問が開かれるまでに、ロバートに関する情報を集めるのは、相当にむずかしい。幼少のころにマークとロバートが育ったという村で判明した事実は、ケイリーの証言と一致した。ロバートは不満だらけの子どもで、追い出されるようにしてオーストラリアに行ったあとは、村で彼の姿を見た者はいない。弟が家に残り、順調に人生を歩んでいた一方で、兄のほうは国を追放されて貧しい暮らしを余儀なくされた。しかし、兄弟のあいだに激烈な確執があったかどうかは、いまのところ、判明していない。だが、マークを捕まえれば、それもわかるはずだ。

マークをみつけて逮捕すること。それが最優先事項だ。池を浚《さら》うのは、この目的にそぐわないのだが、明日の検死審問では強い印象を与えるだろう。すなわち、バーチ警部は手を抜かずに熱心に事件の捜査をしている、と。それに、池を浚うことで、凶器の拳銃がみつかれば、警部の苦労も報われるというものだ。地方紙に《バーチ警部、凶器を発見す》という大きな見だしが載るはずだ。

そういうわけで、バーチ警部は自己満足に浸りつつ、池に向かった。池の端では、部下の刑事や警官たちが待っていた。部下たちはミスター・ギリンガムとその友人のミスター・ベヴァリーをまじえ、なにやら楽しそうにしゃべくっている。警部は機嫌よく、やあやあと声をかけ、笑顔でつけくわえた。「手伝いにきてくれたんですか?」

「わたしたちは足手まといでしょうに」ギリンガムも笑顔で答えた。

「よかったら、どうぞ手伝ってください」

ギリンガムはぶるっと身震いした。「あとで、なにがみつかったか、教えてください。ところで、ジョージ亭の亭主が、わたしのことをよくいってくれたのならいいんですが」

警部はすばやい視線をギリンガムに送った。「いったいどうして、そんなことを?」

ギリンガムは重々しく腰を折っておじぎをした。「なぜなら、あなたはきわめて有能な警官だと推察できるからですよ」

警部は笑った。「あなたの容疑は晴れましたよ、ミスター・ギリンガム。事件とは無関係だ。だが、わたしとしては、きちんと確認しておかなければならないんでね」

「当然、そうでしょうな、警部。では、幸運を祈りますよ。池からはたいしたものはみつからないと思いますがね。逃亡するのに、こんな場所は通らないのではありませんか」

「ミスター・ケイリーがこの池のことをいいだしたときに、わたしもそういったんですがね。まあ、浚ってみるだけなら、べつに害もないし。こういう事件では、いかにもそれらしく見えても、期待はずれだったりするものなんですが」

「警部さん、あなたのおっしゃるとおりだ、これ以上、お引き留めしてはいけないな。では、ごきげんよう」ギリンガムはバーチ警部に陽気に笑いかけた。

「では失礼します」と警部。

「がんばって」とベヴァリー。

警部が大股で歩いていくのを見送ってからも、ギリンガムはしばらくのあいだ黙って立っていた。ベヴァリーが彼の腕を取って揺すり、咎《とが》めるようにどうしたのかと訊いた。

ギリンガムはゆっくりとくびを左右に振った。「わからない。ほんとうにわからないんだ。恐ろしい考えが頭を離れない。まさか彼が、それほど冷血だとは思えない」

「彼って、誰のこと？」

それには答えず、ギリンガムは歩きだし、昨日すわったベンチに向かった。ベンチに腰かけると、両手で頭を抱える。「なにかみつかればいいが。警察がなにかみつけてくれればいいが」

「池でかい？」

「うん」

「なにを？」

「なんでもいいんだよ、ビル。なんでもいいんだ」

ベヴァリーは腹が立ってきた。「あのね、トニー、それじゃ答になってない。そんなに謎めかさないでくれよ。いきなり、どうしたんだい？」

ギリンガムは驚いて目をあげ、ベヴァリーをみつめた。「警部の話を聞いていなかったのかい？」

「なにか気になることでも？」

「池を浚うのは、ケイリーの発案だった」

「ああ、うん、そうだった！」ベヴァリーは興奮した。「彼が池になにか隠したと思ってるのかい？　警察にみつけさせようと、偽の手がかりを沈めたとか？」

「それならいいんだ、それなら」ギリンガムは真剣な面持ちだ。「だが――」なにかいいかけて口をつぐむ。

「だが――なんだい?」

「だが、なにも隠さなかったんじゃないか。それを思うと――」

「それを思うと?」

「とても重要なものを隠すのに、いちばん安全な場所は?」

「誰も見ようとはしないようなところ」

「それよりも安全な場所がある」

「へえ?」

「すでに調べがすんだ場所だ」

「なるほど! 池浚いが終わったら、そのあとすぐに、ケイリーがなにかを池に沈めるだろうって、いいたいのかい?」

「うん。そうじゃないかと恐れている」

「どうして?」

「そのなにかは、とても重要で、そう簡単にそこいらに隠してはおけないものだからだ」

「なんだって?」ベヴァリーは追及の手をゆるめない。

だが、ギリンガムはくびを横に振った。「まだ、いえない。警察がなにかみつけるか、結果を待つしかない。なにか――なんだか見当もつかない――が、ケイリーがみつけてほしくて隠したものが、みつかるかもしれない。だが、なにもみつからなければ、ケイリーは安心して池に隠すだろう——今夜にでも」

「なにを?」ベヴァリーはまた訊いた。

「いずれわかるよ、ビル。わたしたちが立ち会えば」

「彼の動きを見張るのかい?」

「そうだ。警察がなにもみつけなかった場合は」

「わかった」

ケイリーの側に立つか、法の側に立つか、それが問題だったが、ベヴァリーはきっぱりと心を決めた。昨日、事件が起こる前は、従兄弟《いとこ》同士のふたりとはそれほど親しくはなかったものの、仲良くつきあっていた。どちらかといえば、気まぐれなマークよりも、寡黙《かもく》で堅物のケイリーのほうが好きだといえる。ケイリーはさまざまな優れた資質をそなえているのに、あえてそれを表に出そうとはしない点が、ベヴァリーには好ましい。短所があるにしても、それもまた表に出さないようにしているのも長所のひとつだとすれば、それは優れた資質であり、客が何度も館を訪れたくなる誘因となる。これは主《あるじ》のマークにとってもありがたい資質だろう。一方、マークの短所は容易に目につくし、ベヴァリー自身、何度も見ている。

とはいえ、今朝はマークの側につくことをためらう気持があったのだが、ケイリーが相手なら、法の側につくことにためらいはない。つまるところ、マークになにか害をこうむったわけではないけれども、ケイリーは許しがたいほど非礼なまねをした。ベヴァリーとギリンガムの内密の会話を盗み聞きしたのだ。法が求めるのなら、ケイリーを吊すことに異議はない。

ギリンガムは時計を見ると、立ちあがった。「行こう。前にいった仕事にかかる時間だ」

「秘密の通路の探検？」ベヴァリーはその気満々だ。

「そうじゃない。午後に、どうしてもしなければならないことがあるといっただろ」

「あ、そうか。なにをするんだい？」

返事もせずに、ギリンガムは館に向かって歩きだした。

午後三時。昨日、ギリンガムとケイリーが死体を発見した時刻まであと十五分足らず。昨日、三時十五分ごろに、事務室に隣接する小部屋の窓から外を見ていたギリンガムは、足音を聞いてふりむいたさいに、小部屋のドアが開いていて、そこにケイリーが立っているのに気づき、ひどく驚いたものだ。ドアは当然閉まっていると思いこんでいたのだが、なぜそう思いこんでいたのか、自分でもよくわからなかった。しかし、そのときは、疑問を深く考える時間がなくて、あとでゆっくり考えようと棚上げにしておいたのだ。なにも意味はないかもしれない。だが、なにか意味があるのなら、事務室をもう一度よく調べてみれば、それが解明されるかもしれない。昨日と同じ条件で、あのときの状況を再現すれば、違和感の正体がつかめるような気がする。そのため、もう一度事務室に入るのに、この時間まで待つ必要があったのだ。

ギリンガムは事務室に入った。ベヴァリーがついてくる。いまはもう、ロバートの遺体がないことに、軽いショックを受ける。しかし、遺体の頭があった箇所には、黒っぽいしみが残っている。ギリンガムは、二十四時間前と同じように、同じ場所で床に膝をついた。

「もう一度、まったく同じことをしたいんだ。きみにはケイリーの役をたのむ。あのとき、ケイリーは水を持ってこようといった。死人に水は不要だと思ったが、おそらくケイリーは、なにもしないより、なんでもいいからなにかしたかったんだろう。そして、濡らした海綿とハンカチを一枚持ってきた。ハンカチはたんすの引き出しに入っていたんだと思う。ちょっと待っててくれ」

ギリンガムは立ちあがって隣の小部屋に行った。部屋のなかを見まわし、たんすの引き出しをひとつふたつ開けて確認してから、その部屋のドアも小廊下のドアもきっちり閉めて、事務室にもどった。

「あっちの部屋の洗面台に海綿があるし、ハンカチはたんすのいちばん上の右の引き出しに入っている。それじゃあ、ビル、ケイリーになりきってくれ。きみは水を持ってくるといって立ちあがる」

ギリンガムのかたわらに膝をついていたベヴァリーはなんだか薄気味悪いなと思いながらも、立ちあがって小廊下に出た。小廊下の右手にある部屋に入り、引き出しを開けてハンカチを一枚取りだし、海綿を濡らしてから事務室にもどる。

「どう?」これでいいのかという顔でギリンガムに訊く。

ギリンガムはくびを横に振った。「あのときとまったくちがう。ひとつには、きみはいちいち騒々しい音をたてて動きまわったが、ケイリーはそうじゃなかった」

「ケイリーがあっちの部屋に行ったとき、あなたは聞き耳をたててたわけじゃないだろう?」

「そのとおり。だが、音がすれば、ちゃんと聞こえただろうし、あとで思い出したはずだ」

「ケイリーはドアを閉めたんじゃない？」

「待ってくれ！」

ギリンガムは両手でまぶたを押さえ、考えた。あのときはなにも聞こえなかったが、なにかが見えていた。そのなにかをもう一度見ようと、ギリンガムは懸命に集中した。

ケイリーが立ちあがり、事務室のドアを開ける。そのドアを開けたままにして小廊下に出ていき、右側のドアを開けてなかに入る。そして——。

そのあと、ギリンガムの目はなにを見たのか？　目が語ってくれさえすれば！

ふいにギリンガムはとびあがった。顔が輝いている。「ビル、わかったぞ！」

「なにが？」

「壁の影だ！　わたしは壁に映っている影を見ていた。ああ、なんというぼけ頭だ！　自分を十回ののしっても足りないぐらいだ！」

呆気にとられているベヴァリーの腕を取って、ギリンガムは小廊下の壁を指さした。

「壁に陽光がさしているのが見えるだろう？　きみがドアを開けっぱなしにしたからだ。小部屋の窓からまっすぐに陽光がさしている。それじゃあ、ドアを閉めてみよう。ほら！　壁に映った影がどんなふうに動くか、見えるだろう？　わたしが見たのは、ケイリーがドアを閉めたさいに動いた影だったんだ。ビル、もう一度、隣の部屋に入り、うしろ手にドアを閉めてくれ。ごく自然にたのむよ。さあ、急いで！」

ベヴァリーが事務室を出ていくと、ギリンガムは床に膝をついた姿勢をとって目を凝らした。

「思ったとおりだ！」ギリンガムは叫んだ。「そんなはずはなかったんだ！」

「なにがどうだというんだい？」ベヴァリーがけげんな顔でもどってくる。

「予想どおりだった。壁に陽光がさし、影が動いた」

「だからさ、昨日、なにが起こったんだよ？」

「壁に陽光がさした。そして徐々に、ごくゆっくりと、影が動いていった。ドアが閉まる音はしなかった」

ベヴァリーは驚き、目をみはった。「なあるほど！ ケイリーはドアを開けっぱなしにして小部屋に入ったけど、思いなおして、ドアを閉めた。きみに音が聞こえないように、そっと閉めた。そういうことかい？」

ギリンガムはうなずいた。「そうだ。それで、わたしが隣室に行ってふりむいたときに、ドアが開いているのを見て驚いた、その説明がつく。ほら、ひとりでに閉まる、バネ仕掛けのドアがあるだろう？」

「開けっぱなしのドアから風が吹きこんでこないように、老人が使う、あれかい？」

「そう。バネ仕掛けのドアは、開けてもすぐには閉まらない。ゆっくりゆっくりと閉まる。あのとき見た、壁に映った影の動きがそうだった。わたしは意識下で、壁の影の動きと、バネ仕掛けのドアの動きとを関連づけていた。それで、てっきり、このドアもひとりでに閉まると思いこんでしまったんだ。これですっきりした！」ギリンガムは立ちあがり、膝の埃を払った。

「では、ビル、確認しようじゃないか。今度はそっとドアを閉めてくれ。ふと思いついたように、自然に閉めるんだぞ。そっと静かに。わたしに音が聞こえないように注意して」

ベヴァリーはいわれたとおりにした。そして、首尾はどうかと尋ねるように、また開けたドアから顔を突きだした。

「やはり、そうだった」ギリンガムの疑問は完璧に払拭された。「まさに、昨日見たとおりだった」

ギリンガムは事務室を出て、ベヴァリーのいる小部屋に行った。

「では今度は、ミスター・ケイリーがここでなにをしていたのか、ならびに、なぜミスター・ギリンガムに音が聞こえないようにしなければならなかったのか、それを検証してみよう」

# 13　開いていた窓

ギリンガムは最初、死体発見当時にケイリーがなにかを隠したのだと思った。死体のそばでみつけたなにかを。だが、ギリンガムに気づかれずに、みつけたものを隠すのは至難の業だ。隣の小部屋の、たんすの引き出しに入れるわけにはいかなかったはずだ。引き出しだと、ギリンガムが開けてしまう確率が高い。自分の服のポケットのほうがまだましだ。どちらにしても、ケイリーはもうとっくに隠し場所を変えて、いまは彼しか知らないところに保管しているだろう。だが、この場合も、なぜあのときに、ドアを閉めたのかという疑問が残る。

ベヴァリーはたんすの引き出しを開けて、なかをのぞきこんだ。ギリンガムもベヴァリーの肩越しにのぞきこむ。

「なんだって、ここに衣類をしまってあるんだろう?」ギリンガムはけげんそうだ。「マークは二階の自室ではなく、ここで着替えていたのかい?」

「それがねえ、トニー、マークは世界じゅうの誰よりも衣類をどっさり持ってたんだよ。必要に応じて、ここで着替えてたんじゃないかなあ。たとえば、ぼくにしろあなたにしろ、ロンドンから田舎に行くときは、着替えの服をあれこれ持っていくだろう? だけど、マークはちがうんだ。ロンドンの彼のフラットには、ここそっくり同じ衣類がすべてそろえてある。服のコレクションは、彼の道楽なんだ。もし持ち家が六軒あるとすれば、六軒全部に、紳士に必要な街着と田舎用の衣類と靴をすべてそろえておくだろうね」

「ふうむ」

「もちろん、それが役に立つこともある。事務室での仕事が忙しいときに、ハンカチやら、気候に合うコートやらを、わざわざ二階の自室に取りにいかなくてすむ」

「なるほど、そうか」ギリンガムはベヴァリーと会話しながら部屋のなかを歩きまわり、洗面台のそばに置いてある洗濯物入れの籠の蓋を開けてみたりしていた。「最近、ここでカラーを取り替えたようだ」

ベヴァリーも籠のなかをのぞきこむ。籠の底に、取りはずされたカラーが一本入っている。

「うん、マークならそうだろう」ベヴァリーはうなずいた。「着け心地が悪いとか、ちょっと汚れたとか、なにか理由があったんだろうな。マークはそういうことにやかましいんだ」

ギリンガムは籠の底に手を伸ばし、カラーを取りだした。

「これに関しては、着け心地が悪いという理由だったんだろうな」カラーの裏表をあらためてから、ギリンガムはいった。「洗濯しなおしても、これ以上白くはならないよ」そういってカラーを籠に落とす。「どちらにしろ、彼はときどきこの部屋を使っていたんだね?」

「ああ、わりとよく」

「そうか。ではケイリーは、ここでこっそりとなにをしたんだろう?」

「そっとドアを閉めて、なにかをしたかった?」ベヴァリーは訊きかえした。「ぼくにはさっぱりわからない。あなたにも見えなかったんだよね」

「うん。それに、音も聞こえなかった。たぶん、音の出ることをするつもりだったので、それをわたしに聞かれたくなかったんだろう」

「そうだ、きっとそうだ！」ベヴァリーは熱くなった。

「それにしても、なにをしたのだろう？」

ベヴァリーは霊感を得られないかと、眉根を寄せて考えこんだが、なにもひらめかなかった。

「ちょっと新鮮な空気を吸おうよ」頭を酷使してくたびれてしまい、ベヴァリーは窓を開けて外を眺めた。ふとあることに思い至り、ふりかえってギリンガムをみつめた。「まだ警察が池を浚《さら》っているかどうか、ぼくがひとっ走りして、見てきたほうがいいんじゃないかい？　だって――」ギリンガムの顔を見たベヴァリーは、そこで絶句した。

「ああ、ばかめ、マヌケめ！」ギリンガムは自分をののしった。「わたしにくらべ、きみは数《あま》多《た》のワトスンのなかでも最高のワトスンだ！　邪気なく、祝福されし者よ！　それにくらべ、ギリンガムよ、おまえはどうしようもない阿呆だ！」

「いったいどうしたんだ？」

「窓だ！　窓だよ！」ギリンガムは窓を指さしながら大声でいった。

ベヴァリーは窓がなにか教えてくれるかと期待して、窓を見た。しかし、窓はなにも語ってくれないので、あきらめてギリンガムに目を向ける。

「彼は窓を開けたんだ！」ギリンガムはまた大声でいった。

「彼って誰さ?」

「もちろん、ケイリーだよ」ギリンガムは冷静さを取りもどし、重々しく、ゆっくりした口調でいった。「彼は窓を開けるために、この部屋に入った。窓を開ける音をわたしに聞かれないように、そっとドアを閉めた。音を遮断してから、窓を開ける。あとでわたしがこの部屋に入ったとき、窓は開いていた。そこでわたしはケイリーにいう——窓が開いている。わたしの驚異的な分析力は、犯人はこの窓から逃げたにちがいないと告げている、と。するとケイリーは驚き、眉を吊りあげてこういう——ああ、なるほど。あなたのおっしゃるとおりだと思いますよ、と。わたしはさらに誇らしげにいう——そうだとも。なぜなら窓が開いているから……ああ、なんという阿呆だ!」

これで合点がいった。ずっとギリンガムの意識の隅に引っかかっていた、違和感の説明がついたのだ。

ギリンガムはケイリーの身になって考えてみようとした。

初めてケイリーを見たとき、彼はドアをがんがんたたいて、〝開けろ!〟とどなっていた。事務室のなかでなにが起こったにせよ、ロバートを殺したのが誰にせよ、ケイリーはそれを承知していた。そして、マークが事務室にはいないことも、隣の小部屋の窓から逃げたのではないことも承知していた。しかし、ケイリーの計画——マークとの共謀なら、マークの計画ともいえる——では、マークが事務室から逃げたと思われることが、必要不可欠の条件だった。だが、ケイリーは(ポケットに鍵をしのばせて)鍵のかかったドアをがんがんたたいているときに、ミスをおかしたことにはっと気づいた。フレンチウィンドウのことを忘れていた！

おそらく、まっさきに恐ろしい疑問が頭に浮かんだだろう——事務室のフレンチウィンドウは開いていたか？　開いていた……ほんとうに？　ドアの鍵を開けて、事務室にしのびこみ、フレンチウィンドウを開けて、またこっそり廊下にもどる時間があるだろうか？　だめだ。いつ使用人がやってくるかわからない。危険すぎる。ケイリーが事務室に入るか出るかするところを見られたら、万事休すだ。だが、使用人たちはそれほど頭が切れるとはいえない。彼らが死体を前にして震えているすきに、フレンチウィンドウを開ければいい。彼らは気づかないだろう。なんとかなる。

と、そこに、突然、見知らぬ男、すなわちギリンガムが現われたのだ！　事態が複雑化してしまった。しかもギリンガムに、事務室の窓を破ったほうがいいと示唆された。そこに近づくことだけは避けたいのに！　あのとき、ケイリーが虚《きょ》を衝かれたような表情を見せたのも不思議はない。

これで、なぜわざわざ遠回りしてフレンチウィンドウまで走っていったのか、その説明がつく。ケイリーにとっては、ギリンガムよりも先にたどりつき、ギリンガムに追いつかれないうちにフレンチウィンドウを開けておく唯一のチャンスだ。たとえなにもできなくても、先にたどりつけば、開いているか閉まっているかは確認できる。たぶん、開いているはずだ。なんとしてもギリンガムに追いつかれないようにして、確認しなければならない。もし無情にもフレンチウィンドウが閉まっていても、ギリンガムに追いつかれるまでには、ごく短いながらも時間的余裕がある。破滅から逃れるための、新たな計画を思いつくだけの時間がもてる。

なので、ケイリーは走った。だが、ギリンガムは遅れることなくついてきた、そのため、ふたりでいっしょに、閉まっているフレンチウィンドウを破り、事務室に入ることになった。かといって、ケイリーはまだあきらめなかった。隣の小部屋の窓！　その窓を、ギリンガムに音が聞こえないように、そっと静かに開ければいい。

じっさいに、ギリンガムにはなにも聞こえなかった。その意味では、ケイリーのもくろみはうまくいったといえる。そして、ギリンガムはまんまと引っかかり、みずからケイリーに、開いた窓に注目するよう呼びかけただけではなく、ごていねいにも、マークが事務室のフレンチウィンドウではなく、こちらの窓を選んだ理由を説明してみせたのだ。ケイリーもまた、そうにちがいないとギリンガムの説明に同意した。きっと内心ではしてやったりと、ほくそ笑んでいたはずだ！

とはいえ、ケイリーはまだ不安だった。ギリンガムが窓の外の茂みを調べるだろうと思うと、不安がつのった。なぜか？　誰にしろ、茂みを無理に押し通った痕跡など、まったくないからだ。その後、ケイリーがその痕跡をでっちあげ、それを警部に発見させるように仕向けたのはまちがいない。地面にマークの靴跡をつけたのだろうか？　いや、地面はとても固い。わざわざ靴跡をつける必要はない。衣類を見たかぎりでは、マークは小柄なほうだ。大柄なケイリーが小柄なマークの靴に、四苦八苦して足を押しこもうとしている光景を想像して、ギリンガムはにやりとした。靴跡をつける必要がないとわかり、ケイリーはさぞ安堵しただろう。

窓を開けるだけで充分だ。おまけとして、茂みの小枝を二、三本、折っておけば。だが、静かに、音をたてないようにやらなければならない。ギリンガムに聞かれてはならない。

ケイリーの狙いどおり、ギリンガムはなにも聞かなかった……だが、壁に映る影は見えた。

ギリンガムとベヴァリーはまた外に出て、ベンチに腰をすえた。ベヴァリーは、友が語る昨日の出来事を、口をぽかんと開けて聞きいった。ギリンガムの話は筋が通っているし、いろいろなことの説明がつく。だが、その先にはつながらない。新たな謎がもたらされただけだ。

「新たな謎って？」ギリンガムは訊いた。

「マークだよ。マークはどこにいるんだい？　もし彼が事務室に入らなかったとすれば、いま現在、いったいどこにいるんだい？」

「彼が事務室に入らなかったとはいってないよ。入ったのはまちがいないんだ。ハウスメイドのエルシーが彼の声を聞いている」ギリンガムはそこでいったんことばを切り、もう一度ゆっくりとくりかえした。「少なくとも、エルシーは聞いたといっている。事務室にいたのなら、入ったときと同じドアから出たんだろう」

「すると、どうなる？」

「すると、彼がどこに向かったかがわかる。秘密の通路さ」

「あれからずっと、そこに隠れているというのかい？」ギリンガムは黙りこんでいる。ベヴァリーはまた同じ質問をした。

思考の淵に沈んでいたギリンガムは、なんとか浮上して、ベヴァリーの問いに答えた。「わからない。だけど、考えてごらんよ。可能性のあるひとつの仮説にはなるだろう？　その仮説が正しいかどうか、わたしにはわからない。だけどね、ビル、わたしは不安なんだよ。真相はどうなのか、これからなにが起こるのか。だが、それはそれとして、こうして仮説がひとつ生まれた。どこかに欠陥があるなら、それを指摘してくれ」

ギリンガムは両脚を伸ばし、ポケットに両手を突っこんでベンチの背にもたれ、夏の青空を見あげた。そして、その青空に昨日の出来事が再現されて映しだされているかのように、空を見ながらゆっくりと順を追ってベヴァリーに話して聞かせた。

「マークがロバートを撃った瞬間にもどってみよう。そしてそれは事故だったとする。たぶん、事故だったのだろう。どちらにしろ、マークは事故だったというはずだ。しかし事故であっても、当然ながらマークはパニックに駆られる。だが彼は、ドアに鍵をかけないし、逃げ出しもしない。ひとつには、鍵はドアの外にあるからだ。さらにいえば、あわてて逃げ出すほど、頭の悪い人間ではないからでもある。とはいえ、苦しい立場に追いこまれたのはまちがいない。兄と不和だったのは周知の事実だし、いましがたも、兄を脅すような愚かなことをいった。それを誰かに聞かれていないともかぎらない。では、どうするか？　進退窮《きわ》まったマークは、ごく自然な行動に出た。そういうときにはいつもそうしているように。つまり、ケイリーに相談するのだ。有能でたよりになるケイリーに。

ケイリーは事務室の外にいる。銃声を聞いたはずだ。どうしたのかと訊いてくるはずだ。マークがドアを開けたまさにそのとき、なにごとかとばかりに、ケイリーが駆けつけてきた。マークは急いで説明する。〝どうすればいい、ケイ？　どうすればいいんだ？　事故だったんだ。ほんとうに事故だったんだ。あいつに脅された。抵抗しなければ、わたしが撃たれていただろう。どうすればいいか、考えてくれ。早く！〟。

ケイリーは考えた。〝わたしに任せてください。あなたはここを出るんです。なんなら、わたしが撃ったことにしてもいい。つじつまのあう説明をしましょう。あなたは逃げて、隠れるんです。あなたが事務室に入るのを見た者はいない。いいですか、秘密の通路に隠れなさい。できるだけ早く会いにいきます〟。

誠実なケイリー、忠実なケイリー。マークも勇気を奮いおこした。ケイリーがちゃんと説明してくれるだろう。使用人たちに事故だったといってくれるだろう。警察に連絡してくれるだろう。ケイリーが疑われることはないはずだ。彼にはロバートと諍《いさか》いをする理由がない。事態がおちついたら、ケイリーが秘密の通路に来て、もうだいじょうぶだと教えてくれるだろう。そうしたら、マークは通路を通ってボウリンググリーンの出入り口まで行き、そこから外に出て、館にもどればいい。そして、使用人から報せを聞く。マークはいう。〝ロバートが銃で撃たれた？　まさか！〟。

マークは心底ほっとして、秘密の通路の出入り口のある図書室に向かう。ケイリーは事務室から出て、ドアに鍵をかける。そしてドアをがんがんたたき、叫ぶ。〝開けてくれ！〟と」

ギリンガムはそこで話し終えた。ベヴァリーはギリンガムを見て、くびを振った。

「なるほどね、トニー。でも、それじゃあ、筋が通らないよ。ケイリーがそんなまねをしたのは、いったいなぜなんだ？」

ギリンガムは肩をすくめただけで、なにもいわなかった。

「それに、そのあと、マークはどうなったんだい？」

ギリンガムはまた肩をすくめた。

「それなら、秘密の通路を調べるのは、早ければ早いほどいいね」

「覚悟はできているかい？」

「もちろん」ギリンガムの質問に、ベヴァリーは驚いた。

「なにをみつけることになってもいいと、覚悟はできてるんだね？」

「ずいぶん謎めいたことをいうんだねえ」

「そうだな」ギリンガムは軽く笑い声をあげた。「たぶん、わたしは頓痴気《とんちき》なんだろうな。通俗芝居がかった頓痴気野郎。うん、むしろ、そうだといい」そういって懐中時計を見る。

「だいじょうぶかな？　警察はまだ池浚いにかかりきってるよね？」

「確認したほうがいいね。きみ、偵察犬になってくれるかい？　音をたてずに、腹這いになって進む犬だよ。そのまねをして、池の近くまで行き、ケイリーがそこにいるかどうか見てきてくれるかい？　ケイリーには気づかれないようにたのむよ」

「任せとけ！」ベヴァリーは勢いよく立ちあがった。「ぼくの能力をごろうじろ」

ふいに、ギリンガムは頭をぐいとあげた。「うん？　きみ、いま、〝ぼくの能力をごろうじろ〟といったね。マークも〝見てるがいい〟といったんだ」

「マークが?」

「そうだ。マークがそういったのをエルシーが聞いている」

「ああ、あれか」

「彼女がマークの声を聞きまちがえるわけはない。彼女にはマークの声だとわかるよね?」

「ああ、彼女がマークの声を聞きまちがえるわけはないと断言できるよ」

「ほう?」

「マークの声はとても個性的なんだ」

「ほう!」

「ちょっと高くて、ええっと、どういえばいいか——」

「うん?」

「つまり、こんなふうな声。うーん、もっとかん高いかな」ベヴァリーはマークの一本調子のかん高い声をまねてそういった。そして笑いながら、自分の声でつけくわえた。「我ながら、よく似てたと思うぜ」

ギリンガムはうなずいた。「そんな声なんだね?」

「まさに、そのとおり」

「そうか」ギリンガムは立ちあがり、ベヴァリーの腕をぎゅっとつかんだ。「それじゃあ、ケイリーのようすを見てきてくれ。それから行動開始だ。図書室で待っているよ」

「了解」

ベヴァリーは池に向かいながら考えた——じつにおもしろい。これこそが人生だ。現在進行中の計画は、これ以上はないほど充実している。まずはケイリーの動向を探る。池から百ヤードぐらい離れたところに雑木林がある。小高い場所にあるので、そこから池を見下ろせる。その林にもぐりこみ、腹這いになって崖っぷちまで行く。丈の低い灌木《かんぼく》の、枝の一本も折らないように充分に用心して進み、崖っぷちぎりぎりまで行ったら、そっと顔をあげて下をのぞく。小説にはよく、そういう光景が出てくる。ベヴァリーはそういう行動をしている登場人物たちを、やるせないほど羨《うらや》ましく思ったものだ。それがいま、じっさいに自分がやることになったのだ。胸が躍る！

池の捜索の進捗具合を見たあとは、人目につかないように気をつけて館にもどり、ギリンガムに報告する。そしていよいよ、秘密の通路の探検だ！　ああ、じつに、まさに、胸が躍る！　残念ながら、秘密の通路にお宝が隠されている可能性はないようだが、手がかりが隠れている可能性はある。たとえなにもみつからなくても、秘密の通路なのだから、なにか思いがけないことが起こるかもしれない。しかも、今日という日の胸躍る冒険は、秘密の通路の探検で終わるわけではない。夜になったら、池を見張るのだ。月光に照らされるなか、ケイリーが静かな池になにかを投げこむ光景をしっかりと見守るのだ。だが、彼はなにを投げこむのだろう？　拳銃か？　まあいい、とにかく、彼を見張るのだ。これまた、胸が躍る！

一方、ベヴァリーよりも歳をくっているギリンガムは、底知れない深みに足を突っこんでしまったことを自覚していた。それは決して、愉快だとかおもしろいという気分を喚起するものではなかった。これまでにいろいろなことを見聞きしたのだが、どういうわけか、いまだに焦点が定まらないのだ。オパールを眺めていると、動かすたびに新たな色が見え、新たなきらめきが生じる。だが、それでオパールという美しい石の全体を見たとはいえない。いまのギリンガムは、殺人事件というオパールに、目を近づけすぎているのか、あるいは、遠ざけすぎているのか。目に力をこめたり、ふっと力を抜いたりしてみる。だめだ。どうしても思考の焦点を合わせることができない。

ただ、もう少しで焦点が合いそうになった一瞬があったが……次の瞬間には、逸《そ》れてしまった。ベヴァリーよりは人生経験があるとはいえ、殺人事件などに遭遇したことはないのに、いま、頭を占めているのは殺人事件のことだけだ。聞くだに恐ろしい事件だが、誰であろうと、理性を失って自分をコントロールできなくなれば、かっとなって殺すということはあるかもしれない。だが、この事件はちがう。裏にもっと恐ろしいなにかが隠れている。とても恐ろしい真相が。だからこそ、ギリンガムは真相を求めて、事件ぜんたいを見直しているのだ。しかし、見聞きした事実をすべてじっくり見直してみても、どうしても焦点を絞れない。

「もう、見直すのはやめた」ギリンガムは館に向かって歩きながら、声に出していった。「ともあれ、いまのところはやめておこう」今後も事実や注意すべき情報を集めるしかない。それをつづけていれば、目を留めるべき特定の事実が、ひょっこりと浮上してくるだろう。すべてを明らかにしてくれる事実が。

# 14　ベヴァリーの演技

息を切らしてもどってきたベヴァリーは、ケイリーはまだ池の端にいると報告した。

「だけど、池を浚《さら》っても泥しかあがってこないみたいだ。警察があきらめて池浚いを終了しないうちに、ぼくたちが時間をたっぷり使えるように、全力で走ってもどってきた」

ギリンガムはうなずいた。「それじゃあ、行こうか。早くとりかかれば、それだけ早く終わるからね」

図書室に入り、説教集の書棚の前に立つ。仕掛けを作動させるために、ギリンガムはシオドア・アッシャー牧師の分厚い本を抜き出した。ベヴァリーが棚を引っぱる。書棚ぜんたいが手前に動きだす。

「うわあ！」ベヴァリーは驚いた。「ずいぶん狭いなあ」

書棚が完全に開くと、ふたりの目の前に一ヤード四方の空間が現われた。煉瓦《れんが》の暖炉に似ている。床から二フィートばかり高いところにしつらえられた暖炉のようだ。しかし、床に敷かれた煉瓦の列はいちばん手前だけで、その先にはぽっかりと穴が開いている。ギリンガムはポケットから懐中電灯を取りだし、穴を照らした。

「見てごらん」ギリンガムは逸りたつベヴァリーに小声でいった。「あそこに階段がある。六フィートほど下だ」

ギリンガムはまた懐中電灯で照らした。穴の縁の煉瓦に、巨大なステープルのような、U字形の鉄の取っ手が打ちこまれている。

「あれにつかまって、下に降りるんだな」ベヴァリーはいった。「少なくとも、ぼくやあなたにはできるだろう。だけど、ミス・ノリスにそんなまねができたんだろうか」

「ケイリーが手伝ったんじゃないかと思う」

「ぼくが先に行こうか？」ベヴァリーが申し出る。いかにもその気満々だ。

ギリンガムは微笑してくびを横に振った。

「きみがかまわないなら、わたしが先に行こう。なにかあったときのために」

「なにかあったときって、なにがあるっていうんだい？」

「万一のためさ」

ベヴァリーはその返事に満足するしかなかったが、気が逸って、ギリンガムがなにをいわんとしているのか、考えてみる心境にはなかった。「わかった。お先にどうぞ」

「まずは、ここにもどってこられるかどうか確かめておこう。通路側から扉を開けられるかどうか調べておかないと、行くももどるもできなくて、この地下道でわたしたちが果ててしまったら、バーチ警部に悪いからね。マークを捜さなきゃならないのに、きみとわたしまで捜さなければいけない羽目になんぞなったら」

「もうひとつ、出入り口があるじゃないか」

「それはまだ確かだとはいえないな。とにかく少し先まで行ってみて、またもどってこよう。そのほうがいいと思う。ひとりで奥まで探検したりはしないと約束するよ」

「わかった」

ギリンガムは煉瓦の縁にしゃがみこむと、両脚を穴に垂らし、穴の縁に腰かける姿勢をとった。懐中電灯で暗い穴の底を照らし、どこから階段が始まっているかを確認する。そして懐中電灯を消してポケットに入れ、鉄のステープルをつかんでぶらさがった。足が踏み段に届いた。ステープルから手を放す。

「だいじょうぶかい?」ベヴァリーは心配そうに声をかけた。

「だいじょうぶだよ。通路を少し先まで行ってからもどってくる。そこにいてくれ」

ベヴァリーの足の下で懐中電灯の明かりが動き、ギリンガムの頭が見えなくなった。ベヴァリーはくびを伸ばして穴の底をのぞきこんでいたが、懐中電灯のかすかな明かりがちらちらと揺れるのが見え、軽快とはいいがたい、ゆっくりした足音が遠ざかっていくのが聞こえるだけだ。そのあとも、少しのあいだは目も耳も満足していたが、やがて、すべてが闇に閉ざされてしまい……ベヴァリーはひとり取り残された。

いや、ひとりではなかった。いきなり図書室の外の廊下で声がしたのだ。

「うわあ、どうしよう!」ベヴァリーは肝をつぶした。「ケイリーの声だ!」

ベヴァリーはギリンガムほど頭の回転が速くはないが、機敏に行動できる。いま必要なのは、思索・思考ではない。秘密の通路の扉である書棚をすみやかに、かつ、音をたてずに閉めて、目印の本を棚にもどし、大急ぎで別の書棚の前に移動し、『バドミントン』でも『ベデカー旅行案内書』でもなんでもいい、そんな本を読みふけっているふりをすることだ。むずかしいのは、どんな行動をとるかを考えるのではなく、五秒か六秒のあいだに行動することなのだ。

「おや、ここにいらしたんですか」図書室のドアが開き、ケイリーが顔をのぞかせた。

「やあ」ベヴァリーは、唐突に声をかけられて、さも驚いたように、『サミュエル・テイラー・コールリッジの生涯と作品集』第四巻から目をあげた。「もう終わったのかい?」

「終わったって、なにが?」

「池浚い」ベヴァリーはこんな天気のいい日に、どうしてコールリッジの本なんか読んでいるのか、あやしまれるだろうと思った。なにかいい口実を考えなければ……。引用文を確認している——ギリンガムと議論になったので——ところだというのはどうだろう。だが、どの文章の引用だ?

「ああ。いえ、まだです。まだみなさん、池で作業中ですよ。ミスター・ギリンガムはどこにいらっしゃいますか?」

『老水夫の歌』はどうだろう。〝海、海、見渡すかぎりの——〟。ほかのほうがいいかな? ん、トニーはどこにいるかって? 〝水、水、見渡すかぎり一面の——〟。

「トニー? ああ、どこかそのへんにいるんじゃないかな。これからふたりで村に行こうと思って。そうすると、池からはまだなにもみつかってないんだね?」

「はい。でも、中断する気はないみたいですよ。最後まできっちり確認したとなれば、警部も気がすむんじゃないですかね」

ベヴァリーは目をあげた。「そうか」それだけいって、また本に目をもどす。探している箇所はどこだというように。

「なんの本です？」ケイリーはベヴァリーに近づいた。目の隅で、説教集の書棚を見ている。

ベヴァリーはケイリーの視線の先を見て、ふと不安になった――秘密がばれるような、まずいことはなにもしてないよな？

「引用箇所を探してるんだよ。トニーと賭けをしてね。あなた、知ってるかな。〝水、水、見渡すかぎり一面の〟――ええっと、〝されど、飲める水は一滴もなし〟だったかなあ」そういいながらもベヴァリーは、内心で、トニーとなにを賭けたことにしようかと思い悩んでいた。

「〝飲める水はひとしずくもあらず〟が正しいですね」

ベヴァリーは驚きの目をケイリーに向けた。そして、満面にうれしそうな笑みを浮かべた。

「確かかい？」

「もちろん」

「おかげで大助かりだ。賭けたのはそこのところだったから」ベヴァリーはぱたんと本を閉じ、棚にもどした。そしてポケットをたたいて、パイプと煙草を探した。「トニーと賭けをするなんて、ばかなまねをしたものだよ。あのひとはなんでも知ってるからね」

ベヴァリーは胸の内で考えた――これまでのところはうまくいった。だが、ケイリーは、ここ、図書室にいる。なにも知らないトニーは秘密の通路にいる。トニーがもどってきて、隠し扉が閉まっているのを見ても驚きはしないだろう。なぜなら、通路側から扉を開けられるかどうかを確認するのも、目的のひとつだからだ。いまにも書棚が開いて、トニーが顔をのぞかせるかもしれない。そうなったら、ケイリーはさぞ仰天するだろう！

「いっしょにウッダム村に行かないかい？」ベヴァリーはさりげなくそういって、マッチをすった。パイプの火皿にマッチの炎を近づけ、懸念しているのが顔に出ないことを願いつつ、ケイリーの返事を待つ。ケイリーがいっしょに行くと答えれば、しめたものだ。

「わたしはスタントンに行かなければならないんです」

ベヴァリーは盛大に煙を吐き、深い安堵のため息を煙に紛らす。「ありゃりゃ、それは残念。車で？」

「はい。じきに迎えがくるはずです。でもその前に、手紙を一通、書かなければ」ケイリーは書きもの机の椅子にすわり、手元に便箋を引き寄せた。

隠し扉の書棚はケイリーの正面にある。扉が開けば、すぐに見える位置だ。そして、扉はいまにも開くかもしれない。

ベヴァリーは手近な椅子に腰をおろして思案した――トニーに警告しなければ。なんとしてでも。しかし、どうやって？　どうすれば警告を送れる？　暗号。そうだ、モールス信号だ。トニーはモールス信号を知っているかな？

それをいえば、ベヴァリー自身、あやしいものだ。軍にいたときに少しかじった程度で、メッセージを送れるほど上達したわけではない。しかしいまは、長い文章は必要ない。長々とトン・ツーとやっていたら、ケイリーにあやしまれてしまう。一文字以上は無理だ。一文字といっても、どの文字にしようか？　トニーに意味が伝わる一文字は？

ベヴァリーはパイプを口から離し、書きもの机についているケイリーから、書棚におさまっているシオドア・アッシャー牧師の説教集へと、視線を巡らせた。一文字。どれにするか。CAYLEY《ケイリー》のC。トニーにわかるだろうか？　だめかもしれないが、やってみる価値はある。モールス信号でCってどうだったっけ？　ツー・トン・ツー・トン。ほんとうに？　うん、Cはこれだ。確かにこれだ。C。ツー・トン・ツー・トン。

両手をポケットに突っこみ、ベヴァリーは立ちあがって、いいかげんな鼻歌をうたいながらぶらぶらと歩きだした。いまにも誰か（この場合はギリンガム）がやってきて、連れだって出かけるのを待っているというようすだ。さりげなくケイリーの背後の書棚に近づく。本のタイトルを眺めながら、いかにも無意識にというかっこうで、棚を軽くたたきはじめた。ツー・トン・ツー・トン。頭ではわかっていても、じっさいにやってみると、うまくいかないものだ。短音のトンはともかく、長音のツーがむずかしい。それでも、なんとかツー・トン・ツッー・トンとたたけるようになった。少しはましになった気がする。そしてベヴァリーはケイリーの背後を離れ、サミュエル・テイラー・コールリッジの本が収まっている書棚の前にもどった。Cのモールス信号をくりかえしていれば、そのうちギリンガムの耳に届くだろう。ツッー・トン・ツッー・トン。外の芝生のベンチで読む本を探している者が、無意識に棚をたたいている――ケイリーにはそう見えるはずだ。ギリンガムに聞こえるだろうか？　いや、ギリンガムは隣の部屋にいる者がパイプの灰を落とそうと、火皿の底をコンコンたたく音を聞きつける耳の持ち主だ。では、モールス信号だとわかってくれるだろうか?

ツツー・トン・ツツー・トン。ケイリーのCだよ、トニー。ケイリーがここにいるんだ。後生だから、出てくるな。

「うへえ！　説教集がある！」ベヴァリーは笑い声をあげた。（ツツー・トン・ツツー・トン）「こんなの読む気になるかい、ケイリー?」

「は?」はっとしたようにケイリーは顔をあげた。ゆっくりと動いているベヴァリーの背中をみつめる。ベヴァリーは棚を指でたたきながら移動している。

「いや」ケイリーも軽く笑いながら答えた。

ベヴァリーにはぎごちない、わざとらしい笑い声に聞こえた。「ぼくも読もうなんて気にはならないね」そういって、説教集の棚、すなわち隠し扉の書棚の前を離れる。だが、さりげなく棚をたたくのはやめない。

「すみませんが、すわってくれませんか」ついにケイリーはかすかにいらだちのこもった声をあげた。「歩きたいのなら、外に出てはいかがです?」

ベヴァリーは驚き顔でふりかえった。「え、どうかした?」

ケイリーはいらだったことを恥じた。「すみません、ビル。ちょっといらいらしてしまって。あなたが棚をたたいたり、そわそわと歩きまわっているので——」

「棚をたたいてる?」ベヴァリーは心底驚いた顔で訊きかえした。

「ひっきりなしに棚をトントンたたいてますよ。それに鼻歌も。申しわけありませんが、それが気になって……」

「いやあ、こちらこそ申しわけない。廊下で待ってるほうがいいかなぁ」

「いえいえ、それにはおよびません」ケイリーは手紙のつづきを書きはじめた。

ベヴァリーは椅子にすわった。トニーに警告は伝わっただろうか？　どちらにしろ、ベヴァリーはケイリーが図書室を出ていくのを待つしかない。それにしても、ぼくは舞台に立つべきじゃないか——ベヴァリーは胸の内でつぶやいた。うん、舞台こそぼくがいるべき場所だ。完璧な演技のできる俳優として。

一分、二分、三分……五分経過。もうだいじょうぶだ。ギリンガムはモールス信号の警告を理解したにちがいない。

「もう車が来てますかね？」ケイリーは手紙を封筒に入れて封をしながら訊いた。

ベヴァリーは廊下に出て、そこから声をかけた。「来てるよ」そして、玄関を出て、お抱え運転手と話していると、ケイリーがやってきた。三人は玄関の外で立ち話をした。

「やあ」車の向こうから陽気な声がした。三人がそろって声のほうに顔を向けると、ギリンガムが立っていた。「待たせてすまなかったね、ビル」

ベヴァリーは全力を尽くして平静をよそおい、いかにも淡々とした口調で、かまわないよと答えた。

「わたしは失礼しなくては」ケイリーはいった。「おふたりは村に行かれるんですか？」

「そのつもりだよ」ベヴァリーがうなずく。

「では、この手紙をジャランズに届けていただけませんか?」

「いいとも」

「ありがとうございます。それではまたのちほど」ケイリーは目礼して車に乗りこんだ。

車が走りだすやいなや、ベヴァリーはがぜんはりきって、ギリンガムの顔を見た。「で?」

抑えていた興奮がほとばしるような口調だ。

「図書室に行こう」

ふたたび図書室に入ると、ギリンガムは椅子にすわった。「ちょっとひと息いれさせてくれ」

ギリンガムは息をあえがせた。「走ってきたんでね」

「走ってきた?」

「うん、懸命に。どうやってもどってきたと思う?」

「まさか、あっちの出入り口から出たっていうんじゃないだろうね!」

ギリンガムはこくりとうなずいた。

「それじゃあ、ぼくの警告を聞いたんだね?」

「そのとおり。ビル、きみは天才だ」

ベヴァリーの顔がさっと紅潮した。

「あなたなら理解できると思ったんだ。ケイリーがいると察しがついたんだろう?」

「そうだ。きみがあれほど天才的なひらめきを見せてくれたんだ、わたしだって頭を働かせたさ。きみのほうはさぞ胸躍る時間をすごしたんだろうね」

「胸躍る？　あ、そうか、そう思えばよかったのか」

「最初から話してくれ」

できるだけ謙虚に、ベヴァリーは自分に舞台人としての資質があったことを説明した。

「すごいなあ」ギリンガムは感嘆した。「きみは、数いるワトスンのなかでも最高のワトスンだよ、ビル」ギリンガムは立ちあがり、ベヴァリーの両手を取って惜しみなく称賛した。「わたしたちふたりが心をひとつにすれば、できないことはないね」そういってから、また椅子に腰をおろした。

「おおげさだなあ」

「わたしが心底から褒めると、きみはいつもそうやって茶化す。まあいい、とにかく、ほんとうにありがとう。今回はきみのお手柄だ」

「書棚の扉から帰ってこようとしてたのかい？」

「うん。少なくとも、そうするつもりだった。のんびりもどってきたら、トントンという音が聞こえてね。隠し扉が閉まっていることのほうが驚きだったけど。もちろん、通路側から開けられるかどうか試してみるという考えも浮かんだが、よほどのことがなければ、きみが扉を閉めたりするはずはないと思った――わたしがもどるのを待っているはずだからね。隠し扉が閉まっていることと、トントンたたく音が聞こえているのと考え合わせると、きみがその音でなにかを伝えようとしているのだと気づいた。で、わたしは息をひそめて待った。その音がモールス信号のCを意味しているのがわかると、わたしは思ったね——そうか、ケイリーがいるのか、と。それで、わたしにできる唯一の策をとり、もう一方の出入り口めざして通路をまっしぐらに駆けたんだ。でもって、地上に出たら、またまっしぐらに館に駆けもどったというわけさ。きみが窮地に追いこまれてるんじゃないか——わたしがどこにいるのかとかなんとか、苦しい説明をひねりだすのに躍起になっているんだろうなと思ってたよ」

「あのさ、通路にマークはいなかったのかい?」

「いなかった。マークはいなかったし、なにもなかった」

「なにもなかった?」

ギリンガムは一瞬、口をつぐんでから、また口を開いた。「なにもなかったよ、ビル。いや、通路の壁に扉があったな。壁に戸棚がはめこまれてるんだ。戸棚の扉には鍵がかかってた。なにかみつかるとすれば、その戸棚のなかにあるだろう」

「そのなかにマークが隠れてるってことは?」

「いちおう、鍵穴から声をかけてみた——マーク、そこにいるのかいってね。ひそひそ声ならケイリーだと勘違いしてくれるんじゃないかと思って。でも、返事はなかった」

「もう一度秘密の通路に入って、確かめてみようよ。鍵がかかっていても、その扉を開けられるかもしれない」

ギリンガムはくびを横に振った。

「ぼくが行っちゃだめなのかい?」ベヴァリーは落胆した。

ギリンガムは口を開いたが、ベヴァリーに対する返答ではなく、まったく別の質問を口にした。「ケイリーは車の運転ができるのかい？」

「そりゃあ、もちろんできるさ。どうして？」

「それなら、お抱え運転手を彼の住まいで降ろして、自分で運転してスタントンまで行ける。いや、スタントンにかぎらず、どこにでも行けるよね？」

「そうしたいのなら、どこにでも行けるだろう」

「そうか」ギリンガムは立ちあがった。「わたしたちは村に行くことになってたね。それにケイリーの手紙を届ける約束をした。それなら、そろそろ出かけたほうがいい」

「ああ……うん、いいよ」

「ジャランズか。きみが説明してくれたっけ。うん、思い出した。ノーベリーの後家さん」

「そのとおり。ケイリーはノーベリーの娘さんに気があるんだ。手紙はその娘さんに宛てたものだろう」

「それじゃあ、行こうか。疑われないように、いったとおりにしよう」

「ぼくは秘密の通路を探検しちゃだめなのかい？」ベヴァリーはあきらめきれないようすだ。

「あそこにはなにもないよ。嘘じゃない」

「ずいぶん謎めかしてくれるなあ。なにが気になるんだい？　通路でなにか見たんだな。ぜったいにそうだ」

「きみにはすべて説明したよ」

「いいや、すべてじゃない。壁にはめこまれた戸棚のことしか聞いてない」

「それがすべてさ、ビル。戸棚の扉には鍵がかかってた。なかになにがあるのか、知るのはちょっと怖いような気がする」

「扉を開けてなかを見なきゃ、なにがあるのか、永久にわからないじゃないか」

「今夜、わかるよ」ギリンガムはベヴァリーの腕を取り、図書室のドアから廊下へと連れだした。「我らが友ケイリーが、池になにを放りこむか見ていればね」

# 15　ミセス・ノーベリー、ギリンガムに語る

ギリンガムとベヴァリーはジャランズをめざして、広い道路をそれ、なだらかな起伏をえがく野原の小道を進んでいった。ギリンガムは無口を決めこみ、黙りこくっている。黙りこくっている連れが相手では、会話がはずむわけがない。ベヴァリーもあきらめて黙りこんだ。が、ハミングしたり、ステッキでアザミをなぎはらったり、パイプを吸ってうるさい音をたてたりして、静かに歩いているとはいえない。とはいえ、友人が、将来のためにこれまで歩いてきた道を憶えておこうとでもいうように、しきりに肩越しにふりかえっていることには気づいた。決してわかりにくい道筋ではない。広い道路からそれても、それが視界から消えることはないし、赤い館の敷地の境界線を示す木々も、空を背景にすっきりと高くそびえているのが見える。

ギリンガムはひとしきり周囲を見まわしてから、ようやくベヴァリーに笑顔を向けた。

「なにが気になるんだい？」ベヴァリーは気の置けない雰囲気がもどってきたのを歓迎した。

「ケイリーだよ。見たかい？」

「なにを？」

「車。あの道路を走っていく車」

「それを気にしてたのかい。あの車をたった二回しか見てないのに、この距離で視認できると

したら、すごく目がいいんだね」

「うん、わたしはすごく目がいいんだ」

「ケイリーはスタントンに行くといってたと思うけど」

「そう思わせたかったんだよ」

「えっ、それじゃあどこに行ったんだろう?」

「おそらく、図書室だね。我らが友のアッシャー牧師にお目もじするために。ベヴァリーとギリンガムはまちがいなくジャランズに向かったと、しっかり確認してから」

ベヴァリーはいきなり立ちどまった。「うへえ。ほんとうにそう思う?」

ギリンガムも立ちどまって肩をすくめた。「驚くにはあたらない。彼にとって、わたしたちが館にへばりついているのは不都合きわまりないんだ。わたしたちがどこかに出かけるとわかれば、その機会を逃すわけがない。いわば千載一遇の好機なんだから」

「千載一遇の好機って、なんの?」

「そうだね、なにはともあれ、気が休まるだろうな。彼はこの件にどっぷり浸かっている。ひとつかふたつ、誰にもいえない秘密を抱えこんでいる。まさかわたしたちが、彼の足跡を丹念にたどっているとは思っていないにしろ、わたしたちがなにかを発見するんじゃないかと気が気ではないはずだ」

ベヴァリーは低く唸《うな》り声をあげて同意した。

ふたりはまたゆっくりと歩きはじめた。

「今夜はどうするんだい？」ベヴァリーはパイプに強く息を吹きこんだ。通りが悪いようだ。

「これで掃除してみたら」ギリンガムはベヴァリーに草の葉を一本、さしだした。

ベヴァリーは草の葉を吸い口に通してから、ひと吹きしてみた。「うん、よくなった」そういってパイプをポケットにしまう。「ねえ、今夜、どうすれば、ケイリーに知られないように外に出られる？」

「それについては、ずっと考えているんだけどね。なかなかむずかしい。ジョージ亭に泊まっていればよかったんだが……。ところで、あのご婦人はミス・ノーベリーじゃないかい？」

ベヴァリーはすばやく目をあげた。もうジャランズが見えている。古い茅葺《かやぶ》き屋根の農家が、何世紀もの眠りから覚めて新しい世界によみがえっている。時の経過のどこかで、翼棟が建て増しされたようだ。しかし、翼棟はごく地味な造りなので、家ぜんたいに特別な個性をもたらす変化を与えたとはいえない。たとえ、かつてはなかった浴室が新たに加えられても、ジャランズはジャランズだった。ともあれ、外観に関してはそう思える。家のなかに関しては、ミセス・ノーベリーの好み次第だろう。

「うん、そうだ。あれがアンジェラ・ノーベリー」ベヴァリーは小声でいった。「わりときれいだろう？」

ジャランズの小さな白い門のそばに立っている娘は、〝わりときれい〟どころではないが、女性に対する最高級の褒めことばは、ベヴァリーの胸の内ではつねに、ただひとりの婦人のために捧げられている。ベヴァリーは、ベティ・キャラダインを基準にした目でアンジェラ・ノーベリーをみつめ、あれこれと比較しては、きびしく評価して判定を下しているにちがいない。比較検討という縛りのないギリンガムには、ごく素直に、とびきりの美人に見えた。

「ケイリーにたのまれて手紙をお届けにきました」握手やらギリンガムの紹介やら、訪問客としての手続きを踏んでから、ベヴァリーはミス・ノーベリーにいった。「これです」

「館での出来事を心から痛ましく思っていると、あのかたにお伝えいただけますか? なんといったらいいか、ことばもありませんし、とうてい信じられずにいます。わたしたちの耳に届いている話は、ほんとうのことなんでしょうか?」

ベヴァリーは昨日の悲劇をかいつまんで話した。

「そうですか……それで、ミスター・アブレットはまだみつかっていないんですか?」

まだみつかっていないという返事を聞くと、アンジェラは悲しそうにくびを振った。「ほんとうとは思えません。まったく知らない、どこかの誰かの身に起こった出来事のようにしか」そういってから、ふいに、アンジェラは顔をほころばせ、ベヴァリーとギリンガムに笑みを見せた。「どうぞお入りくださいな。お茶でもいかがですか」

「せっかくですが」ベヴァリーはぎごちない口調で断ろうとした。「その、ぼくたちは——」

「いかがですか?」アンジェラはギリンガムに訊いた。

「ありがとうございます」ギリンガムはあっさりうなずいた。

ミセス・ノーベリーはふたりを歓迎した。娘婿としてふさわしい資格をそなえた男性客を我が家に迎えるのは、いついかなるときであろうともうれしいことだったからだ。母親として生涯の責任と義務をまっとうしたときにこそ、〝故ジョン・ノーベリーの娘アンジェラの婚約がととのい、挙式もまぢか。お相手は――〟という、心ときめくことばを聞けるのだ。そうすれば、彼女は歓喜にむせび泣き、心やすらかによりよき世界に旅立てる。とはいえ、主《しゅ》が許してくだされば、娘と義理の息子の新世帯で余生をすごすほうがもっと好ましい。したがって、〝娘婿としてふさわしい資格〟というのは、娘の夫としてふさわしいというだけにとどまらず、義理の息子としてふさわしいという意味でもある。

しかし、今日、ミセス・ノーベリーが赤い館からの訪問客を歓迎したのは、彼らに〝娘婿としてふさわしい資格〟があるためではないし、とっておきの笑顔も、〝婿になる可能性が見込める〟からではない。そういう思惑のこもった笑顔というより、むしろ、独身男性の訪問客に対しては、反射的にそういう笑みを浮かべるのが習慣になっているにすぎないせいだ。彼女がいま知りたくてたまらないのは、マークに関する新しい情報だった。というのも、じつはようやく、彼女の口から、マークに関する新情報を発表できる運びになっていたからだ。《モーニング・ポスト》紙に死亡に先立って危篤を告げる記事が載るように、結婚告知に先だって婚約を告げる欄があるとすれば、昨日の新聞に、勝利に満ちた告知記事が掲載されていたはずだった。全世界に向けての発信とまではいかなくても、少なくとも地元では、〝（ミセス・ノーベリーによれば）故ジョン・ノーベリーのひとり娘アンジェラと、赤い館の当主マーク・アブレットとのあいだに婚約がととのい、近いうちに挙式となる運びである〟という記事が、一大センセーションを引き起こしただろう。ベヴァリーにしても、スポーツ記事を読もうと新聞をめくっている途中でその記事が目に入ったら、仰天したにちがいない。なぜならば、アンジェラの相手は、ほかの誰でもない、ケイリーだと思いこんでいたからだ。

しかし、アンジェラ本人はマークにもケイリーにも気がなかった。縁談に関しては、母親のやりかたをおもしろがることもある。恥ずかしく思うこともある。不快なこともある。特に、マーク・アブレットとの縁談は悩みの種だった。マークはアンジェラの母親の意向を重んじはしても、アンジェラ本人の意志を汲もうとはしなかった。マーク以外の求婚者は、たとえアンジェラの母親ににこやかに迎えられても、マークという本命候補にはかなわなかった。マーク自身は、地方の名士という立場もあるにはあるが、自分はほかの誰よりも魅力があると自負していた。それも、うぬぼれているといってもいいほど過剰に。なので、マークはアンジェラの母親を後ろ盾にして、アンジェラを口説きにかかった。一方、アンジェラは、求婚者としては資格基準に満たないケイリーが相談相手になってくれるのを、うれしく思っていた。

だが、いかんせん！　ケイリーはアンジェラの好意を勘違いした。アンジェラはケイリーの恋心がはっきり見えるようになるまで、そんなことがありうるとは想像すらしていなかったため、思いとどまってもらおうとしたときは、もう手遅れだった。それが四日前のことだ。その後、ケイリーには会っていない。が、いま、こうして彼からの手紙が届いた。手紙を読むのがおそろしい。少なくとも、客がいるあいだは、礼儀上、封を開けるのをはばかるという口実ができて、なんとなくほっとしている。

ミセス・ノーベリーは少し話をしただけで、ギリンガムがただの聞き上手ではなく、話し相手の心情をも汲みとってくれると見てとった。お茶が終わると、そういう状況に慣れているべヴァリーとアンジェラは、そそくさと庭に逃げていった。そのため、ギリンガムはミセス・ノーベリーと隣あってソファにすわり、彼女の話に耳をかたむけざるをえなかった。ミセス・ノーベリーは期待した以上に聞き手が興味をもってくれていることに意を強くして、あれこれとしゃべりまくった。

「ほんとに恐ろしいことです。あのミスター・アブレットが――」

ギリンガムはごもっともというように低く声をもらす。

「あなたもミスター・アブレットにお会いになったことがおありでしょう。とてもご親切な、心のあたたかいかたですわ」

ギリンガムはマーク・アブレットに会ったことはないと、もう一度説明する。

「ああ、そうでしたわね。忘れてました。でも、信じてくださいませ、ミスター・ギリンガム、こういう事件では、女のカンというのはばかになりませんのよ」

ギリンガムはそれは確かだとうなずく。

「母親としてのわたしの気持を考えてみてくださいな」

ギリンガムは、娘としてのアンジェラの気持を考えた。彼女は自分の縁談について、母親が初めて会った男に打ち明け話をしていることに気づいたら、どう思うだろうか。とはいえ、ギリンガムにはどうすることもできない。こうなれば、なにかしら役に立つことを聞けるかもしれないと期待して、おとなしく耳をかたむけるだけだ。

マークはアンジェラと婚約していた。あるいは、婚約がととのう寸前だった。それは昨日の事件となにか関係があるのか？　たとえば、ミセス・ノーベリーはマークの兄のロバートのことを、アブレット家の不名誉な秘密だと思ったのだろうか？　これが、ロバートを排除したいという、もうひとつの動機なのだろうか？

「じつは、わたしは彼に好意をもったことはないんですよ。一度たりとも」

「彼をお好きではなかった？」ギリンガムは驚いた。

「ええ、あのかたの従弟《いとこ》にあたる、ミスター・ケイリーのことですけどね」

「ああ！」

「ミスター・ギリンガム、ちょっとお訊きしますが、わたしのことを、たったひとりの兄を撃ち殺そうとするような男を信頼して、かわいい娘を嫁《とつ》がせるような母親だとお思いになりますか？」

「ミセス・ノーベリー、あなたは決してそんなことはなさいますまい」

「射殺事件が起こったというのがほんとうなら、それはあのかたではなく、誰かほかの者がやったことです」

ギリンガムは尋ねるようにミセス・ノーベリーを見た。

「わたしはあの男に好意をもったことはありません」ミセス・ノーベリーはきっぱりいった。

「これっぽかりも」

ギリンガムは胸の内で自分にいいきかせた――だからといって、ケイリーが犯人だという証《あかし》にはならないぞ、と。

「お嬢さんのお考えはいかがです？」ギリンガムはことばに気をつけて訊いた。

「あの男のことなど、なんとも思ってやしませんとも」お嬢さんの母親は強調した。「あの男とはなんのおつきあいもございません。どなたに訊かれても、はっきりとそう申しあげますわ」

「これは申しわけない。そんなつもりでお訊きしたわけではなくて――」

「あの男とはなんの関係もございません。娘に代わり、断固としてそう申しあげます。あの男が娘にいいよっていたかどうか、それは――」ミセス・ノーベリーはそこでことばを切り、肉づきのいい丸っこい肩をすくめた。

ギリンガムは期待をこめて待った。

「当然ながら、娘はあの男と何度も会っていますよ。おそらく、それで――いえ、わたしにはどうとはいえません。ですがわたしは、母親としての責任と義務をよくわきまえておりますからね、ミスター・ギリンガム」

ギリンガムは励ますような低い声をたてて先をうながした。

「あの男には、ちょっとあつかましいんじゃないかと、率直に申しました――ほかにどうしようがあります？　もちろん、如才《じょさい》なく、でも、遠慮せずにずばりといいましたよ」

「つまり」ギリンガムは努めておだやかな口ぶりでいった。「そのう、ミスター・アブレットとお嬢さんとのことを、彼におっしゃった？」

ミセス・ノーベリーは何度もうなずいた。「そのとおりですよ、ミスター・ギリンガム。わたしには母親としての責任と義務がございますからね」

「まさに。なにをもってしても、あなたがその責務を果たすのを妨げることはできますまい。しかし、さぞ気まずい思いをなさったのでは？　相手の気持がどうなのか、これという確証をおもちではなかったわけですから」

「あの男は娘に心を寄せていました。傍目にもはっきりわかるほどに」

「そうでない者がいるでしょうか？」ギリンガムはひとを惹きつける笑みを浮かべた。「おくさまに釘をさされて、彼はさぞ落胆した――」

「はっきり釘をさしてよかったと、わたしも思いました。早くいっておいてよかった、さもなければ、手遅れになるところでしたよ」

「そのあと、彼にお会いになるのは気まずかったでしょうね」

「当然ながら、あの男はそれ以来、ぱったりとうちに来なくなりました。遅かれ早かれ、いずれは赤い館で、娘とあの男が顔を合わせることにはなったでしょうけど」

「ふうむ。ところで、それは最近のことですか？」

「先週ですよ、ミスター・ギリンガム。時機を逸せずにすんでようございました」

「なるほど！」ギリンガムは軽く息を呑んだ。これこそ聞きたかった事実だ。

いまはすぐにもこの家を辞去して、新たな展開をじっくり考えたい。いや、それよりも、ベヴァリーと交替して、アンジェラと話をしたい。アンジェラは、母親のように初対面の男とうちとけて話すような、心の準備はできていないだろうが、それでも、問わず語りに、なにか聞きだせるかもしれない。アンジェラが心を寄せていたのは、マークなのか、ケイリーなのか、どちらなのだろう？　ほんとうにマークと結婚する覚悟が決まっていたのだろうか？　彼を愛していたのか、それとも、もうひとりの男を愛していたのか、あるいは、そのどちらをも愛していなかったのか。ミセス・ノーベリーの証言は、彼女本人の行動や思考に関するかぎりでは信頼できる。おかげで、ある程度、必要な情報が手に入った。だが、娘には娘にしか語れないことがあるはずだ。ギリンガムは早々に席を立ちたいのだが、ミセス・ノーベリーのおしゃべりはまだ止まない。

「若い女というのは、愚かなものですからね、ミスター・ギリンガム。でも、娘を教え導くことのできる母親がいるというのは、幸いというものです。そもそも初めてお会いしたときから、ミスター・アブレットこそわたしのかわいい娘の連れあいにふさわしい、それがわかったんですよ。ああ、あなたはあのかたをごぞんじなかったんですよね？」

ギリンガムは辛抱強く、マークには会ったことがないとくりかえした。

「すばらしい紳士です。風采もごりっぱで、芸術家らしさがにじみでていますし。ヴェラスケスの描く紳士そのもの。いえ、ヴァン・ダイクのほうでございますわねえ。アンジェラときたら、髭をたくわえた殿がたとは結婚しないなどといっています。それが重大な問題だとでも思っているようですが、でも――」ミセス・ノーベリーはそこで口を閉ざした。

代わりに、ギリンガムが途切れた先をつづけた。「赤い館は魅力的ですからね」

「魅力的。ええ、そうです、とても魅力的。いえ、ミスター・アブレットが魅力のない、平々凡々たる殿がただというわけではございませんよ。むしろ、その反対。あなたもそうお思いになりますでしょう?」

ギリンガムはまたもや、いまだにマークに会う光栄な機会には恵まれていないという羽目になった。

「ああ、そうでしたね。あのかたは文学と芸術の世界の、中心的存在といってもいいほどですわ。どこをとっても、望ましい殿がたです」ミセス・ノーベリーは深いため息をつき、舌を休めた。

ギリンガムはこの機を逃さず席を立とうとしたのだが、その矢先に、ミセス・ノーベリーがまた口を開いた。

「ところで、ミスター・アブレットの厄介者のお兄さまのことですけど。ミスター・ギリンガム、あのかたはじつに率直なかたでしてね。ええ、そりゃあ、もう。ですから、お兄さまのことを打ち明けてくださいました。なので、お兄さまのことで、娘の気持が変わるようなことはございませんと請け合ったんです……なんといっても、お兄さまはオーストラリアにお住まいなんですからね」

「いつその話をなさいました? 昨日ですか?」赤い館を訪れるというロバートの手紙を受けとったあとで、マークがその話をしたとすれば、その率直な打ち明け話の裏には、なにか深い思惑がこめられていたのではないか。

「いいえ、とんでもない、昨日ではありませんよ、ミスター・ギリンガム。だって、昨日は

――」ミセス・ノーベリーはぶるっと震え、頭を振った。

「いや、午前中にでも、ミスター・アブレットがこちらにいらしたのかと思いまして」

「まさか！　ミスター・ギリンガム、恋に溺れて目がくらんでしまい、礼儀にはずれたことをしでかす者もいるでしょうが、ふつう、午前中に、殿がたが婚約者を訪《おと》なうなどということはありえません。あのかたもわたしも、アンジェラをたいせつに思っていますから――。ええ、娘に傷がつくようなまねは、ぜったいにいたしませんし、させません。あのかたがお兄さまのことを打ち明けてくださったのは、昨日ではありませんよ。一昨日《おととい》です。午後のお茶の時間に、ちょっとお立ち寄りになって――」

ミセス・ノーベリーには、マークとアンジェラが内密に婚約したという話から始まって、えんえんとおしゃべりを聞かされてきたが、ここに至って、ギリンガムはほぼ確信した。ミセス・ノーベリーは意識せずに、マークはアンジェラを熱烈に恋していたわけではないし、アンジェラのほうにもまったくその気がなかったことを認めたも同然だった。

「一昨日の午後、アンジェラはたまたま外出して、うちにはいなかったんです。それはべつにどうということではありません。ミスター・アブレットはお車でミドルストンに向かう途中、ちょっとお立ち寄りになっただけだったので、たとえ娘が在宅していても、ごいっしょにお茶を一杯飲む時間すらなかったんですよ」

ギリンガムはうわのそらでうなずいた。これは新しい情報だ。一昨日、マークはなぜミドルストンに行ったのか。とはいえ、行ってはいけないということにはならない。ミドルストンに行く理由は百ぐらいはあるだろう。そのどれもが、ロバートの死とは無関係かもしれない。

ギリンガムは立ちあがった。ひとりになりたかった——少なくとも、ベヴァリーとふたりになりたかった。ミセス・ノーベリーの話には、じっくりと考えるべき事実がいくつもあったが、なかでも、ある事実が突出している。つまり、ケイリーにはマークを憎む理由がある、ということだ。ミセス・ノーベリーがそのきっかけを作った。それで、ケイリーはマークを憎むようになった？　いや、いきなりそこまでいかなくても、さぞ嫉妬の炎《ほむら》に焼かれただろう。きっかけとしてはそれで充分だ。

ジャランズを辞去して歩きだしてから、ギリンガムはベヴァリーにいった。「今回の事件で、ケイリーは危険を覚悟のうえで偽証しているのはまちがいないんだが、その理由は、ふたつのうち、どちらかひとつしかない。マークを救うか、危険にさらすか。つまりは、ケイリーは全身全霊でマークに献身するか、全身全霊でマークを裏切るか、ということになる。いまのところ、ケイリーは全身全霊でマークを裏切っているほうの立場にいる。それは明白だ」

「だけど」ベヴァリーは反論した。「だからといって、恋がたきを蹴落とそうと、悪辣な企みをしたりするかねえ」

「そうかい？」ギリンガムはベヴァリーに笑顔を向けた。

ベヴァリーの顔が赤くなる。「そりゃあ、どんな行動にでるかはひとによるけど、ぼくがいいたいのは——」

「きみは恋がたきを蹴落とそうと、積極的に画策したりはしないだろうが、相手がみずから厄介事にはまりこんだからといって、偽証してまで救いだそうとはしないだろう?」

「そりゃあ、そうだ」

「すると、選択肢はふたつ。どちらを取るか、明白じゃないか」

広い道路までは野原が広がっている。ジャランズとその野原の境界には、ゲートが設けられている。そのゲートを越えると、ふたりは体の向きを変えてゲートにもたれ、ついいましがた辞去してきた農家を眺めた。

「こぢんまりした、見るからに気持のいい家だね」ベヴァリーはいった。

「そうだな。だが、不思議なところもある」

「へえ、どんなところが?」

「たとえば、玄関ドアはどこにある?」

「玄関ドア? なにいってるんだい、ぼくたち、そこから出てきたじゃないか」

「だが、家の前には車回しもなければ、車が通れるような道もない」

ベヴァリーは笑った。「うん、そんなものはないね。そんなものはないほうが美しいと思う人々もいるってことさ。それに、不便なほうが家の値段も安い。だからノーベリー家でもまかなえたんじゃないかな。それほど裕福じゃないからね」

「それじゃあ、旅行用の大きな鞄の運搬とか、ご用聞きの配達なんかはどうするんだい?」

「ほら、手押し車の車輪の跡があるだろう? 自動車は道路からあの家までは行けない」ベヴァリーはふりむいて広い道路を指さした。「せいぜいあそこまで。だから、週末を別荘ですごそういう金持ち連中は、こんな不便な家は選ばない。もし購入するとしたら、自腹を切って広いドライブウェイを作り、ガレージやなんかもこしらえるだろうね」

「そうだね」ギリンガムは気のない返事をした。

ふたりは道路に向かって歩きだした。しかしギリンガムは、のちに、この野原のゲートでのなにげない会話を思い出し、じつに重要なことに気づくことになる。

## 16　夜にそなえて

今夜、ケイリーは池になにを投げこむのか——いまようやく、ギリンガムには見当がついた。マークの死体だ。

そもそも最初から、ギリンガムにはこの答が見えていたのに、それを認めるのをためらっていたのだ。もしマークが殺されたのだとすれば、それはきわめて冷酷非情な殺人といえるからだ。ケイリーは平静にやってのけたのだろうか？　朝食も昼食も夕食もケイリーとともにしたベヴァリーなら、断固として〝ありえない〟というだろう。ケイリーをからかい、彼とゲームを楽しんだベヴァリーなら。ベヴァリーは冷酷非情にひとを殺すことなどできないし、他人もまたできないに決まっていると考える気性《たち》だからだ。しかしギリンガムはそういう幻想とは無縁だ。人が殺された。ロバートの死体が事務室にあったからには、まさにこの館で殺人がおこなわれたのだ。ならば、もうひとつ、別の殺人があったという可能性も無視できないのではないだろうか。

事件当日の午後、マークはずっと事務室にいたのだろうか。いたという証人はただひとり（ケイリー本人は証人の数に入らない）、ハウスメイドのエルシーだけだ。エルシーは確かにマークの声を聞いたといった。だが、ベヴァリーの話によると、マークの声や口調には特徴があるという。つまり、まねしやすいということだ。やすやすとベヴァリーにまねができるのなら、ケイリーにできないはずはないのでは。

とはいえ、冷酷非情な殺人などはなかったのかもしれない。事件当日の午後、ケイリーはマークと口論をした。ふたりがともに好意を抱いている婦人のことが原因だ。激情に駆られて殺意をもって殺したにしろ、単なる脅しのつもりだったのに殺してしまったという事故にしろ、ケイリーがマークを殺したと仮定しよう。それが午後二時ごろの、秘密の通路での出来事だったと仮定しよう。ケイリーがマークにそこに来るように仕向けたのか、あるいは、マークが気軽にそこで会おうといったのか（マークが秘密の通路を気に入っていたのは想像に難《かた》くない）。いずれにせよ、足もとに死体が横たわっているのを見たケイリーは、自分のくびにロープが巻かれるのをまざまざと思い描き、ロープが皮膚にくいこむ感触さえ覚えたにちがいない。それを逃れる方法を必死に探して、思考は千々に乱れたはずだ。そのさなかに、ケイリーはふいに、三時にロバートが来ることを思い出し、さぞぎくりとしただろう。反射的に懐中時計を取りだす……二時半。三時までにあと三十分。絞首刑から逃れるには、急いでなんらかの方法を考えなければならない。秘密の通路に死体を埋め、マークが心底、兄を怖がって、わざと出奔したように見せかける？　しかし、朝食の席でのマークの態度は、みんなが見ていた。一家の厄介者《ブラックシープ》がふたたび顔を見せることに対し、マークは腹を立てていたが、決して怯えてはいなかった。だめだ。兄に怯えて逃げたなどという理由は、薄っぺらすぎる。では、マークが兄に会い、その結果、口論になったとすれば？　ロバートがマークを殺したように見せかけることができるとすれば……。

秘密の通路で、従兄《いとこ》の死体を前に突っ立ち、懸命に頭を働かせているケイリーの姿が、ギリンガムの脳裏に浮かぶ。ロバートを犯人に仕立てても、彼が殺人を否認すれば？　では、彼もまた死んでしまえば？

ケイリーはまた懐中時計を見る。（三時まであと二十五分）。そう、ロバートも死んでしまえば？　ロバートが事務室で死ぬ。ならばそれが、マークが秘密の通路で死ぬ理由になるのでは？　だめだ、ばかげている！　では、ふたつの死体を同じところに置いて、ロバートのほうを自殺したように見せかければ？　これは可能だろうか？

これまたばかげている。愚かしいともいえる。（三時まであと二十分）。たった二十分で、そんな細工ができるわけがない。ロバートの死体を自殺に見せかけるのは無理だ。時間がない。（あと十九分）。

と、そのとき、すばらしい案がひらめいた。ロバートを事務室で殺す。マークの死体は秘密の通路に隠しておく。これではロバートをマーク殺しの犯人に見せかけることはできないが、マークをロバート殺しの犯人に仕立てることはできる！　ロバートは死に、マークは行方不明。明解そのもの。マークがロバートを殺した――突発的な事故で。うん、いかにもありそうなことだ。そしてマークは逃亡する。気が動転して……。（また腕時計を見る。あと十五分だが、こうなれば、十五分もあれば充分だ。計画は成った）。

というのが真相だろうか――ギリンガムは悩む。この仮説は、これまでにわかったいくつもの事実と適合する。だが、今日の午後、ギリンガムがベヴァリーに語った説は？

「どっちだい？」新しい仮説を聞かされたベヴァリーは、そう問いかえした。


ジャランズからもどってきたふたりは、池を見渡せる小高い丘の木立に腰をおろして話をした。そこでギリンガムは、ベヴァリーに新しい説を聞いてもらったのだ。バーチ警部も警察官たちもすでに撤退し、池は静かだ。ベヴァリーは口をぽかんと開けてギリンガムの新しい説に聞きいり、ときどき、「まさか！」と小声で叫ぶだけで、あとは黙っていた。「頭の切れるやつだな、ケイリーは」それが話を聞き終えたベヴァリーの感想だった。

「もうひとつの仮説はどうなる？」ベヴァリーは追及した。

「マークが誤ってロバートを殺してしまい、ケイリーに助けを求めた。ケイリーはマークを秘密の通路に匿《かくま》い、事務室のドアに外から鍵をかけてから、開けろと叫びながらドアをがんがんたたいた」

「うん、それ。だけど、その説は謎だらけだよね。その説のどこがポイントなのか知りたいのに、あなたは答えようとしない」ベヴァリーは少し考えこんだ。「今度の新しい説のポイントは、ケイリーが故意にマークを裏切り、彼が殺人犯に見えるように仕立てた——そういうことかい？」

「あのね、わたしは秘密の通路でマークをみつけることになると、きみにいっておきたかったんだ。生きているマークか、はたまた、死んでいるマークを」

「だけど、あなたは彼が生きているとは思っていないんだよね？」

「そう、秘密の通路にはマークの死体がある。わたしはそう思っている」

「それはつまり、あなたが館に来て、さらに警察が来たあとに、ケイリーは秘密の通路に行ってマークを殺したってことかい？」

「そこで思考が停滞してしまうんだよ、ビル。それではあまりにも冷酷で非情じゃないか。ケイリーは有能で敏腕かもしれないが、それほどまで冷静に、かつ、むごいことができる男だとは考えたくないんだ」

「そうはいうけど、あなたの新しい仮説も、充分に冷酷で非情だよ。その仮説によると、ケイリーは事務室に行って、なんの恨みもない相手を、故意に射殺した。十五年間も会っていなかった相手を！」

「そう、絞首刑を逃れるために。そこにちがいがあるんだ。前の仮説では、ケイリーはひとりの婦人のことでマークと激しい諍《いさか》いをして、かっとなって彼を殺した。そのあと、いろいろやったのは、すべて自己防衛のためだ。だからといって、彼の行為を許すことはできないが、理解はできる。それはさておき、いま話した新しい仮説が正しければ、マークの死体はいまも秘密の通路にあると思う。昨日の午後二時半以降、ずっとね。そして、今夜、ケイリーはその死体を池に投げこむつもりだろうな」

ベヴァリーはそばの地面の苔《こけ》をむしっては、放り投げた。しばらくして、気ぶっせいな口調でのろのろといった。「あなたの新しい仮説が正しいのかもしれない。でも、すべて臆測にすぎないよね」

ギリンガムは笑った。「ああ、もちろん、そうだよ。その臆測が正しいか、あるいはまちがっているか、夜になればわかる」

ベヴァリーの顔がぱっと明るくなった。「今夜か。おもしろいことになりそうだ。で、ぼくたちはどうするんだい？」

ギリンガムはしばらく黙りこんでから口を開いた。「当然ながら、警察に連絡すべきだね。そうすれば、警察が池を見張るだろう」

「当然、そうだね」ベヴァリーはにやっと笑った。

「だけど、警察にわたしの仮説を話すのは、まだちょっと早いかな」

「そうだと思う」ベヴァリーは重々しくうなずいた。

ギリンガムは顔をほころばせてベヴァリーをみつめた。「おやおや、ビル、きみって、食えないやつだな」

「だって、これはぼくたちの事件だ。少しばかり胸躍る経験をしたってかまわないだろ」

「そういうことだ。それじゃあ、今夜は警察抜きでいこうか」

「警察がいたほうがいいかもしれないけど」ベヴァリーは一転して悲しそうな口調になった。

「でも、いないほうがいいに決まってる」

とはいえ、問題がふたつある。ひとつは、ケイリーにみつからずに、どうやって館を抜けだすか。もうひとつは、ケイリーが池になにを投げこむにせよ、それをどうやって回収するか。

「よし、ケイリーの身になって考えてみよう」ギリンガムは提案した。「彼はわたしたちがここまで真相に迫っているとは思っていないはずだが、わたしたちの動向を気にしているのはまちがいない。彼は、この館にいる者全員に不審の目で見られていると、疑心暗鬼になっていると思う。とりわけ、きみとわたしに。まあね、使用人たちにくらべれば、きみとわたしは、多少なりとも知的思考ができる部類に入るからね」

ギリンガムはそこでことばを切って、パイプに火をつけた。

ベヴァリーはさっそく、家政婦のミセス・スティーヴンズよりも多少は知的思考ができることを証明することにした。「今夜、どうしても隠しておきたいなにかを運びだすとしたら、ぼくたちに見られないように警戒するだろうね。とすると、ケイリーはどうするか。そうだな、行動を起こす前に、まず、ぼくたちが床についているかどうかを確かめるだろう」

「うん。わたしたちの部屋までやってきて、毛布にくるみこんでくれることだろうよ」

「それは勘弁してほしいな」ベヴァリーはいった。「そうだ、ドアに鍵をかければいいじゃないか。そうすれば、ケイリーだって、まさかぼくたちが部屋にいないとは思わないだろう」

「きみ、これまでもずっと、部屋のドアに鍵をかけていたのかい?」

「まさか」

「ならば、ケイリーはそのことをちゃんと承知しているはずだ。どっちみち、ドアをノックしても返事がなければ、どう考えるだろうね?」

ベヴァリーはぺちゃんこになって黙りこんだ。しばらく考えこんだあげく、降参した。「どうすればいいか、わからないな。ケイリーは行動を起こす前に、必ず、ぼくたちのようすを確かめにくる。とすれば、ぼくたちはケイリーよりも先に、池に行くことはできない」

「だからね、ケイリーの身になって考えてごらんよ」ギリンガムはのんびりとパイプをくゆらせた。「秘密の通路には、死体だかなんだかわからないが、どうしても始末しなければならないものがある。かといって、まさか、それを抱えて、二階のわたしたちの部屋までやってきて、ドアから顔をのぞかせ、わたしたちが起きているかどうか確かめたりはしないだろう。なにをするにしても、わたしたちのようすを確認するのが先決で、それをすませてから、持ちだすべきなにかを取りに、階下《した》にもどるんじゃないかな。だとすれば、そこに時間的余裕が生じる」

「うーん」ベヴァリーはあいまいな声をあげた。「そうかもしれないけど、こっちはちょっとばかり忙《せわ》しくなるな」

「いいかい、ケイリーは秘密の通路に入って、死体なりなんなりを抱えあげる。それからどうする?」

「秘密の通路から出る」すかさずベヴァリーがいう。

「そうだ。だが、どちらの出入り口を使う?」

はっとして、ベヴァリーは背筋を伸ばした。「そうか。ボウリンググリーンの出入り口に向かうんじゃないかって、そういうんだね?」

「きみはそう思わないかい? 真夜中に、死体を抱えて、館から丸見えの芝生の庭を歩いていると想像してごらんよ。うなじの毛がちりちりするような思いがするんじゃないかな。誰かが、眠れない誰かが、いまこの瞬間にも、起きあがって窓辺に近づき、夜の庭を眺めようとしているかもしれない……。それに、新月ではないから、月の光は明るいときている。おまけに、多数の窓が庭に面している。まるで館のいくつもの目にみつめられているような、そんな気がするだろう。それなのに、平気で池まで行けるかい？　いや、とうてい平静ではいられないだろう。だが、ボウリンググリーンの出入り口を使えば、館の目も人間の目も気にせずに、池まで行ける」

「そうだね。そのぶん、ぼくたちにも時間的な余裕ができる。よし。それで、お次は？」

「お次は、ケイリーがなにかを投げこむ場所を、正確に把握することだ」

「ぼくたちが引きあげることができるように」

「きみとわたしとで引きあげるかどうかは、投げこまれるものがなにかによるよ。明日、警察に任せたほうがいいかもしれない。だけど、ものが小さすぎて、遠目ではなにを投げこんだかわからない場合は、ふたりで回収するしかないね。警察に報せてしかるべきものかどうか確認するために」

「うーん」ベヴァリーは眉間にしわを寄せた。「そうはいうけど、水というやつはどこまでもつながってて区切りがないから、厄介しごくだぜ。正確にどこに投げこんだか把握できるかどうか、あやしいもんだ。そこのところは考えてみたかい？」

「考えてみたとも」ギリンガムはにっこり笑った。「ちょっとこっちに来てくれ」

ふたりは木立のはずれまで行った、眼下におだやかな池の水面が広がっている。

「なにが見える？」ギリンガムが訊く。

「なにって？」

「池の向こうに柵がある」

「それがなんだというんだい？」

「うん、役に立つってことさ」

「——と、シャーロック・ホームズは謎めいた返事をした」ベヴァリーはいった。「一瞬ののち、ワトスンは友人を池に突き落とした」

ギリンガムは笑った。「わたしはシャーロック・ホームズになりきっているんだ。きみがワトスンを熱演してくれないと、うまくいかないじゃないか」

「では、親愛なるホームズ、なぜあの柵が役に立つんだい？」ベヴァリーは従順にワトスン役を務めた。

「なぜなら、あの柵で方位を定められるからだ」

「方位がなにを意味するか、わざわざ説明してくれる必要はないよ」

「説明する気なんかなかったさ。いいかい、きみはこんなふうに、このパイン松の下に伏せる。ケイリーがボートを漕ぎだして、池になにかを投げこむ。きみはここからボートまで架空の直線を引き、その線を向こうの柵まで伸ばす。そうすると、端から五本目の杭にいきつく。わたしはわたしでどれか木を選んで、その下に伏せる。そしてきみと同じように、ボートまで架空の直線を引き、その線を柵にまで伸ばしていくと、端から二十番目の杭にいきつく。きみとわたしの線が交わる一点こそが、二羽の鷲が相まみえる場所だ。証明終わり《Q・E・D》。ああ、そうだ、いい忘れるところだった。ベヴァリーという名の鷲は、跳びこみがうまいという評判でね。毎晩、ヒッポドローム演芸場を沸かせているそうだ」

ベヴァリーは弱気な目でギリンガムを見た。「おいおい、本気かい？　おっそろしく汚い池なんだぜ」

「ビル、残念ながら、そうすべしと、ヤシェルの記に書いてあるんだ」

「ぼくかあなたのどちらかがそうしなきゃならないのは、わかったけど、うーん、できれば――。ま、いいや、今夜は暖かいし」

「水浴びにはちょうどいいんじゃないか」ギリンガムは立ちあがった。「それじゃあ、わたしの木を選ぶことにしよう」

ふたりは下に降りていき、池の端から崖を見あげた。ベヴァリーの木は夕空に高くそびえ、見まちがえる恐れはなかった。近くの木々より五十フィートは高く抜きんでている。しかし、木立の端に、もう一本、かなり高い木がある。ベヴァリーの木ほど高くはないが、これも目立っている。

「わたしはあの木にしよう」ギリンガムはその木を指さした。「後生だから、目当ての柵の杭が端から何本目なのか、正確に数えてくれよ」

「たのまれなくたって、ちゃんとやるさ」ベヴァリーは請け合った。「夜通し、何度も池にもぐるのはごめんだからね」

「きみの木と、なにかが投げこまれたときのしぶきとを結ぶ線とを頭に描いてから、その線を伸ばしたところにある柵の杭が、端から何番目にあたるか、数えてくれたまえ」

「わかってるって。任せてくれ。責任をもってやるよ」

「そうだね、そのあとの最後の役割はきみの独壇場になるわけだし」ギリンガムは微笑した。そして懐中時計を見て、夕食のために着替えをしなくてはならない時間だと気づいた。ふたりは館に向かって歩きだした。

「ひとつ、気になっていることがあるんだ」ギリンガムはいった。「ケイリーの部屋はどこにあるんだい？」

「ぼくの部屋の隣だよ。なにが気になるんだい？」

「池からもどってきたケイリーが、もう一度、きみの部屋をのぞかないともかぎらない。部屋が離れていればそんなことはしないだろうが、きみの部屋の前を通るのなら、わたしならちょっとのぞいてみたくなる」

「だけど、ぼくは部屋にいない。池の底で泥をかきまぜてる」

「そうだね……暗がりでは、きみが寝ているとしか見えないような細工はできないかな？　長枕にパジャマの上着を巻きつけて片袖を少しだけ毛布の上に出し、靴下かなにかで頭をこしらえるとか。そうやっておけば、ケイリーもきみがぐっすり眠っていると思って、安心するんじゃないかな」

ベヴァリーはくすくす笑った。「心配無用。ぼくはそういうのが得意でね。ぼくそっくりのダミーをこしらえてみせるよ。だけど、あなたはどうするんだい?」

「わたしの部屋は館の端にある。ケイリーだって二度目の確認をしようと、わざわざそこまで来ないだろう。それに、最初の確認のさいには、わたしは早々と眠りこんでいるからね。とはいえ、なにか安全策を講じたほうがいいかな」

ふたりが館に入ると、ケイリーが階段の前に立っていた。ふたりを見て会釈すると、彼は懐中時計を取りだした。「お着替えになりますか?」

「そのつもりだけど」とベヴァリー。

「手紙を渡してくださいましたか?」

「忘れたりするものか。じつをいうと、あちらでお茶をごちそうになったよ」

「それはそれは」ケイリーは目をそらし、さりげなく尋ねた。「あちらのみなさまはいかがでしたか?」

「きみに同情あふれる伝言を託してくれたよ。まあ、そんなぐあいだ」

「ああ、それはどうも」

ベヴァリーはケイリーがもっとなにかいうのではないかと待っていたが、彼がそれきりなにもいわないので、ふりかえってギリンガムにいった。「行こう、トニー」先に立って階段に向かう。

階段を昇りきると、ベヴァリーはギリンガムに訊いた。「あなたの思惑どおりかい?」

「そうだね。着替えたら、階下《した》に降りる前に、わたしの部屋に寄ってくれ」

「了解」

ギリンガムは部屋に入ってドアを閉め、窓辺に行った。窓を開き、外を眺める。この部屋は一階の事務室の上にあり、館の裏口のドアの左上に位置している。裏口のドアには小さな屋根がついているので、この窓からその屋根の上に出れば、難なく地面に降りられる。二階にもどるのは少しむずかしそうだが、雨樋が役に立ってくれるだろう。

ギリンガムが着替えを終えるのを見計らったかのように、ベヴァリーがやってきた。「最終指令は?」ベヴァリーはそう訊きながらベッドに腰をおろした。「ところで、夕食をすませたら、どんな暇つぶしをする? 夕食のすぐあとは、ってことだけど」

「ビリヤードは?」

「いいとも。なんでもござれ」

「大きな声を出すんじゃないよ」ギリンガムは小声で注意した。「この部屋は階下の廊下に近いところにあるんだ。ケイリーはまだ廊下にいるかもしれない」そしてベヴァリーを窓辺に誘った。「今夜はこの窓から外に出よう。階下に降りて玄関から出るのは、みつかる危険が大きいからね。窓から出るのは簡単だ。ちなみに、テニスシューズを履いたほうがいいな」

「了解。ところで、夕食の前後はあなたとふたりきりになる機会がないかもしれないから、ちょっと訊いておきたいんだけど。ケイリーがぼくを毛布にくるんでやろうとベッドに近づいてきたら、ぼくはどうすればいい?」

「それはなかなかむずかしい問題だな。そうだね、できるだけ自然にすることだ。彼がドアをノックしてからドアを開け、のぞきこんだら、寝てるふりをする。わざとはでにいびきをかいたりするんじゃないよ。だけど、彼が大きな音でもたてたら、きみは目を覚まして、寝ぼけまなこをこすりながら、ぼくの部屋でなにをしているんだといぶかってみせることだ。きみのことだから、万事承知してるだろうけど」

「了解。それからダミーの人形のことなんだけどね。夕食後、部屋にもどったらすぐにそいつをこしらえて、ベッドの下に隠しておこうと思ってる」

「そうだね……それと、着替えを準備してからベッドにもぐりこんだほうがいい。ケイリーが確認にきたあとでは、なにを着ようかなんて悩んでる時間はないだろうし、そんなことに手間取っているあいだに、ケイリーが秘密の通路を抜け出てしまうかもしれないからね。では、あとでここに来てくれたまえ」

「了解。仕度《したく》はできたかい？」

「ああ」

ギリンガムとベヴァリーは階下に降りていった。

# 17　ベヴァリー、池に入る

その夜のケイリーは、きわめて愛想がよかった。夕食が終わると、少し外を歩かないかとふたりを誘った。三人ともあまり口をきかずに、館の前の砂利道を行ったり来たりしているうちに、ベヴァリーはしびれを切らした。行ったり来たりが二十回目あたりになると、ベヴァリーは今度こそ玄関ドアの前で止まるのではないかと期待して歩調をゆるめてみたが、ほかのふたりにはさっぱり通じず、砂利道のそぞろ歩きはさらにつづいた。だが、ついにベヴァリーは肚《はら》を決めた。

「ねえ、ビリヤードでもやらないかい？」ベヴァリーは立ちどまって、先を行くふたりに声をかけた。

「きみはどうだい？」ギリンガムはケイリーに訊いた。

「わたしは見物させてもらいますよ」

そのことばどおり、ケイリーは、ベヴァリーとギリンガムが一回、二回と勝負するのをずっと見物していた。

ビリヤードを終えると、三人は広間に移り、酒を飲んだ。

「さあて、そろそろ寝るとするか」ベヴァリーはグラスを置いた。「あなたはどうする？」ギリンガムに訊く。

「うん、わたしももう寝よう」ギリンガムは酒を飲み干して、ケイリーに目を向けた。

「たいした用じゃないんですが、ひとつふたつ、やらなければならないことがありまして」ケイリーはいった。「そんなに時間はかかりませんが」

「そう、それじゃあ、おやすみ」

「おやすみなさい」

「おやすみ」すでに階段のなかほどにいたベヴァリーは、そこからケイリーに声をかけた。さらにギリンガムにいう。「おやすみ、トニー」

「おやすみ」ギリンガムも返す。

部屋に入ったベヴァリーは懐中時計を見た。十一時半。あと一時間はなにも起こりそうもない。たんすの引き出しを開け、夜の冒険になにを着ていこうかと悩む。グレイのフランネルのズボン、フランネルのシャツ、それに黒っぽい上着。木の根元にしばらく伏していなければならないから、セーターも着たほうがいい。タオルも忘れずに。あとで必要になるのは確かだ、それまでは腰に巻いておけばいい。それから、テニスシューズ、と。これで準備よし。それではダミーの人形づくりといこう……。

ベッドに横になる前に、ベヴァリーはもう一度時間を確認した。十二時十五分。ケイリーが来るまでどれぐらい待つことになるのか。明かりを消し、パジャマ姿でドアの前に立ち、暗がりに目を凝らす。かろうじて部屋の隅にあるベッドが見える。ドアからのぞくケイリーの身になってみれば、ベッドのあたりはもう少し明るいほうがいい。そのほうがベッドがよく見えて、彼を安心させることができそうだ。ベヴァリーは窓辺に行き、カーテンを少し開けた。これぐらいでいいだろう。あとでベッドにダミーの人形を寝かせるときに、もう一度確認しよう。

いつになったら、ケイリーは来るのか——ベヴァリーはまたケイリーの身になって考えた。

ケイリーは池で用事を片づける前に、ふたりの客——ベヴァリーとギリンガム——が各自の部屋で眠っているのを確認したい。用事を片づけるのに、無用の音をたてたり、荒っぽい動きをしたりして、館内の使用人たちを起こしてはならない——使用人たちが全員、部屋で眠っているとしての話だが。しかし、ふたりの客のようすはぜひとも確認しておきたい。そっと確認にいってもふたりが目を覚ましたりしないように、確実に眠りにつくまで、しばらく待ったほうがいい。そういうことだ。ふたりの客が寝入ってしまうのを待つ……待つ……待つ……。

ともすれば眠りこみそうになる思考の尻尾を、ベヴァリーは必死になってつかみ、目を大きく開けた。眠ってはいけない。眠ってしまえば、すべてがおしまいだ。眠ってしまえば……眠ってしまえば……。

ベヴァリーは意志の力をふりしぼって、眠りに引きこまれまいとした。ああ、もう、いっそケイリーが来なければいいのに！

ケイリーがふたりの意図に気づいたとすれば。ベヴァリーとギリンガムが階上《うえ》に行ったのを見届けてからすぐに秘密の通路に駆けつけ、用事を片づけることにしたとすれば。いまごろは池に、彼の秘密を封じようとしているだろう。

いかん。ぼくたちはなんと愚かなんだ！　トニーはこのことを予想しなかったのか？　彼はしきりに、ケイリーの身になって考えろといった。だが、そんなことが可能だろうか。しょせん、ケイリー本人にはなれないのだ。ケイリーはもう池に着いているだろう。彼が池になにを投じるのか、ぼくたちには永遠にわからなくなる。

うん？　誰かがドアの前に来た。

ベヴァリーは眠っているふりをした。ごく自然な寝息をたてる。寝息だとわかるような息づかい。そう、彼は眠っている。

ドアが開く。ベッドにいても、ドアが開くのがわかる。ああ、やはりケイリーは人殺しなのか！　まさか。いや、そんなことを考えてはいけない。そんなことを考えたら、起きあがって、ドアのほうを見たくなるではないか。それはできない。眠っているのだから。おだやかな眠りをむさぼっているのだから。それにしても、なぜドアはまだ閉まらないのだ？　ケイリーはどこにいるんだ？　ベッドのすぐそば、寝ている自分の背後にいるのか？　彼の手が……いや、いかん、そんなことを考えてはいかん。自分は眠っているのだから。だが、なぜドアはまだ閉まらないんだ？

ドアが閉まりはじめた。ベッドから吐息がもれた。眠っているはずのベヴァリーが、思わず安堵の吐息をもらしたのだ。しかし、それはごく自然な、ぐっすりと眠っている者がときおりもらす、深い寝息に聞こえるはずだ。ベヴァリーはおまけにもうひとつ吐息をもらした。前よりもっと自然な、熟睡している者特有の寝息に聞こえるように。

ドアが閉まった。

ベヴァリーはゆっくりと百まで数えてから起きあがった。暗がりのなかで、できるだけ手早く、音をたてないように着替える。ダミーの人形をベッドに押しこみ、人形に着せたパジャマが毛布の下からほどほどに見えるように細工をして、ドアの前に立ち、出来映えを検分する。ざっと見まわしたところ、カーテンを少し開けてあるのでうっすらと月明かりがさしこみ、ベッドの人形が、さもベヴァリーが寝ているように見える。

そうっと、かつ、ゆっくりと、ベヴァリーはドアを開けた。館のなかは静まりかえっている。ケイリーの部屋のドアの下から明かりが洩れている、ということはない。足音をしのばせ、音をたてないように用心して、ベヴァリーはギリンガムの部屋まで行った。

ギリンガムはまだベッドに横たわっている。ベヴァリーは彼を起こしにベッドに向かおうとして、あやうく踏みとどまった。心臓がはねとんだ――部屋のなかに誰かいる。

「だいじょうぶだよ、ビル」

ささやき声が聞こえたかと思うと、カーテンの陰からギリンガムが現われた。ベヴァリーは息を呑んで彼をみつめた。

「なかなかうまいもんだろう?」ギリンガムはベヴァリーのそばまできて、ひとが寝ているようにしか見えないベッドを指さした。「さあ、行こう。早ければ早いほどいい」

ギリンガムが先に窓から出る。ベヴァリーは黙ってあとにつづいた。ふたりは無事に、音もたてずに地面に降り立ち、足早に芝生の庭を横切ってゆるい斜面を下り、自然風庭園に入ると池の手前の柵を乗り越えた。館から遠ざかり、もう声を聞かれる心配もなくなってから、ようやくベヴァリーは口を開いた。

「ベッドに寝てるんだと思ったよ」

「そう見えることを期待したんだ。ケイリーがもう一度確認にきてくれないと、ちょっとがっかりだね。せっかくの細工がむだになる」

「まだ彼は池に行ってないよね？」

「うん、まだだろう。なぜだい？」

ベヴァリーは先ほど頭をよぎった懸念を、いきいきと描写してみせた。

「きみを殺すなんてなんの意味もないじゃないか」ギリンガムはあっさりといった。「それに、危険きわまりない」

「あはっ！　彼がぼくを手にかけなかったのは、ぼくに対する親愛の情からだといいたいね」

ギリンガムはそっと笑った。「それはどうかな……ところで、着替えるときに明かりはつけなかっただろうね？」

「まさか。そんなヘマをするものか！　そうしてほしかったのかい？」

ギリンガムはまた低く笑い声をあげ、ベヴァリーの腕を取った。「きみって、じつにすばらしい相棒だよ、ビル。きみとわたしとでなら、なんでもできそうだ」

池はさえざえとした月の光をあびて、日中よりも荘厳なたたずまいを見せている。池を見下ろせる小高い丘の斜面をおおっている木々は、謎めいた沈黙を守っている。世界には、ギリンガムとベヴァリーのふたりしかいないような気になる。

ギリンガムは無意識に声をひそめた。「あれがきみの木。あっちがわたしの木。きみが身動きしなければ、彼にみつかる恐れはない。彼が行ってしまっても、わたしが動くまで、木から離れてはいけない。彼はここに十五分ぐらいはいるだろうが、決して辛抱を切らさないように」

「了解」ベヴァリーも声をひそめた。

ギリンガムはベヴァリーに笑顔でうなずいた。ふたりは各自の持ち場に向かった。

時間のたつのが遅い。持ち場の木の下の草に身を伏せたギリンガムは、新たな問題に気づいた。今夜、ケイリーが一度ならず池に来るとすれば？　あとでまたここにやってきて、ボートに乗っているふたりを見るかもしれない。いや、正確にいえば、ひとりは池のなかにいるはずだが。では、ケイリーが再度やってくると予想して、すぐには行動せずに待ちつづけるとすれば、そのあとふたりが安全に行動できる時間はどれぐらいあるだろう？　池で作戦を実行する前に、館の近くまでもどり、ケイリーの部屋に明かりがともるのを確認したほうがいいかもしれない。このままでは、ケイリーが池にまいもどるのを見逃すことになる。むろん、これは、彼が池にまいもどると仮定しての話だが。どちらにしても、むずかしい問題だ。

あれこれと考えながらも、ギリンガムはボートから目を離さずにいた。と、どこからともなく忽然《こつぜん》と出現したかのように、ボートのかたわらにケイリーの姿が見えた。小さな褐色の鞄を手にしている。

ケイリーはその鞄をボートの底に置いてから、自分もボートに乗りこみ、オールを一本だけ竿《さお》のように使い、そっと岸を押した。それから二本のオールで漕ぎはじめ、ごく静かに、舳先《へさき》を池の中央に向けてボートをすべらせていく。

ボートが停まった。ケイリーはオールを水中に沈めたまま、足もとの鞄を取りあげ、ボートから身をのりだしてそれを水面に浸けた。ほんの一瞬そのままでいたが、すぐに鞄から手を放した。鞄はゆっくりと水中に沈んでいく。ケイリーはじっと水面をみつめている。鞄が浮きあがってくるのではないかと不安なのだろう。ギリンガムは胸の内で数をかぞえはじめた。

ケイリーは岸にもどった。ボートを繋ぎ、周囲を注意深く眺めわたして、なんの痕跡も残していないのを確かめてから、もう一度、池に目を向けた。監視人のように、長いあいだ、じっと池をみつめていた。身じろぎもせずに皓々《こうこう》とさえわたる月の光をあびながら、大きな塑像のように静かに立っている。やがて、ようやく満足したようだ。隠したい秘密がなんであったにせよ、それは無事に池に封印された。ふっと吐息をつくと(ギリンガムにはまちがいなくその音が聞こえた)、ケイリーは池に背を向けて、来たときと同じように、忽然と姿を消した。

ギリンガムは三分待ってから立ちあがった。そのまま、ベヴァリーがやってくるのを待つ。

「六番目」ベヴァリーは小声でいった。

ギリンガムはうなずいた。「わたしは館の近くまで行ってくる。きみはきみの木にもどり、ケイリーがまいもどってこないかどうか、見張っててくれ。こっちから行くと、きみの部屋は二階の左端で、ケイリーの部屋はその隣。まちがいないね?」

ベヴァリーはうなずいた。

「よし。それじゃあ、わたしがもどってくるまで、きみは木の下に隠れていてくれ。どれぐらい時間がかかるかわからないが、いらだたないように。きっと、ずいぶん長く感じると思うが」

ギリンガムは微笑してうなずきながらベヴァリーの肩をぽんとたたくと、館のほうに向かった。

ひとり残されたベヴァリーは考えた――あの鞄にはなにが入っているのか。事務室の鍵や拳銃よりも、ケイリーが隠したいものとはなんだろう。水面に投じれば、鍵や銃はそれ自体の重みで沈む。わざわざ鞄ごと投じる必要はない。鞄の中身はなんだ？　それ自体に重みがなく、自然に沈んでいかない、なにか。池の底の泥土に安全に沈めるには、鞄のなかに石でも詰めておかなくてはならない、なにか。

いずれ、わかる。いまはそれがなんなのかなど、頭を悩ませる必要はない。このあと、ベヴァリーには汚れ仕事が待っている。それにしても、ギリンガムが確信ありげにいっていた死体はどこにあるのだ？　死体がないとすれば、マークはどこにいるのだろう？

現在ただいま、ケイリーはどこにいるのだろう？　そう思いながら、ギリンガムは大急ぎで館に近づき、生け垣の茂みにひそんで、ケイリーの部屋の窓に明かりがともるのを待っていた。もしベヴァリーの部屋に明かりがともれば、すべてが無駄骨となる。つまり、ベヴァリーの部屋をのぞいたケイリーが、ベッドのダミー人形をあやしみ、確かめようと明かりをつけたことにほかならないからだ。そうなれば、まっこうからケイリーとの戦いが始まる。しかし、ケイリーの部屋に明かりがともれば――。

明かりが見えた。ギリンガムの胸が高鳴った。あれはベヴァリーの部屋だ。いざ決戦か！

その窓だけが明るい。風が吹いて、雲が月をおおい、その窓以外、館ぜんたいが暗闇につつまれた。ベヴァリーはカーテンを開けっぱなしにして出てきたのだ。ベヴァリーがヘマをしたのだ。彼の最初のヘマといえるが――。

ふたたび月が雲の陰から顔を出した……茂みにひそんだまま、ギリンガムは自分を笑った。ようやく、ケイリーの部屋の窓の隣に、もうひとつ窓があるのに気づいたのだ。その窓は暗い。暗い窓のほうがベヴァリーの部屋にあたる。決戦は回避された。

茂みにひそんだまま、ギリンガムはケイリーがベッドに入るのを待った。先ほど、彼らの部屋をのぞきにきたケイリーへのお返しのようなものだ。ケイリーはふたりの友人を気づかい、ふたりが心地よい眠りにつくまで、池に行くのをあとまわしにしたではないか。

一方、ベヴァリーは待ちくたびれていた。彼のいちばんの不安は、〝六番目〟ということを忘れてしまい、すべてを台無しにしてしまうのではないかという点につきる。柵の端から六番目の杭。ベヴァリーは枝を折りとって、それをさらに六つに割った。地面に六つの木片を並べる。六番目。池に目をやり、柵の杭を端から数え、六とつぶやく。地面に並べた木片に目をもどす。一、二、三、四、五、六、七。七！　七番目の杭だったっけ？　それとも、七番目の木片は、地面に六本の木片を並べたさいに、たまたままじってしまっただけなのか？　うん、そうだ、まちがいない、六番目だった！　さっきトニーに〝六番目〟と伝えたよな？　もしそうなら、トニーが憶えているはずだ。だいじょうぶ。

ベヴァリーは七番目の木片をつまみあげて遠くに放り投げ、残りの六本をまとめた。ポケットに入れておいたほうが安全だ。六番目。背の高い男の背丈と同じ数字。そう、ベヴァリー自身の背丈と同じ数字だ。六フィート。うん、こうして憶えておけばいい。少しばかり気持がらくになると、ベヴァリーはまた、あの褐色の鞄を思い出した。あの鞄のことをトニーはなんというだろうか。池の水と、底の泥の深さはどれぐらいあるのだろうか。次々と疑問が湧いてくる。思わず「ああ、なんという人生だ！」とひとりごちたとき、もどってくるギリンガムの姿が見えた。

ベヴァリーは立ちあがり、ギリンガムを迎えようと、斜面を降りた。「六番目」きっぱりという。「端から六番目の杭だよ」

「そうか」ギリンガムはほほえんだ。「こっちは十八番目。ほんの少しだけ十九番目寄りのところだ」

「なにをしてきたんだい？」

「ケイリーがベッドに入るのを見届けてきた」

「じゃあ、だいじょうぶだね？」

「うん。六番目の杭に上着を掛けておいたほうがいいね。それだと、みつけやすくなる。わたしも十八番目の杭に上着を掛けておこう。さて、ここで服をぬいでしまうかい？　それともボートに乗ってからにする？」

「池の端で少し、残りはボートに乗ってから。あなた、ほんとうは自分が池に入りたいんじゃないのかい？」

「いやいや、遠慮するよ」

ふたりは池を半周して向こう岸に行った。柵の端から六番目の杭に、ベヴァリーはぬいだ上着を掛けた。ギリンガムは十八番目の杭に自分の上着を掛けた。下準備をすませると、ふたりはボートに乗りこんだ。ギリンガムがオールを漕ぐ。

「さてと、ビル、きみの木と上着とが一直線に並んで見えるところにきたら、そういってくれ」

ギリンガムは池のまんなかあたりをめざして、ボートをゆっくりと漕いでいった。

「このあたりだ」ようやくベヴァリーがいった。

ギリンガムはオールを漕ぐ手を止めて確認した。「うん、かなり正確だ」そういうと、ベヴァリーが伏していたパイン松のほうにボートの舳先を向けた。「わたしの木と、杭に掛けた上着が見えるかい？」

「見える」

「よし。それでは、その二点が重なる箇所までゆっくり漕いでいくよ、できるだけ正確に測ってくれ。たのんだよ」

「進路そのまま！」ベヴァリーが指示をする。「少しバックして……もう少し……もうちょっと前にもどって……よおし！」

ギリンガムはオールを水中に突っこんだまま、周囲を見まわした。目視で確認できるかぎりにおいて、ボートはいま、ふたつの目印を結ぶ直線二本が交差する位置にある。

「では、ビル、きみの出番だ」

ベヴァリーはシャツとズボンをぬぎ、ボートのなかで立ちあがった。

「なにもざぶんと跳びこむ必要はないんだよ」ギリンガムはあわてていった。「船尾《とも》から、そっと水にすべりこめばいい」

いわれたとおり、ベヴァリーは船尾に移動して水にすべりこむと、ギリンガムのほうに泳いでいった。

「どんなあんばいだね？」ギリンガムが訊く。

「水が冷たい。それじゃあ、運試しといくか」

足を蹴って水中にもぐったかと思うと、ベヴァリーの姿は見えなくなった。ギリンガムは目印を確認しながら、小さくオールを漕いでボートの位置を維持する。

ベヴァリーが大きな水音とともに浮上してきた。「おそろしく泥が深い」

「水草は？」

「いや、ありがたいことに水草はない」

「では、もう一度、運試しをたのむよ」

ベヴァリーはまた足を蹴って水中にもぐった。ギリンガムもまた、こまめにオールを動かしてボートの位置を維持した。

今度はギリンガムの目の前の水面に、ぽかりとベヴァリーの顔が現われた。

「ごほうびに、イワシを放ってあげなきゃいけないような気がするよ」ギリンガムはにっこり笑った。「きみならじょうずに、ぱくりとキャッチするだろうね」

「ボートのなかで冗談口をたたいてるぶんには気楽だろうけどね。こっちはあとどれぐらい水中探索をしなきゃならないんだい？」

ギリンガムは懐中時計を見た。「あと三時間ぐらいかな。夜明けまでには館にもどらないと。だけど、できるだけ急いでくれ。ボートで待ってるのもけっこう冷えるんだ」

ベヴァリーはギリンガムにぴしゃりと水をかけると、また水中にもぐった。今度はたっぷり一分間はもぐったきりだった。と思うと、満面に笑みをたたえた顔が水面に現われた。

「みつけたぞ。だけど、引きあげるのはおそろしくたいへんだ。重すぎて手に負えない、どうすればいいものやら」

「それならだいじょうぶ」ギリンガムはポケットから、太い紐を巻いて玉にしたものを取りだした。「これを鞄の取っ手に通してくれれば、あとはふたりで引っぱればいい」

「さすがだね」ベヴァリーはボートのそばまで泳ぎ、紐の端を握った。「じゃあ、今度こそ」

二分後、鞄は無事にボートに引きあげられた。そのあと、ベヴァリーがやっとのことでボートに這いあがると、ギリンガムはボートを岸に向けて漕ぎはじめた。

「お手柄だね、ワトスン」接岸したボートから降りながら、ギリンガムはおだやかな口調でいった。そして自分とベヴァリーの上着を取ってきた。ベヴァリーが体を拭いているあいだ、ギリンガムは足もとに鞄を置いて待っていた。ベヴァリーが服を着てしまうと、ギリンガムは彼の腕を取り、鞄を持って木立に向かった。木々に囲まれた地点で、鞄を下に置き、ポケットを探る。「鞄を開ける前に一服させてもらうよ。きみは？」

「ぼくも」

ふたりはあたりをはばかりながらパイプの煙草に火をつけた。ベヴァリーの手が少し震えている。ギリンガムはそれに気づき、いたわるようにほほえんだ。「もういいかい?」

「いいとも」

ふたりはしゃがみこんだ。ギリンガムが鞄を膝のあいだに引き寄せ、留め金を押して、蓋を開ける。

「服じゃないか!」ベヴァリーは思わず叫んだ。

ギリンガムはいちばん上の衣類を取りあげ、振って広げた。茶色のフランネルの上着。濡れている。「これに見憶えがあるかい?」

「マークのだ。彼のスーツの上着」

「逃亡したさいに着用していたと、警察が公表したスーツかい?」

「そう。それみたいだ。もちろん、彼は山ほど服を持ってるけどね」

ギリンガムは上着の胸ポケットに手を突っこみ、一枚の紙きれを引っぱりだした。けげんな目でそれをみつめる。「なにか書いてある。読んでみたほうがいいかな。いや、ざっと目を通すだけだよ」同意を求めるようにベヴァリーの顔を見る。ベヴァリーはうなずいた。ギリンガムは用意してきた懐中電灯をつけて、紙きれを照らした。ギリンガムが書きものに目を通すのを、ベヴァリーは不安そうな顔で見守っている。

「うん。マーク……おやおや!」

「なんだい、どうしたんだい？」

「これはケイリーがバーチ警部に話した手紙だよ。ロバートからの。〝マーク、明日、おまえの愛しい兄貴が、はるばるオーストラリアからおまえに会いにいく――〟。そうだな、この手紙はわたしが保管しておくほうがいいな。よし、これはマークの上着、と。あとの衣類も見てみよう」ギリンガムは残りの品々を取りだした。

「一式そろってる」ベヴァリーはいった。「上着、ズボン、シャツ、ネクタイ、下着、靴。すべてそろってる」

「昨日マークが着ていたものかい？」

「そうだ」

「きみはこれをどう思う？」

ベヴァリーはくびを横に振り、質問に質問を返した。「あなたはこれがみつかると予想していたのかい？」

ギリンガムはくくっと笑った。「とんでもない。わたしは――そう、わたしがなにを予想していたか、きみは知ってるはずだ。死体だよ。衣服をきちんと着けた死体。そうだな、別々に隠すほうが安全かもしれない。死体は池に、衣類は秘密の通路に。どちらも人目につかない。だが、ケイリーはさんざん苦労して衣類を池に隠し、死体は放置している」頭を振る。「ビル、一瞬、頭が混乱したよ。でも、これが事実だ」

「ほかになにかないかい？」

ギリンガムは鞄のなかを探った。「石ころがたくさん。うん？　なにかあるぞ」ギリンガムはそのなにかをつかみだした。「ビル、ほら」事務室の鍵だった。

「やっぱり、あなたは正しかった」

ギリンガムはさらに鞄のなかを探ったあと、鞄を逆さにした。十個以上の石ころが草の上に落ちた。と同時に、石ころ以外のものも落ちた。ギリンガムはそれに懐中電灯を向けた。「鍵がもう一個」二個の鍵をポケットにしまいこむと、長いこと黙りこんだ。

ベヴァリーはギリンガムの思考を邪魔したくなくて、やはり黙りこくっていたが、ついにしびれを切らした。「衣類を鞄にもどしておこうか？」

ギリンガムははっとしてベヴァリーを見た。「ん？　ああ、そうだね。いや、わたしがやるよ。きみは明かりを向けてくれるかい？」ギリンガムは衣類を一枚ずつ手に取り、それがなにか語りかけてくるとでもいうようにじっとみつめてから、ゆっくりとていねいに鞄にもどした。そのようすを見守っていたベヴァリーは、自分にもそれなりの眼力があれば、衣類からなにかを読みとれるのかもしれないと思った。最後の一枚を鞄におさめても、ギリンガムは地面に膝をついたまま、考えこんでいた。

「それで全部だよ」ベヴァリーはいった。

ギリンガムはうなずいた。「うん、これで全部だ。そこがおかしい。きみはほんとうにこれで全部だと思うかい？」

「どういう意味だい？」

「ちょっと明かりを貸してくれ」ギリンガムは懐中電灯をベヴァリーから受けとり、鞄の周囲の地面を照らした。「うん、これで全部だ。やはり、おかしい」鞄を手に立ちあがる。「さてと、これを隠す場所を探そう。それから――」そこでことばを切ったギリンガムは、あとはなにもいわずに木々のあいだを歩きだした。ベヴァリーは黙っておとなしくついていく。

鞄を隠し、木立から出てしまうと、ギリンガムはまたベヴァリーと話す気になったようだ。ポケットから二本の鍵を取りだす。

「ほら、この二本のうち、一本は事務室の鍵だ。もう一本は秘密の通路にある戸棚の鍵だろうな。あそこを通ったときに、あの戸棚のなかを見られればいいのにと思ったものだ」

「ほんとうに戸棚の鍵だと思う?」

「ほかに考えられない」

「でも、なぜその鍵を処分したかったんだろう?」

「どんな役目を果たしたのかはわからないが、あの戸棚にはもう用がないからだ。それに、彼は秘密の通路など存在しないことにしたいんだろうな。できるものなら、秘密の通路そのものを処分したいだろう。いずれにせよ、あの通路はもはや重要ではないし、戸棚を開けても、なにかみつかるとは思えないが、見てみるべきだという気がしてならない」

「マークの死体が入ってるかもしれないと思ってるのかい?」

「いや、いまはもう、そんなことは考えていない。とはいえ、秘密の通路以外のどこにあるというんだい? わたしの推測が大まちがいで、ケイリーはマークを殺さなかった、というのでなければ」

　ベヴァリーは自分の推測を口にしようかどうか迷っていたが、思いきっていってみることにした。「ばかなやつだと思われるかもしれないけど――」

「ビル、わたしはわたし自身をなんてばかなんだと思ってるところなんだ。きみが同類になってくれれば、心づよいよ」

「それならいうけど、最初、ぼくたちは、マークがロバートを殺し、そのマークの逃亡をケイリーが手伝った、と考えたよね。その後、あなたはその仮説は成立しえないと断定したけど、そこに、ぼくたちの知らない、なんらかの手段と理由があって、仮説どおりのことが起こったとすればどうだろう。この事件ぜんたいが、おかしなところだらけなんだ、なにが起こったとしても不思議はないさ」

「まったくそのとおりだ。で？」

「で、鞄のなかの衣類の問題だ。マーク逃亡説に合わないもいいとこじゃないか。茶色のスーツのことは警察も知っている。だけどね、ケイリーがマークに逃亡用の別のスーツを持っていき、それに着替えたら、マークがぬいだ茶色のスーツのほうはケイリーの手元に残るだろう？でもって、それは池に沈めたほうが安全だと考えたとすれば？」

「そうだね」ギリンガムは考えぶかげにうなずいた。「つづけて」

　ベヴァリーは熱をこめて自説を展開した。「それなら、納得できるんだ。マークが誤ってロバートを殺してしまい、ケイリーに助けを求めたという、あなたの最初の仮説にも符合する。

もちろん、助けを求められたケイリーが公正な判断をしていれば、マークに心配するなといっただろう。だけど、ケイリーは公正な判断をしなかった。あの女性を勝ちえるために、マークを排除したかった。なので、これこそ好機だと思ったにちがいない。できるかぎりマークの恐怖を煽《あお》り、助かるには逃げるしかないと思いこませた。当然ながら、マークの逃亡を助けるために、ケイリーはできるかぎりの手を打った。だってさ、マークが捕まったら、ケイリーの企みがすべて明らかになるからね」

「そうだね。でも、下着からなにからすっかり着替えさせたというのは、やりすぎじゃないかい？　そのために、貴重な時間がむだになる」

ベヴァリーははっとした。「ああ、そうか」がっかりした口ぶりだ。

「いやいや、悪くない考えだったよ、ビル」ギリンガムはほほえんだ。「下着まで替えさせたのも説明がつかないわけじゃないけどね。ちょっと無理があるかな。マークはなぜ、茶色のスーツを青いスーツに着替えなくてはならなかったか。いや、青じゃなかったかもしれないが。それはともかく、マークが茶色のスーツを着ていたのを目撃したのは、ケイリーだけだったじゃないか」

「警察の手配書には、マークが茶色のスーツを着ていると書かれている」

「なぜなら、ケイリーがバーチ警部にそういったからだ。いいかい、たとえマークが茶色のスーツ姿で昼食をとり、召使いたちがそれを見たとしても、ケイリーは、昼食後、マークは青いスーツに着替えたといえばいい。昼食後にマークを目撃したのは、ケイリーひとりなのだから。

ケイリーが警部にマークは青いスーツを着ていたといえば、マークはなんの憂いもなく茶色のスーツで逃げられたはずだ。わざわざ着替える必要はない」

「だけど、彼はそうしたんだ」ベヴァリーは勝ち誇ったようにいった。「ああ、ぼくたちはなんて愚かなんだ！」

ギリンガムは驚きの目でベヴァリーをみつめた。

「そうだよ、そうに決まってる！」ベヴァリーはいった。「あたりまえじゃないか！　わからないかい？　ケイリーは嘘をついたんだ。召使いたちが知っているのはまちがいないから、マークは茶色のスーツを着ていたと嘘の証言をした。だけど、警察にマークの衣類を調べられて、茶色のスーツが残っているのがみつかったらまずいと思い、池に沈めたんだ」

意気揚々たるベヴァリーに対し、ギリンガムはなにもいわなかった。それどころか、またベヴァリーがなにかいおうとすると、手を振って制した。「もういいよ。きみのおかげで、考えるべきことが増えてしまった。今夜はもう衣類の件で悩むのはよそう。秘密の通路の戸棚を調べたら、やすむとしよう」

しかし、戸棚からはたいした収穫は得られなかった。古い酒瓶が数本入っているだけで、あとはなにもなかったのだ。

「やれやれ」ベヴァリーは落胆した。

ギリンガムは懐中電灯を手にして床に膝をつき、戸棚のすみずみまで調べた。

「なにを探してるんだい？」ベヴァリーはけげんそうに訊いた。

「ここにはないものを」ギリンガムは立ちあがって、ズボンの膝を払った。そして戸棚の扉を閉めて鍵をかけた。

# 18　推　理

　検死審問は午後三時に始まる。それが終了すれば、ギリンガムが赤い館にとどまる理由はなくなる。午前十時には、ギリンガムは鞄に荷物を詰め、ジョージ亭に移る準備を終えた。いつもより遅く朝食をとったベヴァリーは、ギリンガムの部屋にやってきて、早くも彼がひと仕事やってのけたのを知り、少しばかり驚いた。

「いやに早手回しだな。どうしてだい？」

「べつに。検死審問がすめば、もうこの館にはもどりたくない。急がなくていいから、きみも荷物をまとめたまえ。午前中は暇だからね」

「了解」ベヴァリーは部屋を出ていったが、すぐにもどってきた。「ジョージ亭に泊まるって、ケイリーにいったほうがいいかな？」

「きみはジョージ亭には泊まらない。ロンドンに帰るんだ」

「え？」

「検死審問のあとはまっすぐに駅に向かうから、荷物を駅に運ばせておいてくれと、ケイリーにたのみたまえ。なんなら、堅信礼を受けるために、どうしてもロンドンで主教に会わなくてはならないとでもいうんだね。きみがロンドンに帰ってしまえば、わたしがジョージ亭に移って、中断したひとり旅を再開するというのは、ごく自然な流れだろう？」

「だったら、ぼくは今夜どこで寝ればいいんだい？」

「表向きは、ロンドン主教公邸のフルハムパレスだな。じっさいには、ジョージ亭のわたしの部屋だろう。もしジョージ亭に空き部屋がなければの話だけど。きみの堅信礼のローブ――いや、パジャマやヘアブラシなど、必要な品はわたしの鞄に入れておこう。ほかになにか聞いておきたいことがあるかい？　ない？　それでは部屋に行って荷造りしたまえ。十時半に、落雷で焼けたオークの木の下か、玄関ホールか、どこかで会おう。話したいことが山ほどあるんでね、ぜひともワトスンが必要なんだよ」

「わかった」ベヴァリーは急いで自分の部屋に行った。

三十分後、ギリンガムとベヴァリーは、各自の表向きの予定をケイリーに告げてから庭をそぞろ歩いた。

手ごろな木の下に腰をすえると、ベヴァリーはうながした。「で？　どんどん話してくれ」

「今朝、風呂を使っているときに、すばらしい考えが次々に浮かんできてね。なかでもすばらしいのは、わたしたちはじつに愚かで、この事件の解明をまちがった始点からスタートしてしまったと気づいたことだ」

「うん、それはすごい」

「もちろん、調査のしかたなどなにも知らず、調査をしていることすら誰にも気づかれていないのは、探偵稼業には障害でしかない。証人に反対尋問もできないばかりか、適切な尋問をする権威も手段もない。要するに、素人がやみくもにあちこちをつつきまわっているにすぎない」

「素人にしては、それほど悪くないと思うけど」ベヴァリーは反論した。

「そうだね、素人にしては。だけど、わたしたちが本物の探偵だったら、正しい始点からスタートしたはずだ。正しい始点。つまり、殺されたロバートのほうから。わたしたちはずっと、マークとケイリーのことばかり気にしていた。いまここで、ロバートのことを考えてみよう」

「彼のことはほとんどなにも知らない」

「では、わかっていることを見てみよう。まず第一に、彼が悪党だったのは、なんとなくわかっている。他人の前では口にしたくない身内だ」

「うん」

「次にわかっているのは、彼がマークに会いにくるという、どちらかといえば歓迎しがたい手紙をよこしたことだ。その現物は、いま、わたしのポケットに入っている」

「うん」

「さらにわかっているのは、奇妙な事実だ。マークは一家の鼻つまみ者がやってくると、きみたちに告げた。なぜ、わざわざきみたちにいったのだろう?」

ベヴァリーは考えこんだ。「うーん、そうだなぁ」のろのろという。「マークにしてみれば、ぼくたちはいやでもロバートと顔を合わせることになる、ならば、事前に打ち明けておくほうがいいと思ったんじゃないか」

「だが、きみたちは彼と顔を合わせたかい? きみたちは全員、ゴルフ場に出かけていたじゃないか」

「その夜、彼が泊まることになれば、それこそ、いやでも会ってたよ」

「そうだね。では、わたしたちはある事実を発見した。ロバートがその夜、館に泊まることを、マークは承知していた――いや、こういうほうがいいか――マークはロバートをあっさり追い出すことができないのを知っていた、と」

ベヴァリーは熱心に聞いている。「先をつづけてくれよ。おもしろい」

「マークが承知していたことはほかにもある。ロバートがきみたちに会ったら、すぐさま、本性をむきだしにするだろうということだ。長いことオーストラリア自治領を旅してまわっていた、少しばかり現地の訛りのある兄だという紹介だけでは、みんなに納得してもらえないとわかっていた。顔を合わせれば、きみたちがロバートをろくでなしだと見破るのはわかりきっているから、マークとしては、先に話しておくしかなかったんだ」

「うん、いかにもありそうな話だ」

「では訊くが、マークはそういうことを瞬時に決意したんだろうか？」

「え、どういう意味だい？」

「マークは朝食の席でロバートの手紙を受けとった。そしてその場で読んだ。それからきみたちに身内の恥をさらけだした。つまり、マークが手紙を読み、諸々《もろもろ》のことを考慮して判断するまで、ほんの数秒しかかかっていないということになる。判断したのは、ふたつの可能性。きみたちがゴルフ場から帰ってくる前に、ロバートを追い出せるかどうかという可能性。これはとうてい無理だと判断する。もうひとつは、ロバートが良識ある市民として行儀良くふるまえるかどうかという可能性。これも無理だと判断する。マークは手紙を読みながら、瞬時に、このふたつの判断を下した。頭の働きがよすぎやしないかい？」

「それはなぜか。説明がつくんだろ？」

ギリンガムはパイプに煙草を詰め、火をつけてから答えた。「なぜかという説明か。それはちょっとわきにおいて、先にこの兄弟に目を向けてみよう。ミセス・ノーベリーとからめて」

「ミセス・ノーベリー⁉」ふいにこの名前が出てきて、ベヴァリーは驚いた。

「そうだ。マークはミス・ノーベリーと結婚したいと願っている。もしロバートが一族の汚点なら、マークには二者択一の道しかない。ひとつは、彼の存在をノーベリー家の人々には徹底的に隠す。もうひとつは、どうせいずれわかってしまうことなら、その話がどこからか彼女たちの耳に入らないうちに、マーク自身の口から報せる。で、マークはみずから話すことにした。しかし、不思議なことに、ミセス・ノーベリーが打ち明け話を聞いたのは、ロバートの手紙が届く前日だった。ロバートが赤い館にやってきて殺されたのは、一昨日《おととい》、つまり、火曜日だ。だがマークは、月曜日に、ミセス・ノーベリーにロバートのことを話している。これをどう説明する？」

「偶然だろ」ベヴァリーは慎重に考えたあげくそう断定した。「マークはずっと前から、ミセス・ノーベリーにロバートのことを打ち明けようと考えていた。そして求婚が受け容れられ、ようやく婚約発表の運びとなるところまでこぎつけたので、身内の恥を打ち明けたんだ。それがたまたま月曜日だった。火曜日にロバートの手紙が届いたとき、マークは、前日にミセス・ノーベリーに話をしておいてよかったと胸をなでおろしたんじゃないかな」

「ふむ、そうかもしれないな。だが、あまりにも奇妙な偶然じゃないか。それに、わたしはもうひとつ、おかしなことに気づいた。これもまた、今朝、風呂を使っているときにひらめいたんだ。風呂というのは、霊感が働く場所だね。うん、こういうことだ――マークは月曜日に、車でミドルストンに向かう途中で、ジャランズに立ち寄った」

「うん?」

「うん」

「すまない、トニー、今朝は頭がよく働かないみたいだ」

「車だよ、ビル。ジャランズのどのあたりまで車で近づける?」

「六百ヤードぐらい手前までかな」

「そうだ。なにか用事があってミドルストンに出かける途中で、マークは車を停め、斜面を六百ヤードほど下ってジャランズに行き、〝やあ、どうも、ミセス・ノーベリー、じつはわたしにはロバートという、よからぬ兄がいましてね〟といってから、また六百ヤード、斜面を登っていき、車に乗りこんでミドルストンに向かった。これもありそうな話かい?」

ベヴァリーは眉間にしわを寄せて考えこんだ。「ないとはいえないと思うけど、あなたがなにをいわんとしているのか、どうもわからない。ありそうな話であれ、ありそうもない話であれ、マークがそうしたのは事実だ」

「そう、彼はそうした。わたしがいいたいのは、マークがミセス・ノーベリーにロバートのことをいおうと決めたのには、よほどせっぱつまった理由があったからにちがいないということだ。つまり、その朝、火曜日ではなく月曜日の朝、すでに、マークはロバートが来ることを知っていたからだと思う。だからこそ、なにはさておき、ミセス・ノーベリーに話しておかなければ、という気になったにちがいない」

「でも、だけど――」

「それに、そう考えれば、もうひとつの説明もつくんだ――マークが朝食の席で、みんなにロバートのことを話すと即断したことの。じっさいは即断ではなかったんだ。彼はロバートが来ることを月曜日には知っていた。だから、きみたちに兄のことを話そうと決めるだけの時間があった」

「なら、手紙のことはどう説明するんだい？」

「よし、現物を見てみよう」

ギリンガムは上着のポケットからロバートの手紙を取りだし、ベヴァリーとのあいだの芝生に置いた。

〝マーク、明日、おまえの愛しい兄貴が、はるばるオーストラリアからおまえに会いにいくぞ。こうして前もって報せたからには、おまえも驚くことなく、機嫌よく迎えてくれるだろう。三時ごろにはそちらに着く〟

「いつ、と日にちは書いてないいな」ギリンガムはいった。「明日、と書いてあるだけだ」

「けど、マークは火曜日に受けとったんだぜ」

「そうかい?」

「だって、火曜日にみんなの前で手紙を開けたんだよ」

「ああ、そうだったな。火曜日の朝に、みんなの前で手紙を開けて読んだ」

ベヴァリーはもう一度、文面を読み、紙きれをひっくり返して裏を見た。裏は白紙で、そこからはなにも読みとれない。

「消印は?」ベヴァリーは訊いた。

「あいにく、封筒はない」

「で、あなたは、彼がこれを受けとったのは月曜日だ、と思ってる」

「そうだよ、ビル。どういうわけか、マークは兄が来るのを月曜日には知っていた、とわたしは思っている。いや、ほとんど確信している」

「真相解明の役に立ちそうかい?」

「いや。いっそうむずかしくなった。この事件には、なにか異様なものがひそんでいる。理解しがたいなにかが」ギリンガムはしばらく黙りこんでいたが、やがてまた口を開いた。「検死審問で真相解明に近づけるかどうか、あやしいものだな」

「昨夜のことはどうだい? あなたの意見を知りたくてたまらないよ。ずっと考えていたんだろう?」

「昨夜のことか」ギリンガムはまた黙りこみそうになったが、思いなおした。「そうだな、昨夜のことは少し説明が必要だね」

ベヴァリーはわくわくして、ギリンガムの説明を待った。秘密の通路で、ギリンガムはいったいなにを探そうとして戸棚のすみずみまで調べていたのか、ぜひ知りたい。

「思うに」ギリンガムはゆっくりと話しはじめた。「昨夜知ったことから、マークが殺されたという考えは捨てなければなるまい――ケイリーに殺された、という考えは。死体は処分せずに、手間暇かけて衣服だけを隠すなど、とうてい信じられない所業だからね。衣類なんかより、死体のほうがずっと問題なのに。それを考えれば、ケイリーがどうしても隠したかったのは衣類だ、という考えを受け容れざるをえない」

「だけど、その衣類にしたって、どうして秘密の通路に隠しておいたままじゃいけないんだい？」

「秘密の通路が秘密じゃなくなったからだ。ミス・ノリスが知っているからね」

「それなら、自分の部屋に隠しておけばいい。そうだ、マークの部屋だっていいじゃないか。ぼくにしろ、あなたにしろ、誰だって、彼はそっくり同じ茶色のスーツを二着持ってるんだなと思うだけだ。ぼくなら、きっとそう思う」

「そうだろうね。だがそれで、ケイリーが安心できるかどうか、疑問だね。茶色のスーツには秘密がある。したがって、それは隠さなければならない。なにかを隠したいなら、人目につくところにかぎる――これは理にかなった論法だが、じっさいには、そんな危険をおかす度胸のある者は少ないんじゃないか」

ベヴァリーは落胆した。「やれやれ、また振り出しにもどってしまった」不満そうな口ぶりだ。「マークは兄を殺し、ケイリーはマークを秘密の通路から逃がしてやった。マークに妥協したのか、あるいは、それしか方法がなかったからか。そして、ケイリーは茶色のスーツのことで嘘をついて、マークを助けてやった」

ギリンガムはいかにも楽しそうにほほえんだ。「惜しいなあ、ビル」思いやりのこもった口ぶりだ。「つまるところ、殺人は一件しか起こっていない。すまないね。わたしがよけいなことをいったせいで――」

「ばかなことをいうんじゃないよ。ぼくがそんなことをいうつもりじゃなかったのは、わかってるだろ」

「そうだが、きみがひどく落胆しているようなので」

ベヴァリーはしばらく黙りこんでいたが、いきなり笑いだした。「昨日はすごく興奮したなあ」弁解がましく白状する。「池であんなものをみつけ、これで事件は解決かと思ったら、またもや――」

「またもや?」

「ごくありきたりのありふれた話になった」

今度はギリンガムが笑い声をあげた。「ごくありきたり? ありふれた話? これは驚いた。なにかひとつでも平凡なことがあれば、わたしたちにもなんとかできるのに、じっさいには、異様なことばかりだ」

これを聞いて、ベヴァリーの顔がまた明るくなった。「異様だって？　どこが？」

「なにもかも。そうだな、昨夜みつけた衣類。茶色のスーツのことはなんとか説明がつくにしても、下着に関してはどうだい？　どうにもばかばかしい説明しかできない。たとえば、マークはオーストラリアから来た客に会うときは、いつも下着からなにからそっくり着替えるとか。それならそれでかまわないけどね、ワトスン、だったらなぜ、カラーは替えなかったんだい？」

「カラー？」ベヴァリーは目を丸くした。

「そう、カラーだよ、ワトスン」

「わからない」

「これこそ、ごくありきたりの話題じゃないか」ギリンガムはまぜっかえした。

「どうもついていけないな。すまない、トニー。カラーのことを教えてくれ」

「簡単な話さ。池から引きあげた鞄には、カラーが入っていなかった。スーツの上下、シャツ、靴下、ネクタイ。そういうものはそろっていたが、カラーはなかった。なぜだ？」

「秘密の通路の戸棚で捜してたのは、それかい？」

「そのとおり。なぜカラーがないのか？　なんらかの理由があって、ケイリーはマークの衣類を隠さなければならなかった。スーツだけではなく、事件当時に彼が着用していた、あるいは着用していたと思われる、すべての衣類を。だが、カラーは別だ。なぜ？　うっかり忘れてしまった？　そうかもしれないと思い、戸棚を調べたんだよ。だが、戸棚にもカラーはなかった。ケイリーはあえてカラーは隠すに及ばずと考えたのだろうか？　もしそうなら、それはなぜか？　そして、カラーはいまどこにあるのか？　わたしは自問したよ――最近、どこかでカラーを見たんじゃないか？　カラーだけを？　そして、思い出した。なにを思い出したんだろうね、ビル？」

ベヴァリーは眉間にしわを寄せて考えこんだあげく、くびを横に振った。「ぼくに訊くなよ、トニー。あれ、いや、ちょっと待って。そうか！」なにかひらめいたようだ。「事務室の隣の小部屋。あそこにあった洗濯物入れの籠のなかだ！」

「でかした！」

「だけど、あれが問題のカラーなのかい？」

「ほかの衣類同様、事件当時、マークが身につけていたカラーなのか？　それはわからない。もしかすると、そのカラーはほかのどこかにあるのかもしれない。だけど、マークだかケイリーだかは、カラーだけを通常どおり無造作に洗濯物入れに放りこんでおきながら、残りの衣類は苦労して隠したのかい？　なぜだ、なぜだ、なぜだ？」

ベヴァリーはパイプの吸い口をきつく嚙んで考えたが、いうべきことはなにも思い浮かばなかった。

「とにかく」ギリンガムはすっと立ちあがった。「ひとつだけ確信できることがある――マークは月曜日にはすでに、ロバートが来ることを承知していた、と」

# 19　検死審問

検死官は事件当日の午後、警察が捜査をした恐るべき悲劇について、ことば少なにありきたりの文言を述べてから、陪審員たちに、これから開始する審問進行の手続きを説明した。

死体が、赤い館の当主であるマーク・アブレットの兄、ロバート・アブレットであるという身元確認。つづいて、証人喚問により、以下のことが証言される予定。被害者ロバートは、成人してからの人生の大半をオーストラリアですごした〝ろくでなし〟であり、脅迫といってもいい手紙をよこして、事件当日の午後に弟を訪ねると告げたこと。赤い館を訪れた被害者が悲劇の現場――館では〝事務室〟と呼ばれている部屋――に通されたこと。その部屋でなにが起こったか、陪審員諸氏は証人たちの証言を聞いて、各自で判断しなければならない。しかし、なにが起こったにしろ、それはほぼ瞬時に起こった。マーク・アブレットが事務室に入って三分もたたないうちに一発の銃声が響き、さらに――おそらくは五分後に――事務室のフレンチウィンドウが破られて、床に倒れているロバート・アブレットが発見された。マーク・アブレットに関しては、事務室に入るところを目撃されたのを最後に、その姿を見た者は誰もいない。ただし彼は、多額の金を所持していたため、どこにでも行けた。じっさいに、スタントン駅のホームで、三時五十五分発のロンドン行きの汽車を待っているマークの姿を見たという、ある男の証言がある。しかし、陪審員諸氏に注意しておくが、そういう目撃証言はえてして信頼できない場合が多い。失踪した人物が同時刻に十箇所以上の異なる場所で目撃された、というケースが多いからだ。どちらにしても、いま現在、マーク・アブレットが消息不明であることに疑いの余地はない。

「検死官は信頼できる人物のようだ」ギリンガムは小声でベヴァリーにいった。「多くを語らず、よけいなことをいわない」

ギリンガムは証言から新たな事実を得られるとは期待していなかった。彼はもうすでに、いくつもの事実を知っている——が、捜査の過程で、バーチ警部が事件の新しい側面を見いだしたかもしれない。もしそうなら、検死官の喚問において、それが開示されるだろう。というのも、検死官は証人たちから重要な事実を引きだせるように、警察から捜査状況を詳細に聞いているはずだからだ。まず最初にベヴァリーが、そのきびしい試練を受けた。

「さて、ミスター・ベヴァリー、その手紙に関してですが」主要な証言が終わると、検死官は突っこんだ質問に移った。「証人はその手紙を見ましたか?」

「内容は読んでいません。裏面を見ただけです。マークはわたしたちにお兄さんのことを話すときに、手紙を目の前に掲げていました」

「では、なにが書かれていたのかは、ごぞんじない?」

ベヴァリーはぎくりとした。つい先ほど、現物の手紙を読んだばかりだったからだ。したがって、内容は承知している。しかし、それを認めるわけにはいかない。やむなく偽証しようと肚《はら》を決めた、ちょうどそのとき、運よく、思い出した——ケイリーが手紙の内容を警部に語ったとき、ギリンガムが同席していたことを。

「あとで知りました。ひとに教えてもらったんです。ただし、マークは朝食の席で手紙を読みあげたりはしませんでしたよ」

「それなのに、それが歓迎されざる手紙だということは推測できた？」

「ええ、はい」

「手紙を読んだマークは、怯えていましたか？」

「いいえ。苦々しげなようすでした。やむをえないとあきらめたような。ああ、また試練か、というような」

傍聴席のあちこちで忍び笑いが起こった。検死官も微笑したが、すぐに謹厳な表情にもどった。「ありがとうございました、ミスター・ベヴァリー」

次の証人に、アンドリュー・エイモスという名が呼ばれた。

これはいったい誰だろうと、ギリンガムは興味をもって証人席をみつめた。

「門のそばのコテージに住んでいる門番だよ」ベヴァリーはギリンガムに耳打ちした。

エイモスは、午後三時少し前に、見知らぬ男がコテージのそばを通りかかったので、その男と話したという。そして、死体を見て、そのときの男だったと証言した。

「彼はなんといったんだね？」

「ここは赤い館にまちがいないかって。ま、そんなようなことをいいやしたよ」

「で、証人はなんと答えた?」

「〝赤い館にまちがいありやせん。どなたさんにご用で?〟と訊きやした。なにせ、見るからに荒っぽそうなやつで、お館にどんな用があるのか、さっぱり見当がつかなかったんでさ」

「それで?」

「それで、〝ミスター・マーク・アブレットはいるかい?〟と訊かれたんでさあ。男がいったとおりではありやせんが、そんときはそんなことに気をつけちゃおりやせんでしたんで。で、あたしはこんなふうに男の前に立ちふさがって、〝いったいなんの用だ?〟と訊いたんでさ。すると、やつはくすくす笑いながら〝おれは愛する弟に会いたいんだよ〟と、そういうじゃありやせんか。まじまじと男の顔をみつめたところ、そういや、だんなさまのお兄さんかもしれねえと思いやして。なので、〝ドライブウェイに沿って進みなされば、館に着きやす。だんなさまがいらっしゃるかどうか、あたしにはわからねえ〟とだけいいやした。男はいやみったらしい笑い声をあげて、〝ミスター・マーク・アブレットはずいぶんいいとこに住んでるなあ。たんまりお銭《あし》を使ったんだろうな、ん?〟なんていいやして。紳士ならそんなことはいわねえもんです。なんで、あたしは思わず、もいっぺん、男の顔をまじまじとみつめてしまいやしたよ。これがだんなさまのお兄さんかい——なんて考えてるうちに、男は笑いながらさっさと行っちまいやして。あたしが話せるのはそれだけでさ」

アンドリュー・エイモスが証人席をおりて、傍聴席のうしろのほうに引っこむまで、ギリンガムは彼から目を離さなかった。そして、審問が終わるまでエイモスがここに残るのはまちがいないと見てとった。

「エイモスがいま話している相手は誰だい？」ギリンガムはベヴァリーに小声で訊いた。

「パースンズ。園丁のひとりだよ。スタントン街道のすぐそば、スタントン寄りにあるコテージに住んでる。今日は使用人たちがみんな来てるな。臨時の休日みたいなものなんだろうね」

パースンズとやらも証言をするんだろうか、とギリンガムは思った。そのとおり、彼はエイモスの次の証人だった。事件当日、彼は館の前庭の芝生の手入れをしていて、ロバート・アブレットが館に近づいてくるのを見ていた。銃声は聞かなかった――気づきもしなかった。少し耳が遠いのだ。そして、ロバートが館に入ってから五分ぐらいあとに、紳士がやってきたのを見た。

「その紳士は、いま、ここにいるかね？」

検死官に訊かれ、パースンズはのろのろと室内を見まわした。ギリンガムはその目をとらえて、微笑した。

「あのひとでさ」パースンズはギリンガムを指さした。

すべての人々の目がギリンガムに向けられた。

「五分ぐらいあとだったんだね？」

「へえ、そんなもんです」

「その紳士が来る前に、館から誰か出てこなかったかね？」

「いんや、誰も。誰ひとり見てやせん」

パースンズのあとは、客間《パーラー》メイドのオードリー・スティーヴンズが証人席についた。事件当日、バーチ警部に述べたのとまったく同じ証言をくりかえすだけで、新しい事実はひとつももたらされなかった。次はハウスメイドのエルシー・ウッドだ。新聞記者たちは、彼女が立ち聞きした話の内容を走り書きし、括弧つきで、〈その日の午後初めて傍聴席がどよめいた〉とつけくわえた。

「その会話を聞いてからどのぐらいあとに、銃声がしたんだね？」検死官はエルシーに訊いた。

「ほとんどすぐあとでした」

「一分ぐらいあと？」

「それはわかりません。でも、ほんと、すぐあとでした」

「そのとき、あんたはまだ廊下にいた？」

「いいえぇ。そんときはもう、ミセス・スティーヴンズの部屋のすぐ前にいました。あ、ミセス・スティーヴンズというのはお館の家政婦さんです」

「銃声が聞こえたあと、廊下をもどって、なにが起こったか見てみようとは思わなかった？」

「まさかぁ。すぐに家政婦室にとびこみました。したら、ミセス・スティーヴンズがすごく恐ろしそうに、〝いまのはなんだったんだろ？〟といって。だもんであたしは〝お館のなかでしたよね、ミセス・スティーヴンズ〟っていったんです。爆弾が破裂したみたいな音でした」

「ありがとう」検死官はエルシーをさがらせた。

ケイリーが証人席につくと、また傍聴席がざわついた。今度は〈どよめいた〉わけではなく、興奮が高まったざわめきで、ギリンガムには同情と好奇心がないまぜになっているように思えた。いよいよ悲劇の始終が聞けるのだ。

ケイリーは慎重に、感情を抑えて証言した——決して焦らず、真実と同じように嘘を語った。ギリンガムはケイリーのなにがこうもひとを魅きつけるのだろうと思いながら、彼をみつめた。ケイリーが嘘をついていることを、マークのためにではなく彼自身のために嘘をついていることを、ギリンガムは知っている（そう信じている）が、それでもなお、ケイリーに好意めいた気持を寄せてしまう。

「マークは拳銃を持っていましたか？」検死官は尋ねた。

「わたしの知るかぎりでは、持っていませんでした。持っていたら、必ず気づいたはずです」

「事件当日の午前中、あなたはずっとマークといっしょだったんですね。ロバートが来ることについて、マークはなにかいっていましたか？」

「べつに、なにも。わたしは自分の部屋を出たり入ったりして仕事をしていました。昼食はいっしょにとりましたが、彼はロバートのことはほんの少し口にしただけです」

「どういうふうに？」

「ええ、その」ケイリーはためらったが、話をつづけた。「〝不機嫌に〟という表現しか思いつきません。ときどき思い出したように、〝なんの用だと思う？〟とか、〝どうしていまいるところにじっとしていられないんだろう？〟とか、〝あの手紙の書きようが気に入らない。なにか厄介事を起こすつもりなんだろうか？〟などと、そんなことをぶつぶついってました」

「兄上が英国にもどってきたことに驚いていた？」

「以前から、彼がいつかもどってくるのではないかと、懸念していたように思います」

「ふうむ……で、証人は、事務室でのご兄弟のやりとりは聞いていない？」

「はい。マークが事務室に入ったあと、わたしは用があって図書室に行き、そこにいましたから」

「図書室のドアは開けておいた？」

「ええ、細目に」

「先ほどの証人、ハウスメイドのエルシーの姿を見たか、足音を聞いたかしましたか？」

「いいえ」

「証人が図書室にいたあいだに、誰かが事務室から出てくれば、そうとわかりましたか？」

「そう思います。その誰かが、故意に音をたてないようにしないかぎりは」

「マーク・アブレットはかっとなりやすい人物ですか？」

ケイリーはじっくりと考えてから答えた。「ええ、かっとなりやすいほうですね」

「スポーツは得意ですか？　活動的で機敏？」

「活動的で機敏――そのとおりです。格別に頑健というわけではありませんが」

「ふうむ……では、あとひとつだけ。マークはつねに、かなり多額の金を身につけているんですか？」

「はい。だいたいいつも、百ポンドの小切手と十ポンドか二十ポンドの現金を所持しています」

「ありがとうございました、ミスター・ケイリー」

ケイリーは足どりも重く傍聴席にもどった。そんなケイリーを見守りながら、ギリンガムは、どうもわからん、なぜ自分は彼に好意をもっているのだろう、と我ながら不思議に思った。

「ミスター・アントニー・ギリンガム、証人席へ！」

またもや傍聴人たちの好奇心が高まった。この見知らぬ男はどこの誰で、この事件にどのような関わりをもっているのだろう？

ギリンガムはベヴァリーに軽くほほえむと、証人席に向かった。証人席についたギリンガムは、ウッダム駅で途中下車してジョージ亭に泊まることにしたこと、近くに赤い館があると知ったこと、館に滞在している、友人のベヴァリーに会おうと館まで歩いていったこと、館に着いたのは、悲劇が起こった直後だったことを証言した。ドライブウェイを歩いているときに銃声を聞いたのはまちがいないが、そのときはたいして重大なことだとは思わなかった。ウッダム村のほうから館に行ったので、自分よりも数分前に館に到着したという、ロバート・アブレットなる人物に出会うことはなかった。そのあとのギリンガムの証言は、ケイリーの証言と一致した。

「あなたと先の証人とは、いっしょに事務室のフレンチウィンドウまで行き、死体を発見したんですね？」

「はい」

「あなたがたふたりは、フレンチウィンドウを押し破って部屋のなかに入り、死体のそばまで行った。もちろん、それが誰の死体か、あなたは知らなかった?」

「はい」

「ミスター・ケイリーはなにかいいましたか?」

「彼はうつぶせていた死体を横向きにして顔を見ると、〝ありがたい〟といいました」

記者たちは〈ふたたび傍聴席がどよめいた〉と書きとめた。

「それを聞いた証人は、そのことばの意味がわかりましたか?」

「わたしが亡くなっているのは誰かと訊くと、彼はロバート・アブレットだと答えました。そしてさらに、最初は、いっしょに住んでいる従兄《いとこ》のマークだと思ったといいました」

「ふむ。彼は動転していた?」

「最初は、はなはだしく。マークではないとわかってからは、少しおちつきました」

満員の傍聴席のうしろのほうにすわっている男が、緊張感に耐えかねたのか、ふいにくすくす笑った。検死官は眼鏡をかけて、くすくす笑いが起こったあたりをぎろりとにらんだ。男はあわててうつむき、ブーツの靴紐を結びなおしはじめた。検死官は眼鏡をはずし、喚問をつづけた。

「証人がドライブウェイを歩いているさいに、館の玄関から出てきた者はいましたか?」

「いいえ」

「ありがとうございました、ミスター・ギリンガム」

次の証人はバーチ警部だった。警部は今日という日が自分にとっての正念場であり、世間の目が集中していることを充分に意識していた。そこで、警察が作成した館の平面図を提示して、間取りの説明をおこない、そのあと、平面図を陪審員たちに渡した。

バーチ警部は検死官の喚問に答えて（つまり世間に対して）、自分たち警察は事件当日午後四時四十二分に赤い館に到着し、即刻捜査に着手したと告げてから、捜査の経緯をくわしく話しはじめた。

まず、ミスター・マシュー・ケイリーから事件の概要を聞いてから、犯罪現場を捜査。フレンチウィンドウは外からの力を受けて破損していた。表廊下に面したドアは施錠されていた。徹底的に事務室を捜索したが、ドアの鍵はどこにもなかった。事務室に隣接する小部屋では、窓がひとつ、開けっぱなしになっていた。その窓は低い位置に設置されているため、窓敷居を踏むことなく、らくらくと跨ぎこして外に出られる。窓から数ヤード離れたところには、灌木《かんぼく》の茂みがある。窓の下やその周辺には新しくつけられた足跡はなかった。このところ、しばらく雨が降っていないため、地面は固く乾いている。しかしながら、つい最近折れたとおぼしい灌木の枝が数本、地面に散らばっているのを発見した。ほかにも、何者かがむりやりに茂みを押し通った痕跡がみつかった。館の敷地の手入れに関わっている園丁たち全員に尋問したが、最近、件《くだん》の茂みを通った者はひとりもいなかった。何者かは、茂みを押し通ることによって、館のなかを通らずにまんまと館を出て、館からは死角になる庭の端を通り、スタントンに向かったと考えられる。

死体の身元についても、聞き取りをおこなった。故人は十五年ほど前に、英国で金銭上の問題を起こしてオーストラリアに渡航した。故人とその弟の出身地である村では、故人をよくいう者はいない。兄弟はもともと仲が悪く、弟のマークが裕福になったことが、さらなる不和の種となった。ロバートがオーストラリアに渡航したのは、マークが裕福になった、ほぼ直後のことだった。

スタントン駅でも聞き込みをおこなった。事件当日は、スタントンで市《いち》の立つ日だったため、いつもとはくらべものにならないほど駅はごったがえしていた。したがって、汽車から降り立ったロバート・アブレットに、特に目を留めた者はいなかった。ロバートがロンドンから乗ってきた午後二時十分着の汽車には、ほかにも大勢の乗客がいたからだ。しかしながら、そのあと、午後三時五十三分に、スタントン駅のホームで、マーク・アブレットによく似た男を見かけたという者がみつかった。その目撃者によると、マークによく似た男は三時五十五分発のロンドン行きの汽車に乗ったという。

ところで、赤い館の敷地には池がある。部下を動員して、この池を浚《さら》ったが、成果は得られず……。

ギリンガムはバーチ警部の証言を注意深く聞きながら、その間《かん》もずっと、自分自身の思考を追っていた。検死をした医師の医学的所見からは、なにも得るところはなかった。ギリンガムは自分が真相に近いところにいると思っている。いまここで、脳がほしがっているささやかなヒントを得られれば、さらに真相に迫れるだろう。バーチ警部はこの事件をよくある犯罪だとして、決まりきった捜査しかしていない。しかし、どう見ても、これはよくある犯罪とはいえない。どこか異様だ。

証人席にジョン・ボーデンがすわった。火曜日の午後三時五十五分発の汽車に乗る友人を見送りに行ったところ、ホームで汽車を待っている人々のなかに、上着の襟を立て、顎を深々とスカーフに埋めている男がいることに気づいた。こんな暑い日にいったいどうして、とけげんに思ったのだ。その男は穿鑿《せんさく》がましい目を避けるようなそぶりを見せた。汽車が到着すると、男は急いで客室にとびこんだ……等々。

ギリンガムは内心で思った——どんな事件にも必ず、ジョン・ボーデンがひとりはいるものだ、と。

「証人はマーク・アブレットと面識がありますか？」

「一度か二度、見かけたことがあります」

「その男は彼でしたか？」

「顔をよく見たわけじゃありません。上着の襟を立ててたし、顔の半分ぐらいはスカーフで隠れてたし。けど、お館での不幸な出来事や、ミスター・アブレットが行方不明だという話を聞いたんで、女房にいったんです。〝おれが駅で見た男はミスター・アブレットだったんじゃねえかな？〟って。で、女房と相談して、バーチ警部に話すべきだと思ったんです。その男の背格好も、ミスター・アブレットと同じぐらいでしたし」

ギリンガムはさらに考える……。

すべての証人喚問を終えると、検死官は陪審員たちに向けて、証言や証拠の要約説明をおこなった。

陪審員諸氏には、すべての証言を聞いたいま、件の部屋で兄弟のあいだになにが起こったか、判断していただかなくてはならない。故人の死因は？　死因の特定は、ロバート・アブレットは頭に銃弾を受けて死亡したという、医学的証言で明らかである。では、撃ったのは誰か？　ロバート・アブレット自身が自分の頭を撃ったのならば、自殺という評決が出て然るべきだが、使用された銃はどこにあるのか？　また、マーク・アブレットはどこにいるのか？　自殺の可能性は低いというなら、あとに残る可能性は？

通常、病死以外の変死体の死因の正当な可能性としては、事故、自殺、そして殺人の三つが考えられる。自殺ではないとすれば、故人は偶発的な事故で死んだのか？　その可能性はあるが、ではなぜマーク・アブレットは行方をくらましたのか。マーク・アブレットが犯罪現場から逃亡したという証拠は歴然としている。彼の従弟《いとこ》はマーク・アブレットが事務室に入るのを目撃しているし、ハウスメイドのエルシー・ウッドは事務室のなかで兄弟が口論しているのを聞いている。事務室のドアは内側から鍵がかけられ、隣室の開いていた窓の外の茂みには、ごく最近、誰かがそこをむりやりに押し通った跡が残っている。それがマークではないのなら、いったい誰なのか？

マーク・アブレットが兄の死に関与して逃亡したのかどうか、よくよく考えていただきたい。ときとして、無実の人間が動転のあまり正気を失うことがある。もしマーク・アブレットが兄を撃ったのなら、そうするだけの正当な理由があったことを証明するのは可能だし、事故死した兄を放置して逃げただけなら、法の手が及ぶことを危惧する必要などなかったのだ。

検死官は陪審員たちに、この検死審問での評決が最終審判ではないことを強く念押しした。この検死審問でマーク・アブレットが殺人で有罪だという評決が出ても、のちに彼が逮捕されて起訴されても、その裁判に、検死審問での評決がなんらかの影響を与えることはないと嚙んで含めるように説明した。そして陪審員たちに各自の判断に基づき、評決を下すことを求めた。

陪審員たちは各自で判断し、評決を下した。

故人は銃弾を受けたことによって死亡し、その銃弾は故人の弟であるマーク・アブレットによって放たれたものである。

ベヴァリーは隣のギリンガムのほうを向いた。が、ギリンガムはいない。傍聴席のうしろのほうを見ると、エイモスとパースンズがいっしょに外に出ていくところだった。そのふたりにはさまれているのは、ギリンガムだった。

## 20　ベヴァリー、機転を利かす

検死審問はスタントンの宿屋《イン》、仔羊亭《こひつじ》で開かれた。ロバート・アブレットは、明日、スタントンの墓地に埋葬されることになっている。ベヴァリーは、仔羊亭の表で、どこかに行ってしまったギリンガムがもどってくるのを待っていた。だが、ここにいては、じきに外に出てきて車に乗ろうとするケイリーと顔を合わせる羽目になると思うと、少しばかり億劫な気がして、裏に回った。紙巻き煙草に火をつける。厩舎《きゅうしゃ》の壁に古いポスターが貼ってあるが、風雨に傷めつけられて、あちこち破れている。ポスターには〈演劇大公演〉と謳《うた》ってあり、日づけは〝十二月、水曜日〟となっている。芝居の出演者の名前が記してある箇所はわりに残っていて、おしゃべりな郵便配達夫ジョーの配役に〝ウィリアム・B〟とあるのを見ると、思わずにっこりした。ベヴァリーは作者の意図したごとくぺらぺらとまくしたてるどころか、セリフをすっかり忘れてしまったのだが、それがまた大いに受けた。しかし、赤い館で二度とその楽しみを味わうことはないのだと気づくと、笑みも引っこんでしまった。

「待たせてすまない」ベヴァリーの背後からギリンガムの声がした。「エイモスとパースンズにぜひ一杯と誘われてね」

ギリンガムはベヴァリーの曲げた腕にするりと手をすべりこませ、愉快そうに笑いかけた。

「なんだってあのふたりにご執心なんだい？」ベヴァリーは少しばかり恨みがましい口調で訊いた。「いったいどこに行ってしまったのかと思ってたんだぜ」

ギリンガムはなにもいわずにポスターを眺めた。「この芝居、いつやったんだね？」

「え？」

ギリンガムは手を振って、破れたポスターを示した。

「ああ、それかい？　去年のクリスマスだ。思ったより楽しかったよ」

ギリンガムは笑った。「うまくやれた？」

「さんざんだった。ぼくは俳優にはなれないね」

「マークはどうだった？」

「ああ、かなりのものだったよ。彼は芝居が好きだから」

「ヘンリー・スタッターズ牧師。配役はマシュー・ケイリー」ギリンガムは読みあげた。「これはあのケイリーかい？」

「そう」

「どうだった？」

「うーん、ぼくが予想していたよりはうまかった。ケイリーはまったく乗り気じゃなかったんだが、マークがぜひにといってね」

「ミス・ノリスは出演しなかったようだね」

「トニー、彼女は本職の女優だよ。こんな素人芝居には出やしないさ」

ギリンガムはまた笑った。「で、公演は成功したのかい？」

「そりゃあ、もう！」

「わたしはばかだ。どうしようもないばかだ」ついいましがたまで笑っていたギリンガムは、一転して苦々しい口調でいった。「どうしようもないばかだ」もう一度そういうと、ベヴァリーをポスターの前から引き離して歩きだし、仔羊亭の裏庭から道路に出た。「どうしようもないばかだ。いまだって――」そこでことばを切り、ふいにベヴァリーに質問した。「マークは歯が悪かったんじゃないかい？」

「うん、歯医者通いをしていたよ。だけど、それがなんだというんだい？」

ギリンガムは笑い声をあげた。「やっぱり！」くすくす笑いが止まらない。「どうしてきみがそれを知っているのかね？」

「同じ歯医者にかかっているからさ。マークが勧めてくれたんだ。ロンドンのウィンポール・ストリートのカートライト歯科医」

「ウィンポール・ストリートのカートライト歯科医」ギリンガムはくりかえした。なにやら考えこんでいる。「うん、憶えたぞ。ウィンポール・ストリートのカートライト歯科医。ちなみに、ケイリーもそこの患者かい？」

「うーん、どうだっけ。ああ、そうだ、彼もそうだよ。だけど、それがなんだというんだい？」

「マークの健康状態はどうだった？　しょっちゅう医者にかかっていた？」

「めったにかからなかったと思う。朝食の席で、潑剌《はつらつ》として陽気なようすを見せたかったからか、毎朝、早く起きて体操をしていたな。その体操のおかげかどうかはわからないが、健康だったよ。トニー、たのむから——」

ギリンガムは片手をあげてベヴァリーを制した。「もうひとつだけ訊きたい。マークは水泳が好きだった?」

「いいや。大嫌いだった。泳げなかったんじゃないかな。ねえ、トニー、あなた、頭がおかしくなったのかい? それとも、おかしいのはぼくのほう? これは新しいゲームかなんかなの?」

ギリンガムはベヴァリーの腕をぎゅっとつかんだ。「ビル、そうなんだよ。これはゲームなんだ。しかも、なんというゲームだ! ウィンポール・ストリートのカートライト歯科医がヒントなんだ」

ふたりはウッダム村に向かう道路を半マイルほど、黙りこくったまま歩いた。ベヴァリーは二、三度、ギリンガムに話しかけたが、ギリンガムは気もそぞろに、唸《うな》るような声をもらしただけだった。ベヴァリーがもう一度話しかけようとした矢先、ギリンガムはいきなり立ちどまり、訴えるような目でベヴァリーを見た。

「きみにたのみごとをしてもいいだろうか?」不安そうなまなざしだ。

「どういうたのみだい?」

「とても重要なことなんだ。どうしても知りたいことがあるんだよ」

ベヴァリーはがぜんはりきった。「真相が見えてきたのかい?」

ギリンガムはうなずいた。「少なくとも、真相のごく近くまでたどりついたみたいだ、ビル。それで、あとひとつ、どうしても知りたいことがある。すまないが、きみだけスタントンにもどってほしい。スタントンからそれほど遠くまで来たわけじゃないから、あんまり時間はかからないだろう。たのめるかい？」

「親愛なるホームズ、なんなりと命じてくれたまえ」

ギリンガムはにっこり笑うと、黙って考えこんでから、こう訊いた。「スタントン駅の近くに、宿屋《イン》があるかい？」

「鋤《すき》と馬亭があるよ。駅に向かう道の角のところに。そこでいいのかい？」

「うん、そこでいい。そのインで、一杯飲《や》ってくれるかな？」

「喜んで！」ベヴァリーはにんまりと笑った。

「よかった。鋤と馬亭で一杯飲って、いや、なんなら二杯でもいいが、とにかくビールでも飲みながら、亭主とおしゃべりをしてほしい。うん、亭主じゃなくて使用人でもいいよ。で、月曜日にそのインに宿泊客がいたかどうか、聞きだしてもらいたいんだ」

「ロバートかい？」ベヴァリーの口調に熱がこもる。

「ロバートとはいってない」ギリンガムはほほえんだ。「月曜日の夜、そのインに泊まった客がいたかどうか、それを知りたいんだ。宿泊客がいたかどうか。もしいたのなら、できるだけくわしく、その客のことを聞きだしてほしい。ただし、亭主なり使用人なりに、どうしてその客に関心があるのか、不審に思われないようにして——」

「お任せあれ」ベヴァリーはギリンガムの注意をさえぎった。「いいたいことはわかるよ」

「ロバートだと決めつけないように。いや、誰にしろ、先入観をもたせないようにしてほしい。インの亭主か使用人に語らせるんだ。きみのほうからその客の背が高いとか低いとか、そんなことをほのめかして答を誘導してはいけない。相手に話してもらうこと。相手が亭主なら、一、二杯、おごるのもいいね」

「おおせのとおりに」ベヴァリーは自信たっぷりに請け負った。「どこで会おう？」

「ジョージ亭だな。わたしより先に着いたら、八時に夕食をたのんでおいてくれ。わたしよりあとに来ても、どのみち、夕食は八時だよ」

「じゃあ、あとで」ベヴァリーはギリンガムにうなずくと、すたすたとスタントンにもどっていった。

ギリンガムはほほえみながら、意気ごんで歩いていくベヴァリーを見送った。そして、なにかを探すように、ゆっくりと視線を巡らせた。と、探していたものがぱっと視界にとびこんできた。道路の二十ヤードほど先が二股になっていて、左に曲がりくねった小道がのびている。その小道を少しいった右手に、腰の高さほどの低いゲートがある。ギリンガムはそのゲートに向かった。歩きながらパイプに煙草を詰める。煙草に火をつけると、ゲートに腰かけ、両手で頭を抱えた。「それでは」自分にいって聞かせる。「もう一度、最初から考えてみよう」

ベヴァリーがジョージ亭にやってきたのは、あと少しで午後八時という時刻だった。有能な探偵が埃だらけで、疲れきってジョージ亭に到着すると、正面ドアの前に、ギリンガムが帽子もかぶらず、涼しげなさっぱりしたようすで待っていた。

「夕食はできているかい?」開口一番、ベヴァリーは訊いた。

「できているよ」

「なら、顔を洗ってくる。うーん、くたくただ」

「面倒なことをたのんで悪かったね」ギリンガムはすまなそうにいった。

「なんのなんの。すぐにもどるよ」階段を半分ほど昇ったところで、ベヴァリーはギリンガムに訊いた。「あなたといっしょの部屋かい?」

「そうだ。どの部屋かわかるかい?」

「だいじょうぶ。肉を切りわけててくれ。それと、ビールをしこたま注文してくれよね」ベヴァリーは階段を昇りきって、廊下を曲がった。

ギリンガムはゆっくりと、宿の階下《した》のパブに入った。

うるさくせっつく腹の虫を少しばかりなだめてやると、口いっぱいに料理を頬ばる合間に話をする余裕ができて、ベヴァリーは冒険の顚末を語りはじめた。

鋤と馬亭の亭主はあつかいにくい男だった。じつにまさにとっつきにくく、最初は聞きたいことを口にする機会すらなかった。そこで、ベヴァリーは一計を案じた。いかに機転を利かせたか、とくとごろうじろ。

「亭主は検死審問のことばかりしゃべってた。おかしな事件だとかね。以前に一度だけ、女房の身内が審問に呼ばれたことがあるといってたけど、なんだかそれを自慢しているみたいだったな。ぼくが何度も〝どうだい、繁盛してるかい？〟と訊いても、亭主は〝まあまあ〟としかいわず、また〝スーザン〟の話をむしかえすんだ。スーザンというのは、検死審問に呼ばれた、女房の身内らしい。検死審問をまるで疫病扱いしてね。で、またぼくが商売は繁盛してるかと訊くと、〝閑散期でね、まあまあでさ〟の一点張り。亭主にもう一杯勧めるころになっても、本題にはいるどころか近づきもしていないありさまだ。だが、ついに亭主を攻略できたよ。ジョン・ボーデンを知ってるかと訊いたんだ。ほら、スタントン駅でマークを見たと証言した男だよ。亭主はボーデンのことをよく知っていた。ボーデンの女房の親戚一同の話やら、そのひとりが生まれてから死ぬまでの話やら――あ、ビールはあなたのを注いでからでいいよ、やあ、ありがとう――をたっぷり聞かされたあとで、ぼくは注意深く切りだしたんだ。一度しか顔を見たことがないのに、あとでその顔を思い出して、同じ人物だと認めるのはむずかしいんじゃないかっていうと、亭主が〝まあまあ、むずかしい〟とうなずいたんで――」

「その先のやりとりを、三つばかり推測させてくれないか」ギリンガムは口をはさんだ。「まずひとつ。きみはインに来た泊まり客を全員憶えているかどうか、亭主に訊いた」

「当たり。さえてるだろ？」

「すごいよ。で、知りたかった返事はどうだった？」

「返事は、女だった」

「女？」ギリンガムは身をのりだした。

「女だ」ベヴァリーは強調するようにいった。「もちろん、ぼくはロバートという返事が返ってくると思っていた。あなたもそうだろう？　けど、ちがった。問題の夜の宿泊客は女だった。月曜日の夜遅く、女がひとり、車を自分で運転してやってきて一泊し、翌朝早く出立した」

「どんな女だったといってた？」

「うん、まあまあだったそうだ。背の高さはまあまあで、年齢もまあまあ、髪の色もまあまあ。これじゃあ、まあまあの役にも立ちやしないだろ？　だけど、女だった。これであなたの仮説はひっくり返るんじゃないかい？」

　ギリンガムはくびを横に振った。「いいや、ビル、そんなことはない」

「えーっ、すべてお見通しだったのかい？　少なくとも、推測はしていた？」

「明日まで待ってくれ。明日、すべてを話すよ」

「明日だって！」ベヴァリーは大いに落胆した。

「なにも質問しないと約束してくれれば、ひとつだけ話してあげるよ。きみがすでに知っていることだけどね」

「なんだい？」

「マーク・アブレットは兄を殺さなかった」

「すると、ケイリーがやった？」

「それは質問じゃないか、ビル。まあいい、答えよう。ケイリーもやっていない」

「それじゃ、いったい――」

「もっとビールをどうだい？」ギリンガムは笑顔で勧めた。ベヴァリーは追及をあきらめるしかなかった。

その夜、ふたりは早々にベッドに入った。ふたりとも疲れていたのだ。隣のベッドのベヴァリーはすぐに健康な、かつ騒々しい寝息をたてはじめたが、ギリンガムは横になったまま、あれこれ考えていた。いまごろ、赤い館ではなにが起こっているだろう？ 朝になったら、それもわかる。たぶん、手紙が一通、ここに届くはずだ。ギリンガムはまた、事件ぜんたいを最初から考えた——どこかに見落としはなかったか？ 警察はどうするだろう？ 警察は真相にたどりつくだろうか？ 自分の説を警察に報せるべきだっただろうか？ うむ、警察には自力で真相を突きとめてもらおうじゃないか。それが彼らの仕事なのだから。ギリンガムに失敗は許されない。いやいや、いまさら悩んでもしかたがない。明日の朝には、はっきりしたことが判明するはずだ。

翌朝、ギリンガムに一通の手紙が届いた。

# 21　手紙

ギリンガムさま

　ご書状を拝読し、あなたが真相にたどりつき、それを警察に話すべきかどうかご葛藤《かっとう》なさっていること、ならびに、警察に連絡すれば、わたしが殺人の容疑で逮捕されるのは免れないことを納得いたしました。そこまでご推察のうえで、わたしにわざわざお知らせくださったあなたのご真意を、充分に理解できたかどうか、我ながらよくわかりません。おそらく、あなたがわたしに、単なる哀れみ以上の気持をお寄せくださっているものと、拝察する次第でございます。しかし、哀れみの気持如何《いかん》を問わず、あなたは、マークが死に至らねばならなかった経緯と、その理由とをお知りになりたいでしょう。わたしもぜひ、あなたに知っていただきたい。あなたが警察に報せるのはやむをえないとおっしゃるのなら、警察にもすべてのことを知ってもらいたい。警察も、あなたも、わたしのしでかしたことは人殺しという犯罪だとおっしゃるでしょうが、そのころには、わたしはもうこの世にはいません。なんといわれようと、かまいません。

　まず最初に、十五年前の夏に時間を遡《さかのぼ》って、話を始めなければなりますまい。当時、わたしは十三歳の子どもで、マークは二十五歳の青年でした。マークは偽りに満ちた人生をおくりましたが、当時は、博愛主義者を気どっていました。我が家にやってきて狭苦しい応接間に腰をすえ、左手に手袋をぱしぱしと打ちつけながら、わたしの母と話をしていました。善良な母は、この若い紳士の品のいいことに感心しきりでした。わたしと弟のフィリップは、遊んでいたところを母にとっつかまり、大急ぎで顔を洗わされ、固いカラーを着けさせられて、この品のいい若い紳士の前に立たされていました。わたしたち兄弟はこっそりと肘でこづきあい、踵《かかと》で相手を蹴りつけたりしながら、遊んでいるさなかに邪魔をされた不満をぶつけあっていました。マークは〝親切な従兄《いとこ》〟として、わたしたち兄弟のどちらかを後見したいと母に申し出たのです。なぜわたしが選ばれたのかは、神のみがごぞんじでしょう。フィリップは十一歳でしたから、子ども時代の二年の差は大きい。おそらく、それが理由だったのかもしれません。

マークはわたしに教育を受けさせてくれました。パブリックスクールからケンブリッジ大学に進み、大学を卒業すると、わたしはマークの秘書になりました。ご友人のミスター・ベヴァリーからお聞きおよびでしょうが、わたしの仕事は、単なる秘書の仕事よりも多岐にわたっていました――土地家屋の管理、金銭的相談、走り使い等々。なかでも、いっとう重要な仕事は、マークの観客を務めることでした。マークは孤独を楽しめない気質《たち》なので、つねに話を聞いてくれる誰かを必要としました。わたしにボズウェルになってほしかったのでしょう。そう、かの文人サミュエル・ジョンソンの忠実な伝記を書いた、ボズウェルに。そんなある日、マークはわたしを遺言執行人に指定したのです――〝執行人〟に。

わたしが学校に行き、マークの手元を離れていたところ、彼はよく長い手紙をよこしたものです。もらった手紙は一読しただけで、破り捨ててしまいました。中身がからっぽな書き手の人間性が透けて見える、空疎な手紙だったのです。軽薄そのもの！

三年前のことです。わたしの弟のフィリップが問題を起こしてしまいました。弟は学資の安い地元のグラマースクールを卒業すると、ロンドンの事務所に職を得ました。そして、週給二ポンドでは、楽しみひとつままならないことを思い知ったのです。ある日、弟からとり乱した手紙が届きました。すぐにも百ポンド必要だ、でないと、身の破滅だとあるので、わたしはマークに相談しました。貸してほしいとたのんだだけで、くれといったわけではありません。わたしはマークからはけっこうな額の給料をもらっていたので、数カ月すれば、借金を返せる目《め》処《ど》はついていました。ところが、だめでした。わたしに金を貸しても、自分にはなんの得にもならないと計算したのだと思います——拍手喝采もしてもらえず、ちやほやと褒めてもらえることもない、と。フィリップが感謝するのは、わたしにであって、マークにではない、と。わたしは必死でたのみ、脅しまがいのことばすら口にしました。そして、わたしがマークと口論しているあいだに、フィリップは逮捕されてしまったのです。それを嘆いて、母は亡くなりました。フィリップは母の秘蔵っ子でしたから。しかしマークは、いつものように、自己満足に浸っていました。十二年前にフィリップではなくわたしを選んだ、そのことが得意で、自分にはひとを見抜く目がそなわっていると、鼻高々だったのです！

そののち、わたしはマークに無礼なことをいったことをあやまりました。マークは慣れきった、寛大な紳士を演じて、わたしの謝罪を受け容れました。傍目には前と同じに見えたにしても、その日を境に、わたしは変わりました。マークはうぬぼれていたがゆえに目が曇り、わたしが彼にとって痛恨の敵になったことには気づきませんでした。それだけですめば、わたしは彼を殺さずにすんだでしょうか？　憎んでいる相手のそばにいながら、うわべだけは親しい仲をよそおう、とても危うい関係です。マークは、わたしが彼を恩人だとあがめている被保護者だと思いこみ、自分自身を良き保護者だと信じて疑わなかったため、いわば、彼はわたしの掌《しょう》中《ちゅう》にあるも同然でした。わたしは時機を待ち、いつか巡ってくる機会を捉えればいい。いまになって思えば、彼を殺すべきではなかったという気にもなりますが、当時のわたしは、マークに復讐すると心に誓っていたのです。しかも、中身がからっぽで愚かなマークは、わたしのいうがまま、なすがままです。復讐を急ぐ必要はありません。

ところが、二年後、わたしは自分の決意を考えなおさなければならないことになりました。というのも、〝復讐〟という目的が、わたしの手からこぼれ落ちそうになったからです。なぜならば、マークが酒に溺れるようになったためです。それを止めるべきだろうか？　そうは思わなかったくせに、いつともなく彼をたしなめている自分に気づき、愕然としました。あるいは、彼が酒のせいで死んでしまったら、わたしがみずからの手で復讐することができなくなると焦ったのでしょうか？　信じていただきたいのですが、なにを思って彼の深酒を止めようとしたのか、わたしにはなんともいえません。動機がなんであれ、心底、わたしは止めたいと思ったのです。身近にいる者が酒に飲まれてしまうのは、傍《はた》で見ていても、なさけなく、おぞましいものです。

マークの深酒を止めさせることはできませんでしたが、限度を超えさせないように戒めました。そのため、彼のこの秘密を知る者はわたしだけで、ほかには誰もいませんでした。そう、なにも知らない他人には、マークがちゃんとした人間に見えるよう、わたしは懸命に努力したのです。でも、いつのまにか、獲物を太らせておいてから喰らおうという、人喰い鬼の心境に達していたのかもしれません。経済的にも倫理的にもマークを破滅させるのは、わたしの意のまま。どうすれば満足のいく仕上がりになるだろう——そういうことを考えながら、わたしは内心でほくそえんでいたのです。ですが、わたしは急ぎませんでした。

そして、マークはみずから、死を選んだのです。役立たずの大酒飲みは利己的な気持と虚栄心に突き動かされ、この世でいちばん清らかで信頼に足る女性に、吐き気のするほど忌まわしい申し出をしたのです。ミスター・ギリンガム、あなたはかの女性にお会いになりましたね。ですが、マーク・アブレットにはお会いになっていない。たとえマークが大酒飲みではないにしろ、あのひとがマークと結婚して幸せになるはずがない。わたしはもう何年もマークを見てきましたが、彼が高潔な意図をもって行動したことなど、一度たりともありません。そんな唾《だ》棄《き》すべき男と暮らすのは、あのひとにとっては地獄で生きるのと同じです。まして、彼が酒に溺れれば、千倍も酷い地獄に突き落とされることになります。

ゆえに、マークは死なねばならない。あのひとを守れるのはわたししかいない。あのひとの母親はマークに与《くみ》して、娘を破滅に追いやろうとしている。あのひとのために、心からの喜びをもって、堂々とマークを撃ち殺すこともできますが、わたしはあえて自分ひとりが犠牲になる気はありませんでした。マークはわたしの掌中にある。甘言を弄しておだてれば、彼は有頂天になってなんでもするはずです。偶発的な事故に見せかけて彼を死に至らしめるのは、決してむずかしいことではありません。

わたしがどんな計画を立て、どういう理由でかたっぱしから却下したか、ずらずらと書きならべて、時間をむだにする必要はありますまい。しかし、池で、不幸にもボート事故にあうという案は、なかなか捨てがたいものでした。泳げないマークを助けようと雄々しい努力をするが、わたしは力つきてしまう……とか。

そんなとき、マークのほうから相談をもちかけてきました。マークと女優のミス・ノリスとのあいだに軋轢《あつれき》が生じたことが原因で、ほかの者には内緒の相談でした。いわば、マークはみずから、わたしの手のなかに飛びこんできたわけです。うまくいけば、ほかの誰にも知られずにすんだはず。そう、あなたさえ現われなければ。

ある日、わたしたちは幽霊の話に興じていました。マークは常にも増してひとりよがりで、尊大で、常識を無視した態度をとりました。その態度に、ミス・ノリスがいらだっているのが見てとれました。夕食のあと、マークがいないすきを狙って、ミス・ノリスは幽霊に化《こ》けてマークを脅かそうではないかといいだしたのです。わたしとしては、マークは自分が虚仮《こけ》にされるのをひどく嫌うことをミス・ノリスに警告すべきだと思い、そうしたのですが、彼女はやるといってききません。そこでわたしは、いかにも気が乗らないのだが、というふりをして、彼女に秘密の通路のことを教えたのです（図書室からボウリンググリーンに至る地下の通路です。ミスター・ギリンガム、あなたでも、せいぜい知恵を絞らないと、この通路はみつからないでしょうね。一年ほど前、マークは偶然にこれをみつけ、天からの贈り物だと喜びました。この秘密の通路でなら、誰にも見られずに酒を飲むのが容易になりますから。しかし、わたしにだけは打ち明けるしかありません。たとえ悪徳をなすのであっても、彼にはわたしという観客が必要だったのです）。

わたしが秘密の通路のことをミス・ノリスに教えたのは、骨の髄までマークを怯えさせたかったからです。秘密の通路を使わなければ、ミス・ノリスはボウリンググリーンのあたりでマークを震えあがらせることなど、とうていできなかったでしょう。そう、わたしの思惑どおり、ミス・ノリスはじつに効果的に忽然《こつぜん》と姿を見せ、その結果、醜態《しゅうたい》をさらしたマークは、怒りと報復の念を燃えあがらせました。ご理解いただけると思いますが、ミス・ノリスは本職の女優さんです。わたしが協力するのは子どもっぽいいたずら心に駆られてのことで、他意はないという必要すらありませんでした。彼女は、マークだけではなく、ほかのひとたちをも仰天させるような、愉快ないたずらを仕掛ける――ただそれだけのことだと思ってくれたのです。

偽の幽霊騒動の翌日、一日たったというのに、マークは抑えきれない怒りに震えながら、夜遅くにわたしの部屋にやってきました。そして、ミス・ノリスを二度と館に招くな、ぜったいに呼ぶな、それを忘れるな、と強い口調でいいました。常軌《じょうき》を逸した憤激ぶりです。招待主《ホスト》としての評判を気にかけないのであれば、翌朝にでも彼女を館から追い出したかったことでしょう。しかし、彼女を追い出すわけにはいかない。招いたからには、最後までもてなさなければならない。だが、今後はぜったいに赤い館には招かない――マークはそう決めて、そのことを忘れるなとわたしに念押ししました。

わたしはマークをなだめ、逆立った羽毛をなでてやりました。ミス・ノリスは確かに無作法なふるまいをした、それはそのとおりだ。彼女のふるまいをどれほど不快に思ったか、その気持を見せつけてやりたいのは当然だ。彼女は二度と招かない――もちろん、それは忘れない。そういってから、わたしはいきなり笑いだしたのです。マークはいっそう怒って、わたしをにらみつけました。

「なにがおかしいんだね？」冷ややかな口調です。

わたしはまた笑いました。「ちょっと考えていたんですよ。仕返しをしてやったら、おもしろいんじゃないかと。そう、あなたが仕返しをするんです」

「仕返し？　どういうことだ？」

「彼女にしっぺ返しをするんです」

「あの女を脅して震えあがらせるということか？」

「いや、そうではなく、今度はあなたが扮装して、彼女にいっぱいくわせてやるんですよ。みんなの前で、彼女を笑いものにしてやればいい」わたしはまた笑ってみせました。「とことん、からかってやるんです」

マークは興奮して立ちあがりました。「いいぞ、ケイ！　やってやろうじゃないか。で、どうするんだい？　なにか手はあるか？」

あなたはミスター・ベヴァリーからマークの演技力のことをお聞きになりましたか？　マークは芸術全般において素人の域を出ず、才能ともいえない微々たる演技力を自慢にしていましたが、確かに、素人俳優としてはそれなりの力量があったといえます。彼が主役を務め、それを褒めそやしてくれる観客がいさえすれば、舞台でなけなしの才能を発揮することができたのです。玄人の俳優としてはどんな端役もこなせませんが、素人の俳優としてならそこそこで、彼が主役を務めた舞台を地方紙で絶賛されたこともあります。それで、彼を虚仮にした玄人の女優に、芝居を仕掛けてみようという案が浮かんだのです。この案は、マークの演技者としてのうぬぼれと、報復という復讐心とをくすぐりました。みんなの面前で、彼、マーク・アブレットが、本職の女優ルース・ノリスの目を欺《あざむ》くほどすばらしい演技をしてだまくらかし、彼女を笑いものにする。種を明かしてから、マークもみんなの笑いの輪に加わればいい。それでみごとにしっぺ返しができる！

子どもっぽいとお思いでしょうか？　ああ、そうでした。あなたはマーク・アブレットをごぞんじないんでしたね。

「ケイ、どうするんだい？　どんなふうにする？」マークはわたしをせっつきました。

「いや、まだなにも考えてませんよ。ほんの思いつきをいっただけですから」

マークは自分で案を練りはじめました。「劇場の支配人に扮して、彼女に仕事の話をもちかけようか——いやいや、彼女はどこの劇場の支配人とも顔見知りだろうな。そうだ、新聞かなにかの記者になりすまして、彼女にインタビューを申しこむというのは？」

「それはむずかしいでしょうね」わたしは思慮深げにいった。「あなたは個性的な顔だちをしておいでだし、髭もたくわえて――」

「髭なんぞ剃ってしまう」

「本気ですか、マーク！」

マークはそっぽを向き、なにやらもごもごいっています。「どちらにしろ、そろそろ剃り落とそうと思っていたんだ。それに、なにかやるとなれば、徹底的にやるよ」

「そうですね、あなたは芸術家魂をおもちですから」わたしは感嘆してみせました。

マークはいまにも喉をごろごろ鳴らしそうでした。芸術家と認められるのは、彼の最大にして最高の願いだからです。こうなれば、マークはもはやわたしの意のままです。

「とはいえ、口髭や顎髭を剃り落としても、やはりあなただとわかってしまいますよ。そりゃあ……」わたしはそこで口を濁《にご》しました。

「そりゃあ……なんだね？」

「ロバートに扮すれば、話はべつですけどね」わたしはわざと、また笑い声をあげました。

「そうだ！　悪い案じゃないですね、これは。ロバートに扮装する。あなたのやくざ者のお兄さんに。そして、ミス・ノリスに無礼なまねをする。金を貸してくれとかなんとかいって」

マークは小さな目を輝かせてわたしをみつめ、力をこめてうなずきました。「ロバートか。うん、いいいな。で、どうすればいいい？」

ミスター・ギリンガム、ロバートは実在の人物です。あなたも警部さんも、まちがいなくその事実をみつけだすはずです。ロバートはろくでなしのやくざ者で、オーストラリアに行きました。ですが、火曜日の午後に赤い館を訪れることは、決してありません。来られないからです。三年前に亡くなった（悲しむ者もいませんが）ので、帰国するわけがないのです。彼が死んだことは、マークとわたし以外、誰も知りません。マークのお姉さんも去年亡くなったため、マークは親もきょうだいもない身となりました。亡くなったお姉さんがロバートの生死を知っていたかどうか、わたしにはわかりません。マークはそんなことはひとこともいいませんでしたから。

その後二日間というもの、マークとわたしは計画を立てることに没頭しました。お察しのとおり、わたしとマークの目的はまったく異なっています。マークの目的は、せいぜい二時間、人の目を欺くために全力を尽くすこと。それに対して、わたしの目的は、彼を死に追いやること。彼はミス・ノリスをはじめ、ほかのお客さまがたを欺けばいい。一方、わたしは世界を欺かなければならない。ロバートに扮装したマークを殺す。さすれば、ロバートは死に、マークは（当然ながら）行方がわからなくなる。誰が見ても、マークがロバートを殺したとしか思えないはずですよね？

マークにとっては、いちばん新しい（そして最後の）役を完璧に演じることがいかに重要だったか、おわかりいただけるでしょう。生半可な扮装や演技では、あっさり見破られてしまいますから。

きっとあなたは、正体が透けて見えないほど完璧な扮装など、できるわけがないとおっしゃるでしょうね。ではもう一度申しあげますが、あなたはマークをまったくごぞんじない。彼が心から願ってやまなかったのは、芸術家と認められること。かのオセロを演じるにしても、マークほどの熱意をもってていねいに体を黒く塗る俳優は、ひとりもいないでしょう。どちらにしても、髭は剃り落とすつもりだったようです。ミス・ノーベリーになにかいわれたからではないかと思います。彼女は髭がお好きではないので。しかし、わたしにしてみれば、尾羽打ち枯らした死者の指が、紳士のそれのようにきれいに手入れされていては困ります。五分ばかりマークの芸術家魂をゆさぶってから、少し伸びかけている爪を切らずにそのまま伸ばしたのちに、ぎざぎざに切るように提案しました。

「きれいな指先だと、ミス・ノリスはすぐにあなたの手だと気づいてしまいますよ。なんといっても、真の芸術家なら――」等々。

衣装に関しても同様でした。ズボンの裾から靴下が丸見えになるほどつんつるてんのほうがいいなどと、わたしが助言する必要もありませんでした。完璧な芸術家として、マークはすでにロバートらしい身なり一式を考えていたからです。なので、わたしがロンドンに行き、ロバート用の衣装を上から下までひとそろい購入することにしました。たとえわたしが衣料品のタグをすべて切ってしまうのを忘れたとしても、マークがみずからの手でそうしたでしょう。オーストラリアに住んでいる者として、かつ、芸術家として、衣服にイースト・ロンドンの衣料品メーカーのマークがついていることを見過ごしたりするわけがないからです。そう、わたしたちはふたりとも、徹底的に下準備をしたのです。マークは芸術家として。わたしは……そうですね、なんでしたら、殺人者として、とおっしゃってもよろしいですよ。もはやなんといわれようと、いっこうにかまいませんので。

計画が決まりました――わたしは日曜日にロンドンに行き、ロバートからマークに宛てた手紙を書いて投函する（これまたマークの芸術家魂のなせる技です）。衣類と拳銃を買う。火曜日の朝、マークは朝食の席で、ロバートが来ることをみんなに報せる。ロバートは生きている――これを認める証人を六人（わたしを含めて）、確保できる。彼が午後に館に来るということを知っている証人が六人。

わたしとマークのひそかな計画では、ロバートは午後三時に館に到着しなくてはなりません。ゴルフに出かけた一行が帰ってくる少し前の三時には。ロバートが来ると、メイドがマークを捜しにいき、みつからずにもどってきて、事務室でマークの代わりにロバートの相手をしているわたしにそう報告する。わたしはマークはどこかに出かけたようだといい、やくざ者のマークの兄をティーテーブルにつかせる。マークがいなくても、ロバートは騒がない。やむをえないことだと納得する。なぜなら、マークは兄に再会するのを恐れているから――ロバート自身がそう指摘するだろう。やがてゴルフから客たちが帰ってくると、ロバートは無礼な態度をとって嫌がらせをする。特にミス・ノリスに。充分に仕返しができたと満足できるまで――。

それがわたしたちの立てた計画でした。というより、マークの個人的な計画といったほうがいいでしょうね。わたし自身の計画はまったくちがうものでしたから。

火曜日、朝食の席での予告はうまくいきました。ゴルフの一行が出かけてしまうと、わたしたちは綿密に予定したとおりに事を運びました。わたしがいちばん気を遣ったのは、ロバートの人格をできるだけ完璧に創りあげることでした。そのため、念には念を入れてマークに手順をくりかえしました。

扮装し終えたら、マークは秘密の通路を使い、ボウリンググリーン側の出入り口から出てドライブウェイに向かい、門番と会話をしてから玄関に向かう。これで、ロバートが来館したという目撃者をふたり、確保できます——ひとりは門番、あとひとりは園丁。園丁には前もって、玄関前の芝生の手入れをするよう指示しておきます。もちろん、マークは嬉々としていましたよ。門番にオーストラリア訛りを披露できるのですから。やすやすとわたしの術中にはまるマークを見ているのは、おもしろいほどでした。被害者自身が周到に練りあげた計画で、その当人が殺されるのです。これは前代未聞のことではないでしょうか。

マークは事務室の隣の小部屋でロバートの衣装に着替えました。そこがいちばん安全な場所です——マークにとっても、わたしにとっても。やがて、準備ができたとマークに呼ばれました。わたしはマークの扮装を細かいところまでじっくりと検分しました。マークは驚くほどみごとに役になりきっています。深酒や遊蕩《ゆうとう》の影響が顔に出ていても、いままでは口髭と顎髭に隠れていたのです。それが、きれいさっぱり髭を剃り落としたために、せっかく隠しとおしてきた仮面が剝がれてしまい、マークの素顔がむきだしになっています。演じるまでもなく、根っからのならず者にしか見えません。

「やあ、これはすばらしい」わたしは褒めました。

マークは得意げに薄笑いを浮かべ、わたしが見逃してしまいそうな、さまざまな芸術家的工夫を見せびらかしました。

わたしは声には出さず、内心でひとりごちました――じつにすばらしい。あなただと気づく者などひとりもいないでしょうよ、と。

そっと廊下をのぞいてみると、誰もいません。わたしたちは急いで図書室に行き、マークは秘密の通路に入りました。わたしは事務室の隣の小部屋にもどり、マークが脱ぎすてた衣類を集めてひとまとめにすると、それを持って秘密の通路に入りました。そのあと、わたしは広間の椅子にすわって待ちました。

あなたも客間《パーラー》メイドのオードリー・スティーヴンズの証言をお聞きになりましたね。彼女は事務室にロバートを通したあと、マークを捜しにテンプルに向かいました。わたしはすぐに事務室に入りました。ポケットに突っこんだ片手には、拳銃を握りしめて。

わたしを相手に、マークはロバートのセリフをまくしたてました、渡航費代わりに船で働きながら、オーストラリアからやってきたことなど、つまらない話をでっちあげて。これはわたしに演技力を見せつけるための、彼なりのささやかなパフォーマンスです。そのあと、彼はふつうの声で、ふたりで練りあげたミス・ノリスへの報復が待ちきれないといってほくそえみました。そして、マークはいきなり大声をはりあげて、こういったのです。「今度はわたしの番だ。見てるがいい」

これをエルシーが聞きつけたのです。廊下にいるはずのない彼女が事務室の前を通りかかったため、すべてが台無しになったかもしれないのですが、偶然にも彼女が立ち聞きしてくれたことが、最大の幸運に転じたのです。わたしがほしかった証言という幸運。マークとロバートが事務室にいたという、わたし以外の者の証言が得られたのですから。

ミスター・ギリンガム、あなたに突然に声をかけられたとき、わたしがどれほど驚き、強い衝撃を受けたか、察していただけますか？　あらゆる可能性を考慮して（と本人は思っている）計画を立てて実行に至った〝殺人犯〟が、いきなり、予想すらしなかった展開に直面したときの気持がおわかりになりますか？　あなたがいらしたことで、なにかちがいが生じるだろうか？　そのときのわたしにはわかりませんでした。おそらくはなにもちがいはない。いや、すべてが変わる……。そしてわたしは思い出したのです！　事務室のフレンチウィンドウを開けておくのを忘れたことを！

わたしが練りあげたマーク殺害の計画を、あなたが巧妙だとお思いになるかどうか、わたしにはわかりません。おそらく巧妙だとはお思いにならないでしょうね。ですが、この件でひとつだけ自慢できることがあるとすれば、あなたという未知の人物の出現で想定外の危機に直面したとき、わたしが我を失わずに対応したことでしょう。そう、わたしはあなたが見ている鼻先でフレンチウィンドウを破り、それからこっそりと隣の小部屋の窓を開けました――その開いた窓を見たあなたは、ありがたいことに、この窓から逃げたのだろうとおっしゃいました。それに鍵の件では、そう、あなたはじつに賢明でした。ですが、わたしも負けていなかったと思います。ミスター・ギリンガム、鍵のことでは、あなたを出し抜きましたからね。ボウリングリーンで、あなたとミスター・ベヴァリーが話していらっしゃるのを、わたしはしっかり聞いていたのですよ。どこで聞いていたかって？　そうですね、それをお知りになりたければ、ぜひともご自分で秘密の通路をみつけることです。

いや、わたしはなにをいっているのだろう……。ほんとうにあなたをだませたのでしょうか？　あなたは秘密を――マークとロバートのことを、探りだした。それこそがすべての要《かなめ》なのに。あなたはどうやって探りだしたのですか？　わたしはどこでヘマをしたのでしょう？おそらく、あなたはずっと、わたしを欺いていたのですね。きっと、鍵の件も、わたしがそっと窓を開けたことも、秘密の通路のことも、すべて見破っておられたのでしょう。ミスター・ギリンガム、あなたは慧眼《けいがん》の士であられる。

わたしはマークの衣類を隠しました。秘密の通路に隠しておいたのですが、あの通路はもはや秘密でもなんでもなくなりました。ミス・ノリスが知っています。ミス・ノリスに秘密の通路を教えなければならなかった、これがわたしの計画の、蟻《あり》の一穴になったのでしょう。それで、わたしはマークの衣類を池に沈めました。わたしの示唆に従って、バーチ警部が池を浚《さら》ったあとに。二本の鍵もいっしょに処分しましたが、拳銃はまだ手元にあります。幸いなことに――そうではありませんか、ミスター・ギリンガム？

もはやお話しすべきことはなにもありません。長々と書いてまいりましたが、これがわたしの最後の手紙になるでしょう。わたしは幸福な将来を夢見たことがあります。赤い館での暮らしではなく、ひとりぼっちの暮らしでもない将来を。わたしはマーク同様、あのひとにはふさわしくない相手ですから、はかない白昼夢にすぎません。でも、わたしならあのひとを幸福にしてあげられたはずです。ミスター・ギリンガム、彼女を幸福にするために、わたしは懸命に力を尽くしたことでしょう！　ですが、いまとなっては、もはやそれは不可能です。人を殺した手を彼女にさしだすのは、大酒飲みがその手をさしだすのと同じく、決して許されないことです。それゆえに、マークは死なねばならなかったのですから。今朝、わたしはあのひとにお会いしました。とてもやさしくて美しいひとです。あんな女性が存在すること自体、理解しがたい、この世の謎といいましょうか。

さてさて、これでわたしたちの一族は、この世から消えてしまいます――アブレット家の者も、ケイリー家の者も。マークとわたし双方共通の祖父はどう思っているでしょう。子孫が途絶えてしまうのを、それもやむなしと思ってくれるでしょうか。わたしの父の姉で、アブレット家に嫁《とつ》いだサラ伯母《おば》には、特筆すべき欠点はありませんでした――が、短気でかっとなりやすかった。それに、彼女の鼻はアブレット家に受け継がれました。ですが、だからどうだということはありません。彼女の子孫がこの世に遺らないのを、わたしはうれしく思います。

ではお別れいたします、ミスター・ギリンガム。せっかく館にお泊まりいただいたのに、楽しいご滞在にしてさしあげられなかったことを申しわけなく思っていますが、わたしがむずかしい立場にあったことをご理解ください。ミスター・ベヴァリー、いえ、ビルが、わたしを冷酷非情な極悪人だと思わないでいてくれるとありがたいのですが。ビルはとてもいい男です。

彼のことをよろしくお願いします。真相を知ったら、きっと驚愕するでしょうね。ですが、こういってよろしければ、若い者には、つねに一歩先に驚きが待っているものです。

わたしにみずからの手でこの身の始末をつけさせてくれるよう、ご配慮いただいたこと、心から感謝いたします。あなたはわたしに少しばかり同情し、なさけをかけてくださったのでしょう。別の世では、わたしたちは友だちになれたかもしれませんね――あなたとわたし、わたしとあのひととは。あのひとにはあなたからよろしいように話してください。すべてを語ってくださってもいいし、なにもおっしゃらなくてもかまいません。どうすればいちばんいいか、あなたならおわかりでしょうから。ではさようなら、ミスター・ギリンガム。

マシュー・ケイリー

今夜はマークがいないのがとても寂しい。おかしなものですね。

## 22 ベヴァリーとギリンガム

ケイリーの手紙を読み終えたベヴァリーはつぶやいた。「なんてことだ！」

「そういうと思ってた」ギリンガムもつぶやいた。

「トニー、あなたはなにもかも承知していたというのかい？」

「ある程度はね。もちろん、なにもかも承知していたわけではない」

「なんてことだ！」ベヴァリーはまたそういって、手紙に目をもどした。と思うと、さっと目をあげた。「彼への手紙って、なにを書いたんだい？　書いたのは昨日かい？　ぼくがスタントンの鋤《すき》と馬亭にいたあいだに？」

「うん」

「なんて書いたんだい？　マークがロバートだったことを見破ったと？」

「うん。朝になったら、ウィンポール・ストリートのカートライト歯科医に電報を打って、質問するつもりだと——」

抑えきれないほど感情が高まり、ベヴァリーはいきなりギリンガムの説明をさえぎった。

「そうか。で、いったいどういうことなんだい？　昨日、あなたはシャーロック・ホームズに豹変した。ぼくたちはずっといっしょに行動してきたし、あなたはなんでも話してくれた。なのに、昨日は急に秘密主義になって、歯医者・水泳・スタントン駅近くの宿屋《イン》と、わけのわからないことばかりぼくに訊いた。どれもぼくには不可解きわまりない質問だった、といえる。さあ、あれはどういうことだったんだ？　ぼくにはあなたの思考の道筋がまったくわからなかった。話の筋がさっぱり見えなかったんだ」

ギリンガムは笑いながらあやまった。「すまなかったね、ビル。わたしだって、あのときふいに思いついたんだよ。だって、三十分ばかりのあいだに、結論にたどりついてしまったんだ。それをいまから話すよ。といっても、話すことはあまりないんだが。聞いてしまえば、なんだそんなことかと思うだろうね——それは確かだ。まずは、ウィンポール・ストリートのカートライト歯科医の件だが、彼に死体の身元を確認してもらおうと思ったんだ」

「なんだって歯医者にそんなことができると思ったんだい？」

「歯科医なら、ほかの誰よりも正確に身元の確認ができるんじゃないか？　たとえば、きみは？　どうやって身元の確認をする？　きみはマークと泳いだことがない。つまり、水着だけになったマークを見たことがない。彼はみんなといっしょに泳いだりしなかったから。では、医者なら、どうだろう？　なにか特別な処置を施したのならともかく、そうでなければ、患者のことなど憶えていないだろうね。だが、歯科医なら——いついかなるときでも——確認できる。患者が頻繁《ひんぱん》に治療を受けていさえすれば。したがって、ウィンポール・ストリートのカートライト歯科医の出番というわけだ」

ベヴァリーは合点してうなずき、またケイリーの手紙に目をやった。「わかった。で、あなたはケイリーに、カートライト歯科医に死体の歯を検分してもらいたいという電報を打つ、といってやったんだね？」

「うん、そうだ。もちろん、そんなことをされたら、ケイリーはおしまいだ。ロバートがマークだとわかれば、すべてが露見するからね」

「あなたはどうして、ふたりが同一人物だとわかったんだい？」

ギリンガムは立ちあがって朝食のテーブルから離れると、パイプに煙草を詰めた。「どう説明すればいいのかな。代数でこういう問題があるのを知ってるかい、ビル？ 〝Xはなにか〟という質問に対し、きみは計算して、Xを導きだすだろう？ それがふつうの方法だ。だが、別の方法もある。学校の試験ではぜったいに点がもらえないけどね。それは、答を推測するという方法だ。そうだな、たとえばXを4だと仮定する。4なら問題の条件を満たせるか？ いや、だめだ。では、5ではどうだ？ 5がだめなら6では？ とまあ、こんなふうに推測をつづけていく。警部や検死官や大勢の人々は、彼らなりに推測して答を導きだし、それこそが正しい答だと考えた。だが、きみもわたしもその答がまちがっていることを知っていた。どうにも筋が通らない疑問点がいくつかあるからだ。彼らの解答がまちがっているとわかれば、別の方法を考えなくてはならない。説明のつかない、もやもやしたいくつもの疑問を、すっきりと説明できる解答が必要だ。わたしはたまたま、正しい解答を推測できたんだよ。マッチ、持ってるかい？」

ベヴァリーはマッチの箱をギリンガムに渡した。ギリンガムは煙草に火をつけた。

「まああわかったけど、それだけでは納得がいかない。あなたの頭に、なにかがひらめいたはずだ。あ、マッチを返してくれないか」

ギリンガムはうっかりとポケットにしまいこんだマッチ箱を取りだした。「やあ、すまない……。そうだなあ、それなら、もう一度、思考をたどってみて、どういう推測をしたか話そう。まず最初に頭に浮かんだのは、衣類だ」

「ん？」

「ケイリーは、マークの衣類は非常に重要な手がかりになると考えたにちがいない。わたしにはその理由がよくわからなかったが、ケイリーの身になれば、どんなにささいな手がかりであっても、全体の均衡を崩す不都合なものになると考えるだろう。わたしにもそれは理解できる。ケイリーは、火曜日の朝、マークが着ていた衣類に、大きな付加価値をつけたんだ。下着も含めて、衣類のすべてに。わたしにはその理由がわからなかったけれど、鞄に入っていた衣類のなかにカラーがなかったのは、ケイリーが故意にしたことではないと確信できた。彼はマークが脱ぎすてた衣類をまとめるさいに、カラーだけを見逃した。なぜだろう？」

「洗濯物の籠に入ってたから？」

「うん、おそらくそうだろう。ではなぜケイリーはカラーを籠に入れたのか？　この答は、そうしたのはケイリーではなかったということだ。マーク自身がそうしたのだ。マークは服装にはうるさくて、衣類をたくさん持っていたと、きみが教えてくれたことを思い出した。そういう人物なら、一度はずしたカラーをまた着けるなどということは、決してしないはずだ」ギリンガムはそこでベヴァリーに訊いた。「この読みは正しいかな。きみはどう思う?」

「まちがいない」ベヴァリーは太鼓判を押した。

「うん、わたしもそうだと思った。それで、この疑問——衣類の疑問——にあてはまる解答Xが見えてきた。わたしの脳裏にこんな光景が浮かんだ——マークが衣服を着替えている。習慣的に、はずしたカラーを洗濯物入れの籠に入れたが、ほかの衣類は、これまた習慣的に、椅子の上に置く。のちに、ケイリーがその衣類を集める。目につくかぎりの衣類を。しかし、カラーがないことには気づかない」

「それから?」ベヴァリーは熱をこめてうながした。

「そこまでは確かだという感触があったから、それを裏づける説明が必要になった。なぜマークは、二階の自室ではなく、一階の事務室の隣室で着替えたのか? 考えられる唯一の答は、着替えたことを秘密にしておきたかったから。では、いつ、着替えたのか? これも唯一の答になる。昼食時には召使いたちに姿を見られるから、昼食のあと、ロバートが訪ねてくるまでのあいだだ。さらに、ケイリーはいつ、マークが脱ぎすてた衣類を集めたのか? これもまた、〝ロバートが訪ねてくる前〟だ。これで、また別のXが浮かんでくる——この三つの条件にあてはまる解答はなにか」

「その解答というのは、ロバートが到着するよりも前に、ケイリーにはすでに殺意があったということ?」

「そうだ。こちらが知っているよりもよほど深い裏の事情がないかぎり、ロバートの手紙に、殺意を誘うほど強い脅威は読みとれない。それに、逃走用の服に着替えるだけで、ほかにはなにも準備せずに、殺人を決行するつもりだったとは考えにくい。それではあまりにも子どもっぽすぎる。しかも、マークがロバートを殺すつもりだったのなら、なぜ、きみたち全員に、さらにはわざわざミセス・ノーベリーのもとに出向いて、ロバートの存在を告げたのか。そこにどんな意味があるのか？　わたしにはわからなかった。が、ロバートというのは付け足しではないかという気がしてきた。つまり、ほんとうは、ケイリーがマークを対象にした筋書きではないか。マークが兄を殺すか、兄がマークを殺すか。理由はわからないが、どういうわけか、マークはその筋書きにうまく乗せられた」ギリンガムはそこでしばらく沈黙してから、ほとんど自分にいいきかせるようにつぶやいた。「秘密の通路の戸棚には、ブランディの空き瓶が何本もあった……」

「そうだったね」ベヴァリーはうなずいた。

「うん。きみも憶えているだろうが、戸棚にカラーが残っていないかと思って捜していたときに見たんだ。そのときは思い出さなかったけど、ずっとあとで、洗濯物入れの籠にカラーがあったのを思い出した。カラーの件では、ケイリーがどんな気持になったか、わかるよ……哀れなやつだ」

「先をつづけて」ベヴァリーはうながした。

「それから検死審問が開かれた。もちろん、きみも気づいただろうが、証言のなかに、ロバートがスタントン街道にいちばん近いコテージではなにも訊かずに、二軒目の門番のコテージでここが赤い館かと尋ねたという、おかしな事実があった。なので、わたしは証人のエイモスとパースンズに話を聞いたんだ。ふたりの話で、さらにおかしな事実がわかった。エイモスがいうには、ロバートはいきなりひょっこりと現われて、彼に声をかけてきた。スタントン街道に近いコテージに住んでいるパースンズの話では、昼すぎから女房が小さな庭にいたのに、女房はロバートの姿を見ていない。そして、パースンズはケイリーに、午後は館の前庭の芝生を手入れするよう、命じられていたという。そこで、またひとつ、仮説が生まれた。ロバートは秘密の通路を使ったのではないか、という仮説が。あの秘密の通路の出入り口があるボウリンググリーンは、門番のコテージ近くにある。すると、ロバートは館のなかにいたのではないか。ロバートとケイリーは共謀していたのではないか。だがロバートは、マークに気づかれることなく、どうやって館のなかにいられたのだろう。答は明らかだ——マークも知っていた。そうすると、どういうことに——」

「いったいいつ、そんな仮説を立てたんだい?」ベヴァリーはせっかちに口をはさんだ。「検死審問のあと、エイモスとパースンズとが証言したあとだよね?」

「うん、そうだ。わたしはふたりと話をしてから、きみを捜して、仔羊亭の裏庭に行った。そのときは、マークの衣類のことを考えていた。なぜマークはこっそりと着替えたのか。変装するため? 変装するにしても、顔はどうする? 衣類などより、顔のほうが重要ではないか。顔、髭。髭は剃り落とさなければなるまい。そんなことを考えているうちに、あの古いポスターを見ているきみがみつかった。ああ、そうか! マークは演技ができる、メイキャップができる、役の扮装ができる。このばかめ！　そうだ、マークがロバートだったんだ……すまないが、マッチを貸してくれたまえ」

ベヴァリーはギリンガムにマッチ箱を渡し、彼がパイプに火をつけるのを待ってから、マッチ箱がまた彼のポケットに迷いこんでいかないうちに、返してくれと片手をさしだした。

「そうか」ベヴァリーは考えこんだ。「なるほど……いや、ちょっと待ってくれ。スタントン駅近くの鋤と馬亭の件は、どういう関係があるんだい？」

ギリンガムはちょっと困ったように剽軽《ひょうきん》な顔をした。「許してもらえないだろうなあ、ビル。もう二度と、わたしのために助手を務めてはくれないだろうなあ」

「どういう意味だい？」

ギリンガムはほうっとため息をついた。「あれは出まかせだったんだよ、ワトスン。わたしはどうしてもひとりになりたかった――わたしたちが発見したさまざまな事実を基に、あらゆる方向から事件を検討するために。だから、どうしてもひとりになりたかった。なので――」

ギリンガムはすまなそうに微笑してつけくわえた。「それに、きみは一杯飲《や》りたそうだったし」

「狡猾《こうかつ》な悪魔だね、あなたは」ベヴァリーはギリンガムをにらみつけた。「ぼくがインに泊まった婦人客の話をしたときは、興味深そうに聞いていたくせに――」

「なにしろ、きみが苦労して探りだしてきたことだもの。興味をもって拝聴するのが礼儀というものだ」

「この、ひとでなし！　不人情なホームズめ！　おまけに、さっきから、ぼくのだいじなマッチをくすねようとしてるし……。さあ、さっさと先を話せよ」

「それでおしまいさ。Xの解答が出たんだ」

「ミス・ノリスのこととか、いろいろな疑問も解消したのかい？」

「いや、すべてではない。そもそも、ケイリーが最初からそのつもりだったとは思えない――彼がミス・ノリスをそそのかして幽霊の扮装をさせ、マークを脅かそうとしたとはね。だが、ミス・ノリスからその相談を受けたとき、ケイリーはそれを好機だとみなしたんじゃないかな」

しばらくのあいだ、ベヴァリーは沈黙していた。そして、やおらパイプをふかし、ひかえめな口調で訊いた。「ケイリーは銃で自死したんだろうか」

ギリンガムは肩をすくめた。

「哀れだな。でも、あなたは寛大にも彼にチャンスを与えてあげた。うれしいよ」

「どういうわけか、わたしはケイリーに好意をもっていたからね」

「頭の切れるやつだった。もしあなたが真相にたどりつかなかったら、彼の犯行は決してあばかれなかっただろう」

「それはどうかな。確かに巧妙な犯行だったけれど、小細工はいつかあばかれるものだよ。ケイリーの見地に立てば、マークが失踪して、本人も死体もみつからないというのは、きわめて不都合なんだ。人ひとりが失踪したまま消えてしまうなんて、そうしょっちゅうあることではない。たいていは、どこかでみつかるものだ。玄人の犯罪者なら、逃げきれるかもしれない。だが、マークのような素人には無理だもの。どうやってマークを殺したか、ケイリーはその秘密を隠しとおそうとするだろうが、遅かれ早かれ、彼がマークを殺したという事実は明らかになったはずだ」

「うん、それもそうだね……あ、そうだ、もうひとつだけ、訊きたいことがある。マークはノーベリー母娘に、どうしてロバートのことを話したんだ？」

「わたしにもそれがどうしてもわからなくてね、ビル。もしかすると、オセロの役を務めるのと同じ心境だったのかもしれないね。つまり、徹底的に肌を黒く塗ったのと同じく、マークはどこからどこまでロバートになりきってしまい、自分でもロバートの存在を信じこむほどになっていたから、だれかれかまわず、ロバートのことを吹聴したかった。あるいは、きみたちにいったはいいが、そのなかの誰かとミス・ノーベリーが顔を合わせれば、その話が出るだろうから、そうなる前に、ノーベリー母娘に打ち明けておいたほうが得策だと判断したんだろう。そうすれば、たとえばきみがミス・ノーベリーにロバートが来ることを話した場合、彼女は〝まさか。あのかたにご兄弟はいらっしゃいませんよ。もしいらっしゃるのなら、とうにお話ししてくださったはずですもの〟なんていうかもしれない。それだと、せっかくの企てが台無しになるからね。ケイリーがそうしろと焚きつけたということもありうる。ケイリーもまた、ロバートが来ることを広く知ってもらいたかっただろうし」

「警察に報せるつもりかい？」

「うん。報せるべきだと思う。ひょっとすると、ケイリーはもう一通、告白書を用意したかもしれないな。そっちに、わたしのことが書いてなければいいのだが。なんといっても、わたしは昨夜から、ケイリーの事後従犯になってしまったのだから。それに、ミス・ノーベリーにも会いにいかなくてはなるまい」

「警察に報せるつもりかと訊いたのは」ベヴァリーは弁解口調で説明した。「ぼくはそのう、えーっと、ベティにいわなくちゃならないかなと思って。あ、ミス・キャラダインに。彼女、きっとくわしく知りたがるだろうな」

「彼女に会えるのは、もっとずっと先のことになるんじゃないか」ギリンガムは懸念するようにいった。

「いや、じつはね、たまたま耳に入ったんだけど、彼女はいま、バーリントン家にいるんだ。で、ぼくも明日にはそっちに行こうと思ってる」

「ならば、彼女に話してあげたほうがいいね。きみも話したくてうずうずしてるみたいだし。ただし、一両日中は話さないでくれ。話していいとなったら、手紙できみに知らせるよ」

「了解！」

ギリンガムはパイプを逆さにして底をとんとんとたたき、灰を落としてから立ちあがった。

「バーリントン家か。大勢集まるのかな？」

「かなり大がかりなハウスパーティだと思う」

ギリンガムは年下の友人にほほえんだ。「そうか。では、そこで殺人が起こったら、わたしに知らせてくれたまえ。探偵仕事にも慣れてきたからね」

# 『赤い館の秘密』に寄せて

数年前、わたしの文芸代理人に探偵小説を書いてみるつもりだといったところ、予想どおり代理人は驚愕したが、予想よりも早く平静をとりもどし、ためらいなくこういった（のちに、彼自身、編集者や出版社の人々に、やはりためらいなく、同じことをいわれる羽目になったようだ）。彼いわく――この国の読者が〝著名な《パンチ》誌のユーモア作家であるあなた〟に求めているのは、〝ユーモアあふれる作品〟なんです、と。

そういわれても、わたしはどうしても犯罪を解決する小説を書きたかった。その結果が『赤い館の秘密』となって上梓されたわけだ。その二年後、わたしがかの代理人に、いまは子ども向けの作品を書いているというと、代理人も編集者もこぞってこういった――いま、あらゆる英語圏の読者が心待ちにしているのは、探偵小説の新作です、と。

さらに二年の歳月が流れ、読者が待望する作品とやらは、また変わった。世界各地で子ども向けの作品を待っている読者の希望に逆らって探偵小説を書いたりしたら、最悪の反応が返ってくるのは目に見えている。なので、重版となった『赤い館の秘密』に関する小文を書かせてもらうことで、ささやかな満足感に浸ることにする。

わたしは探偵小説が大好きだ。ビール好きを例にとれば、どの銘柄も悪くはないが、そのどれよりも自分にはこれがいちばんという銘柄がある。酒にからめていえば、蒸留酒《スピリット》と語源を一にする精神《スピリット》にのっとり、わたしも新しい探偵小説が刊行されれば、かたっぱしから読んでしまう。だからといって、そのすべてを無条件で認めるわけではない。それどころか、わたしは好奇心が旺盛で、知らないことを知りたい性分なので、作者が提示するさまざまな謎と謎解きに心底納得できなければ、その作品に感服したとはいえない。まずなによりも、探偵小説は読者に意味がはっきりわかる、きちんとしたことばで書かれるべきだ。かつて読んだ作品では、じつに興味ぶかい殺人が起こった。犯人がいかにして被害者の書斎にしのびこんだのか、その点が推理の鍵となる展開になるはずだった。だが、探偵（つまり作者）は、〝犯人がどのようにしてどこから逃走したのか、そのほうが興味ぶかい〟といいきってしまう。いわせてもらえば、世に出た探偵小説の九割かたは、どの犯人もやすやすと逃げおおせてしまう。わたしにしてみれば、そこがなんともおもしろくない。そして、探偵、主人公、大勢の容疑者の、誰も彼もがわけのわからないことばかりいいたてる。たとえ、被害者には殺されるだけの理由があったのだと納得させられ、まちがって容疑をかけられている者がいるという緊張感をもたらしてくれるとしても、だからといって、わけのわからないことばで紙面を埋めつくしていいことにはならない。

また、〈ロマンス〉という大きな要素に関しては、好みの問題ともいえるが、わたしとしては、探偵小説にその要素がからむ必要はないと思う。マフィンの表面に付着している白い粉が、砒素なのか、それとも白粉《おしろい》なのかを知りたくてうずうずしているときに、ローランドが〝社交的なマナーの許容範囲よりも〝ほんの一秒ほど長く〟アンジェラの手を握りしめていたなどという描写は、読者にとって、まったくどうでもいいことなのだ。作者はそんなシーンに紙面を割くよりも、ほかになすべきことがどっさりあるはずだ――足跡をつけたり、それを発見させたり、煙草の吸い殻を拾いあげて封筒に収めさせたり。どうしてもロマンスがらみにしたいのなら、作者はローランドを主人公にした作品を別に一冊書けばいい。その作品でなら、ローランドが好きなものを好きなだけ長く握っていても、いっこうにかまわない。だが、いやしくも探偵小説に登場させるのなら、ローランドには真摯に探偵稼業に励んでもらいたいものだ。

探偵についていえば、わたしはぜひとも素人であってほしい。現実の社会において、最高の探偵は、まちがいなく、捜査のプロである警察官だ。他方、最悪の犯罪者もまたプロだろう。だが、探偵小説の世界でなら、犯罪者はわたしたちと同様の素人であってほしい。殺された被害者の家の応接間で知り合った人物。それこそが犯人。しかし、その人物は身元が確実で、履歴も判然としていてあいまいなところがなく、犯罪現場や凶器に残っている指紋と照合しても合致しない。そういう犯人をあぶりだし、白日のもとにさらすのは、冷静な帰納的論理による推理と、冷酷で確固たる事実に基づく論理を組み立てることのできる素人探偵。推理と論理、このふたつだけが素人探偵に与えられてしかるべき能力といえる。顕微鏡大事の科学一辺倒探偵など、どこぞに消えてしまえ！　高名な大学教授が、殺人犯の残していった、肉眼では見えないほどこまかい塵を顕微鏡で調べて、容疑者はビール醸造所と製粉所にはさまれた地域のどこかに住んでいることを突きとめたとしても、読者はあっぱれと称賛するだろうか。失踪した男のハンカチについている血痕は、その男が最近ラクダに嚙まれたことを証明していると示唆されて、読者は胸がわくわくするだろうか。あいにく、わたしはおもしろくもなんともない。作者にとってはお手軽で安易な問題提起であっても、読者にとっては、だからそれがなんなんだという、理解しがたい問題でしかない。

つまるところ、こういう結論になる──探偵は、一般市民である読者がもちえない、特殊な知識をもっていてはいけない。冷静な帰納的推理と、非情で厳然たる論理を駆使すれば（ありがたいことに、わたしたちにもそれは可能だ）、読者もまた謎を解き、犯人を特定できると思わせてくれなければならない。もちろん、捜査中の探偵が死体のそばでなんらかの貴重な手がかりをみつけたとしても、作者としては、書斎の読者にもその手がかりが重要だと気づくように、あからさまに書くわけにはいかない。客のひとりの鼻に傷があっても、探偵は留意しないかもしれないが、作者がその点をことさらに強調するような書きかたをすれば、読者はすぐさま、そこが全体の均衡を破る突破口だと見破るはずだ。作者がそこを慮《おもんぱか》って、ごくさりげなく、ほかの客の鼻のことも描写し、手がかりを分散しても、驚いたり傷ついたりする読者はいないだろう。作者と探偵が、顕微鏡を自宅から犯罪現場に持ち出してこないかぎり、読者に不満はない。

ところで、ワトスン役はどうだろう？　ワトスン役を務める人物は必要だろうか？　そう、必要だ。謎解きを最後の章まで伏せておいて、それまでの章のすべてを、その最後の章の五分間のドラマのための序幕にしてしまう作家など、くたばってしまえ！　そんなものは小説とはいえない。読者には、一章、また一章と読み進めるたびに、探偵の思考の流れを追わせてほしい。そのためには、ワトスン役の存在か、探偵の内面の独白が必要となる。もっとも前者は、後者の独白を読者にわかりやすく伝える手段の変形にほかならない。ただし、ワトスン役を頭の悪いおばかさんにする必要はない。わたしたちの誰もがそうであるように、ワトスン役の人物は、少しばかり頭の働きが鈍くても、友情に篤く、人間味があり、好ましい人柄であってほしい……。

以上で、『赤い館の秘密』を上梓することになったいきさつを理解していただけたものと思う。わたしがなぜものを書くのかという理由はただひとつ、書きたいからだ。いまのところ、それしか理由は思いつかない。したがって〈愛をこめて〉《コン・アムール》作られるものなら、電話帳の作成でも誇りをもてるが、誰かに命令されて無韻詩の悲劇を書くのは、まっぴら御免こうむる。

とはいえ、『赤い館の秘密』を書かなければよかったと思ったことは何度もある。それというのも、とある熱烈な探偵小説ファンには、本書はほぼ理想的な探偵小説だとみなしてもらえるにちがいないと思っているからだ。顔を合わせたことはないが、彼のことは熟知している。彼ならどういうシーンを書きこみたいか、どのことばを削除したいか、わたしにはよくわかる。本書を書いているあいだは絶えず、彼の願望を考慮し、それを尊重した……なのに、こうして本になっても、彼には決して読んでもらえない探偵小説なのだと思うと、じつに寂しい。

一九二六年六月

A・A・ミルン

# 赤い館の入り方

加納朋子

A・A・ミルン（アラン・アレキサンダー・ミルン）は、童話『クマのプーさん』の作者として、世界中でその名を知られています。そうです、世界一有名なクマ、フィギュアスケートの羽生結弦選手が滑り終えた後、リンクを埋め尽くすように投げ込まれる、あの黄色いクマの生みの親なのです（個人的にはディズニーキャラクターのプーよりは、E・H・シェパードのイラストの方が断然好きですが）。

私の手元には、岩波少年文庫昭和三十七年版第五刷の『プー横丁にたった家』があります。なんと五十七年前の本！（初版は昭和三十三年で六十年以上前！）大人向けならいざしらず、児童書でこれだけ古いものもあまり見ないのではないでしょうか。両親が若かりし頃に愛読していたもので、もちろん一緒に『クマのプーさん』もあったのですが、親子二代にわたる愛読の結果、ボロボロになって分解してしまいました。手元に残った『プー横丁』の方も、背表紙は取れ、綴じ糸も緩み、全体に茶色っぽくなっています。読むのも怖い有様なので、その後自分で買い直しました（ちなみに一九九六年のことで、その時点で『プーさん』は六十一刷、『プー横丁』は五十二刷でしたから、その後も続々と版を重ねて、今ではとんでもない刷数になっていることでしょう……なんと羨《うらや》まし、いえ素晴らしい）。

ともあれ、生まれる前から刷り込まれたような私のプーさん愛は、同業者の中でも結構上位に入るのではと自負しております。「ゆきやこんこ」とくれば続くのは「あられやこんこ」ではなく「ぽこぽん」に決まっていますし、拙著『トオリヌケ キンシ』は、そのタイトルをプーさん好きの方が見れば「ああ」と膝を打っていただけることでしょう。R・ジョン・ライト作のクリストファー・ロビンとプーさんの人形を所持してもいます（本当はシリーズ全部欲しいところですが、なかなか……）。シェパードさんの挿絵が大好きだという方は、一度画像だけでもご覧になってみてください。「いつか欲しいもののリスト」に載ってしまうこと請け合いですから。

一冊の本を手に取り、ページをめくりはじめるにいたるきっかけは、人それぞれです。本書、『赤い館の秘密』に興味を抱いたのは、ミルンが『クマのプーさん』の作者だったから、という方は数多くいらっしゃることでしょう。かくいう私も、子供のころに親が得々と「このミルンという人はね、面白い読み物を書くことで知られていたから、ミルンが『探偵小説を書きたい』と言い出した時に周りは『あなたに求められているのはユーモアのある読み物だ』と反対したんだそうだよ。だけどいざ『赤い館の秘密』が出版されたら大評判になって、その後、『今度は童話を書いてみたい』と言った時には、周りは『皆が読みたいのはあなたの探偵小説なんだ』と止めたんだって。だけどミルンが書いた『クマのプーさん』は世界中で大評判になったんだ」と教えてくれて、それならぜひともその探偵小説を読んでみたいと思ったのがきっかけでした。正直子供にはプーさんシリーズのようには楽しめず、ちゃんと読んだのはもっとずっと後のことになりましたが。

私の場合、本書への入り口は『クマのプーさん』にありましたが、実は赤い館にはほかにも大きな入り口が存在しています。

イギリスで『赤い館の秘密』が発表されたのはなんと百年近く前、一九二一年のことです。翌二二年に書籍化され、大変な人気を博しました。やがて遠い日本でも、あの江戸川乱歩の探偵小説黄金時代のベストテンの中に堂々選ばれることとなるのです。

ミステリファンの間では広く知られたベストテンですが、一応ここでも紹介しておきましょう。

1 赤毛のレドメイン家　イーデン・フィルポッツ
2 黄色い部屋の謎　ガストン・ルルー
3 僧正殺人事件　ヴァン・ダイン
4 Yの悲劇　エラリー・クイーン
5 トレント最後の事件　E・C・ベントリー
6 アクロイド殺害事件　アガサ・クリスティ
7 帽子収集狂事件　ディクスン・カー

8　赤い館の秘密　A・A・ミルン
9　樽　F・W・クロフツ
10　ナイン・テイラーズ　ドロシー・L・セイヤーズ

いずれも創元推理文庫でおなじみの、超有名作品ですね。このベストテン、ミステリを読み始めた時に参考にされた方も多いのではないでしょうか。かくいう私も、もちろん全部読んでいます……たぶん。読んだのがあまりにも昔過ぎて、一部内容がまったく思い出せませんが。ちなみにこの中で、『赤毛のレドメイン家』と『赤い館の秘密』は同じ年に出版されています。『赤』繋がりですね。

ともあれ、この乱歩によるミステリベストも、ミステリファンが赤い館に入ってくる大きな入り口といって良いでしょう。

ミステリファンにとってはもう一つ、意外な入り口があります。本書で探偵役を務めるアントニー・ギリンガムは、なんと横溝正史作品の名探偵、金田一耕助のモデルだというのです。個人的には「どこらへんが？」と非常に謎なのですが。

トニーことアントニー・ギリンガム氏は、とても明朗快活なイギリス紳士です。若くして母親の遺産として年に四百ポンドもの収入を得ているから、生活のために働く必要はありません。けれど彼は「世界を見るために」、従僕《ヴァレット》や新聞記者や給仕や店員として働き、人間観察をしてきたのです。気ままな旅をしているときに、思い立って友人に会いに行った先で殺人事件に出くわしてしまう……そこで彼はこう考えるのです。ちょうど新しい仕事を探していたところだし、私立探偵になってみよう……今日から。まさに思い立ったが吉日、素人探偵の誕生です。

ギリンガムのそんな、良い意味での軽さ、明るさ、品の良さは、作品世界の空気をも、その色に染め上げています。殺人事件が起きるにもかかわらず、「ああ、やっぱり『クマのプーさん』を生み出した作者が描き出した世界だ」と思わせてくれるのです。

そんな世界を形作っているのは探偵役ばかりではありません。ワトスン役にして、相棒役でもあるビルことウィリアム・ベヴァリーも、本書を語る上では非常に大切なキャラクターです。この二人の関係性が、実に微笑《ほほえ》ましくかわいらしいのです。

シャーロック・ホームズに代表される「神のごとき名探偵」の多くは、類《たぐい》まれなる頭脳を持っていると同時に、どうもあまり性格がよろしくない人物が多いように思います。頭が良すぎて、周りの人間が馬鹿に見えて仕方がない、といったような。探偵としてはこの上なく魅力的でも、友達になるのはちょっと……という大変に癖のある方がやけに目立ちます。ワトスン役に向かって、「ふう、やれやれ、君はこんなこともわからないのかい?」などと鼻で笑うように言い、人が楽しんでいることを「くだらない、俗っぽい」と切り捨て、全体の三分の二くらい読み進んでも、何やら煙に巻くようなことだとか、思わせぶりなことばかり言っていて、いっこうに事件の全容を教えてくれず、そのくせ全部終わってから、「なあに、すべては簡単なことだったんですよ」などとのたまう(注・多分に私の独断と偏見が混じっています)。

ギリンガムにはこうした嫌味な部分はまったくないといっていいでしょう。ワトスン役を担うベヴァリーの発言や活躍を褒めたたえ、その労力にはきちんとお礼を言い、時には借りたマッチをうっかり返し忘れ、実にほのぼのうきうきと謎解きは進んでいきます。二人の謎解きの様子は、まるで素敵なおもちゃを与えられた子供のように楽しげです。人が亡くなっているのに不謹慎極まりない、などと評すのは野暮というものでしょう。被害者は赤い館の主人の、十五年ぶりにオーストラリアから帰ってきた兄、なのです（しかもあまり評判のよくない人物）。たまたま招かれて泊まっていたベヴァリーにとっても会ったこともない赤の他人ですし、ギリンガムに至っては、たまたま現場に訪ねてきただけの部外者です。赤い館の閉じられた部屋の中での不可解な殺人事件、若い紳士二人がわくわくしてしまったのも、ミステリを愛する人ならば理解できようというものです。本格ミステリとは、紳士（あるいは淑女）の知的遊戯という側面を持つものですから。

さて、肝心の事件ですが、銃声が響いた夏の午後、被害者以外に館にいたのは主の従弟《あるじ いとこ》と使用人たちだけ。主であるマーク・アブレットは姿を消してしまっています。使用人は必要な証言の為にだけ登場する書き割りのような存在。招待客はベヴァリーを含めたくさんいましたが、犯行時間には皆、ゴルフに行っていました。となると、あれ？　容疑者少なくない？　むしろ、あっと驚くタイミングで登場したギリンガムこそが一番怪しくない？　などと読者は戸惑い、裏の裏まで勘ぐり始めることでしょう。

けれど思い出してください。本書は百年前に書かれた、本格ミステリ黄金期を築き上げた礎の一つたる作品です。フィギュアスケートや体操で、最初にくるくる回って見せることは、大胆な発想と大変な勇気がいることです。後に続く選手たちは、どんどん回転数を増やし、捻りなどを加えねばなりませんが、それもこれも最初に「こんなことができるんだ」と実演して見せた先達があってのこと。その意味で、本書のシンプルな謎解きは、とても味わい深く、美しいとさえ言えましょう。読者を混乱の迷宮にいざなうような、多すぎる登場人物とも、ごちゃごちゃした筋立てとも、そして頭が痛くなるような難解さとも無縁の愛すべきこのミステリを、ぜひとも多くの読者に味わってもらえればと思います。

——最後に。前述の、ミルンのことで私が両親から教わった内容についてですが、今にして思えばこれはミルン自身が自著に寄せていた「『赤い館の秘密』に寄せて」から得た知識なのでした。これはミルンの探偵小説への思いや理想が端的に記された、大変興味深いものです。せっかくなので簡単に紹介しておきましょう。

- 探偵小説はまずなによりも、読者に意味がはっきりわかる、きちんとしたことばで書かれるべきだ。
- 〈ロマンス〉の要素がからむ必要はないと思う。
- 探偵は素人であってほしい。探偵は、一般市民である読者がもちえない、特殊な知識を持っていてはいけない。
- 探偵の考えていることは、これを話の進行するにつれてそのつど読者に知らせてもらいたいものである。

・そのためには、探偵の対話相手としてワトスンが必要だ。だがワトスン役の人物を頭の悪いおばかさんにする必要はない。わたしたちの誰もがそうであるように、少しばかり頭の働きが鈍くても、友情に篤く、人間味があり、好ましい人柄であってほしい。

こんなところでしょうか。

いかがでしょう？　ミルンは自分の理想通りの探偵小説を書き上げたと言ってよいのではないでしょうか。

ミルンはこの作品や童話の他にも、優れた戯曲や童謡を残しています。その時々で自分の書きたいもの、理想とするものを、多くの読者に喜ばれる形で完成することができる、多才で幸福な書き手だったのだと思います。当時『赤い館の秘密』は大変好評でしたし、さらなる新作をと望まれたにもかかわらず、その後長編探偵小説を書くことはありませんでした。

『クマのプーさん』は一人息子のクリストファー・ロビン・ミルンの為に書かれた物語です。そして本書、『赤い館の秘密』は、探偵小説が大好きだった父親に捧げられています。

大切な肉親に対する唯一無二の贈り物だからこそ、『クマのプーさん』も『赤い館の秘密』も、こんなにも長く人々に親しまれる、そして愛らしくもいとおしい物語になったのかもしれません。

**訳者紹介**　1948年福岡県生まれ。立教大学社会学部社会学科卒業。主な訳書に、アーモンド「肩胛骨は翼のなごり」、キング「スタンド・バイ・ミー」、リグズ「ハヤブサが守る家」、プルマン「マハラジャのルビー」、アンソニイ〈魔法の国ザンス〉シリーズなど。

検印
廃止

赤い館の秘密

2019年3月22日　初版
2023年7月28日　再版

著　者　A・A・ミルン

訳　者　山《やま》　田《だ》　順《じゅん》　子《こ》

発行所　(株)東京創元社
代表者　渋谷健太郎

162-0814/東京都新宿区新小川町1-5
電　話　03・3268・8231-営業部
　　　　03・3268・8204-編集部
URL　http://www.tsogen.co.jp
工友会印刷・本間製本



ISBN978-4-488-11602-6　C0197